阅读之前 没有真相

午夜文库

阿加莎·克里斯蒂
侦探小说

阿加莎·克里斯蒂
Agatha Christie (1890—1976)

无可争议的侦探小说女王,侦探文学史上最伟大的作家之一。

阿加莎·克里斯蒂原名为阿加莎·玛丽·克拉丽莎·米勒,一八九〇年九月十五日生于英国德文郡托基的阿什菲尔德宅邸。她几乎没有接受过正规的教育,但酷爱阅读,尤其痴迷于歇洛克·福尔摩斯的故事。

第一次世界大战期间,阿加莎·克里斯蒂成了一名志愿者。战争结束后,她创作了自己的第一部侦探小说《斯泰尔斯庄园奇案》。几经周折,作品于一九二〇年正式出版,由此开启了克里斯蒂辉煌的创作生涯。一九二六年,《罗杰疑案》由哈珀柯林斯出版公司出版。这部作品一举奠定了阿加莎·克里斯蒂在侦探文学领域不可撼动的地位。之后,她又陆续出版了《东方快车谋杀案》、《ABC谋杀案》《尼罗河上的惨案》《无人生还》《阳光下的罪恶》等脍炙人口的作品。时至今日,这些作品依然是世界侦探文学宝库里最宝贵的财富。根据她的小说改编而成的舞台剧《捕鼠器》,已经成为世界上公演场次最多的剧目;而在影视改编方面,《东方快车谋杀案》为英格丽·褒曼斩获奥斯卡大奖,《尼罗河上的惨案》更是成为几代人心目中的经典。

阿加莎·克里斯蒂的创作生涯持续了五十余年,总共创作了八十余部侦探小说。她的作品畅销全世界一百多个国家和地区,累计销量已经突破二十亿册。她创造的小胡子侦探波洛和老处女侦探马普尔小姐为读者津津乐道。阿加莎·克里斯蒂是柯南·道尔之后最伟大的侦探小说作家,是侦探文学黄金时代的开创者和集大成者。一九七一年,英国女王授予克里斯蒂爵士称号,以表彰其不朽的贡献。

一九七六年一月十二日,阿加莎·克里斯蒂逝世于英国牛津郡沃灵福德家中,被安葬于牛津郡的圣玛丽教堂墓园,享年八十五岁。

阿加莎·克里斯蒂 侦探作品年表

波洛系列

1920　The Mysterious Affair at Styles《斯泰尔斯庄园奇案》
1923　Murder on the Links《高尔夫球场命案》
1924　Poirot Investigates《首相绑架案》
1926　The Murder of Roger Ackroyd《罗杰疑案》
1927　The Big Four《四魔头》
1928　The Mystery of the Blue Train《蓝色列车之谜》
1932　Peril at End House《悬崖山庄奇案》
1933　Lord Edgware Dies《人性记录》
1934　Murder on the Orient Express《东方快车谋杀案》
1935　Three—Act Tragedy《三幕悲剧》
1935　Death in the Clouds《云中命案》
1936　The ABC Murders《ABC谋杀案》
1936　Murder in Mesopotamia《古墓之谜》
1936　Cards on the Table《底牌》
1937　Dumb Witness《沉默的证人》
1937　Death on the Nile《尼罗河上的惨案》
1937　Murder in the Mews《幽巷谋杀案》
1938　Appointment with Death《死亡约会》
1938　Hercule Poirot's Christmas《波洛圣诞探案记》
1940　Sad Cypress《H庄园的午餐》
1940　One, Two, Buckle My Shoe《牙医谋杀案》
1941　Evil Under the Sun《阳光下的罪恶》
1943　Five Little Pigs《五只小猪》
1946　The Hollow《空幻之屋》
1947　The Labours of Hercules《赫尔克里·波洛的丰功伟绩》
1948　Taken at the Flood《顺水推舟》
1952　Mrs. McGinty's Dead《清洁女工之死》
1953　After the Funeral《葬礼之后》
1955　Hickory Dickory Dock《山核桃大街谋杀案》
1956　Dead Man's Folly《弄假成真》
1959　Cat Among the Pigeons《鸽群中的猫》
1960　The Adventure of the Christmas Pudding《雪地上的女尸》

1963 The Clocks《怪钟疑案》
1966 Third Girl《第三个女郎》
1969 Hallowe'en Party《万圣节前夜的谋杀》
1972 Elephants Can Remember《大象的证词》
1974 Poirot's Early Stories《蒙面女人》
1975 Curtain—Poirot's Last Case《帷幕》

马普尔小姐系列
1930 The Murder at the Vicarage《寓所谜案》
1932 The Thirteen Problems《死亡草》
1942 The Body in the Library《藏书室女尸之谜》
1943 The Moving Finger《魔手》
1950 A Murder Is Announced《谋杀启事》
1952 They Do It with Mirrors《借镜杀人》
1953 A Pocket Full of Rye《黑麦奇案》
1957 4.50 from Paddington《命案目睹记》
1962 The Mirror Crack'd from Side to side《破镜谋杀案》
1964 A Caribbean Mystery《加勒比海之谜》
1965 At Bertram's Hotel《伯特伦旅馆》
1971 Nemesis《复仇女神》
1976 Sleeping Murder《沉睡谋杀案》
1979 Miss Marple's Final Cases《马普尔小姐最后的案件》

其他系列及非系列
1922 The Secret Adversary《暗藏杀机》
1924 The Man in the Brown Suit《褐衣男子》
1925 The Secret of Chimneys《烟囱别墅之谜》
1929 Partners in Crime《犯罪团伙》
1929 The Seven Dials Mystery《七面钟之谜》
1930 The Mysterious Mr. Quin《神秘的奎因先生》
1931 The Sittaford Mystery《斯塔福特疑案》
1933 The Witness for the Prosecution《控方证人》
1934 Why Didn't They Ask Evans?《悬崖上的谋杀》
1934 The Listerdale Mystery《金色的机遇》

阿加莎·克里斯蒂 侦探作品年表

1934　Parker Pyne Investigates《惊险的浪漫》

1939　Murder Is Easy《逆我者亡》

1939　And Then There Were None《无人生还》

1941　N or M?《桑苏西来客》

1944　Towards Zero《零点》

1945　Sparkling Cyanide《闪光的氰化物》

1945　Death Comes as the End《死亡终局》

1949　Crooked House《怪屋》

1950　Three Blind Mice and Other Stories《三只瞎老鼠》

1951　They Came to Baghdad《他们来到巴格达》

1954　Destination Unknown《地狱之旅》

1958　Ordeal by Innocence《奉命谋杀》

1961　The Pale Horse《灰马酒店》

1967　Endless Night《长夜》

1968　By the Pricking of My Thumbs《煦阳岭的疑云》

1970　Passenger to Frankfurt《天涯过客》

1973　Postern of Fate《命运之门》

1997　While the Light Lasts《灯火阑珊》

出版前言

纵观世界侦探文学一百七十余年的历史,如果说有谁已经超脱了这一类型文学的类型化束缚,恐怕我们只能想起两个名字——一个是虚构的人物歇洛克·福尔摩斯,而另一个便是真实的作家阿加莎·克里斯蒂。

阿加莎·克里斯蒂以她个人独特的魅力创造了侦探文学史上无数的传奇:她的创作生涯长达五十余年,一生撰写了八十余部侦探小说;她开创了侦探小说史上最著名的"黄金时代";她让阅读从贵族走入家庭,渗透到每个人的生活中;她的作品被翻译成一百多种文字,畅销全球一百五十余个国家,作品销量与《圣经》《莎士比亚戏剧集》同列世界畅销书前三名;她的《罗杰疑案》《无人生还》《东方快车谋杀案》《尼罗河上的惨案》都是侦探小说史上的经典,她是侦探小说女王,因在侦探小说领域的独特贡献而被册封为爵士,她是侦探小说的符号和象征。她本身就是传奇。沏一杯红茶,配一张躺椅,在暖暖的阳光下读阿加莎的小说是一种生活方式,是惬意的享受,也是一种态度。

午夜文库成立之初就试图引进阿加莎的作品,但几次都与版权擦肩而过。随着午夜文库的专业化和影响力日益增强,阿加莎·克里斯蒂的版权继承人和哈珀柯林斯出版公司主动要求将版权独家授予新星出版社,并将阿加莎系列侦探小说并入午夜文库。这是对我们长期以来执着于侦探小说出版的褒奖，是对我们的信任与鼓励，更是一种压力和责任。

新版阿加莎·克里斯蒂作品由专业的侦探小说翻译家以最权威的英文版本为底本，全新翻译，并加入双语作品年表和阿加莎·克里斯蒂家族独家授权的照片、手稿等资料，力求全景展现"侦探女王"的风采与魅力。使读者不仅欣赏到作家的巧妙构思、离奇桥段和睿智语言，而且能体味到浓郁的英伦风情。

阿加莎作品的出版是一项系统工程，规模庞大，我们将努力使之臻于完美。或存在疏漏之处，欢迎方家指正。

新星出版社
午夜文库编辑部

Agatha Christie

Over the next few years, we plan to celebrate two very important Agatha Christie anniversaries. In 2015, it is the 125th anniversary of her birth in Torquay, South Devon, England, and in 2020 it will be 100 years after her first book, THE MYSTERIOUS AFFAIR AT STYLES, featuring her famous detective, Hercule Poirot, was published. This is therefore a very appropriate moment to publish a new edition of her works, and I am delighted that HarperCollins has chosen to work with New Star on these new editions. New Star is China's top crime publisher, and has a strong and dedicated editorial staff and a continued passion for Agatha Christie, making them the ideal partner. It is the right time to make these classic books available in modern translations and so to bring Agatha Christie's books anew to her many fans in China, giving them a new reason to re-read these much-loved stories, as well as introducing them to a whole new audience. How delighted Agatha Christie would have been that her stories (as she called them) are still giving so much pleasure to so many people all over the world!

I think there are two very remarkable things about Agatha Christie's stories. The first is that they are so adaptable. It doesn't really matter which language they appear in, the stories and the plots still give the same thrill, still provide the same puzzles, and the characters still have the same attraction. Readers in China will I am sure enjoy Hercule Poirot and Miss Marple just as much as we do in England, and readers in China will still be transfixed by the surprises and horrors of AND THEN THERE WERE NONE, one of the great classics of 20th century detective fiction, as we are here.

Agatha Christie

The second is that the stories give a wonderful picture of England, particularly rural England, at the time Agatha Christie lived. She wrote books from 1920 until 1970 but it is sometimes hard to tell which part of her life each book was written in. Her characters and the life they lived were very much the same. The life we all live is changing very quickly these days but the Agatha Christie world stays the same. Perhaps the Miss Marple stories provide the best example of this, and in some ways, THE BODY IN THE LIBRARY and NEMESIS are quite similar, despite the fact that thirty years elapsed between the time they were written.

Perhaps I might end by mentioning three Agatha Christies (other than the ones mentioned above) which I think demonstrate why she is so popular, even in the twenty-first century. The first is MURDER ON THE ORIENT EXPRESS, one of the most famous with one of the most ingenious and human plots. Read this on one of your long train journeys in China! Next is A MURDER IS ANNOUNCED, a Miss Marple which was her 50th book. It has my favourite murderer in it! And last is ENDLESS NIGHT a story about evil and how it affects three young people, written at the time when I knew her best, and understood how deeply she cared and sympathised with young people and the world they lived in.

Whichever are your favourites I hope you enjoy these stories that New Star are introducing to you again. I think it is a great publishing event.

Mathew *[signature]*
Grandson of Agatha Christie
Chairman of Agatha Christie Ltd

致中国读者

(午夜文库版阿加莎·克里斯蒂作品集序)

在接下来的几年中,我们将要筹备两个非常重要的关于阿加莎·克里斯蒂的纪念日。二〇一五年是她的一百二十五岁生日——她于一八九〇年出生于英国的托基市;二〇二〇年则是她的处女作《斯泰尔斯庄园奇案》问世一百周年的日子,她笔下最著名的侦探赫尔克里·波洛就是在这本书中首次登场。因此新星出版社为中国读者们推出全新版本的克里斯蒂作品恰逢其时,而且我很高兴哈珀柯林斯选择了新星来出版这一全新版本。新星出版社是中国最好的侦探小说出版机构,拥有强大而且专业的编辑团队,并且对阿加莎·克里斯蒂的作品极有热情,这使得他们成为我们最理想的合作伙伴。如今正是一个良机,可以将这些经典作品重新翻译为更现代、更权威的版本,带给她的中国书迷,让大家有理由重温这些备受喜爱的故事,同时也可以将它们介绍给新的读者。如果阿加莎·克里斯蒂知道她的小故事们(她这样称呼自己的这些作品)仍然能给世界上这么多人带来如此巨大的阅读享受,该有多么高兴啊!

我认为阿加莎·克里斯蒂的作品有两个非常重要的特征。首先它们是非常易于理解的。无论以哪种语言呈现,故事和情节都同样惊险刺激,呈现给读者的谜团都同样精彩,而书中人物的魅力也丝毫不受影响。我完全可以肯定,中国的读者能够像我们英国人一样充分享受赫尔克里·波洛和马普尔小姐带来的乐趣；中国读者也会和我们一样，读到二十世纪最伟大的侦探经典作品——比如《无人生还》——的时候，被震惊和恐惧牢牢钉在原地。

第二个特征是这些故事给我们展开了一幅英国的精彩画卷，特别是阿加莎·克里斯蒂那个年代的英国乡村。她的作品写于二十世纪二十年代至七十年代间，不过有时候很难说清楚每一本书是在她人生中的哪一段日子里写下的。她笔下的人物，以及他们的生活，多多少少都有些相似。如今，我们的生活瞬息万变，但"阿加莎·克里斯蒂的世界"依旧永恒。也许马普尔小姐的故事提供了最好的范例：《藏书室女尸之谜》与《复仇女神》看起来颇为相似，但实际上它们的创作年代竟然相差了三十年。

最后，我想提三本书，在我心目中（除了上面提过的几本之外）这几本最能说明克里斯蒂为什么能够一直受到大家的喜爱。首先是《东方快车谋杀案》，最著名，也是最机智巧妙、最有人性的一本。当你在中国乘火车长途旅行时，不妨拿出来读读吧！第二本是《谋杀启事》，一个马普尔小姐系列的故事，也是克里斯蒂的第五十本著作。这本书里的诡计是我个人最喜欢的。最后是《长夜》，一个关于邪恶如何影响三个年轻人生活的故事。这本书的写作时间正是我最了解她的时候。我能体会到她对年轻人以及他们生活的世界关心至深。

现在新星出版社重新将这些故事奉献给了读者。无论你最爱的是哪一本，我都希望你能感受到这份快乐。我相信这是出版界的一件盛事。

阿加莎·克里斯蒂外孙

阿加莎·克里斯蒂有限责任公司董事长

马修·普理查德

二〇一三年二月二十日

阿加莎·克里斯蒂侦探作品集 ⑦

悬崖上的谋杀
Why Didn't They Ask Evans?

Agatha Christie®

（英）阿加莎·克里斯蒂 著
周力 译

新 星 出 版 社　NEW STAR PRESS

目录

1	第一章　意外
7	第二章　父亲
13	第三章　铁路旅程
22	第四章　死因调查听证会
27	第五章　凯曼夫妇
35	第六章　野餐的结局
44	第七章　死里逃生
54	第八章　照片之谜
63	第九章　巴辛顿-弗伦奇先生
70	第十章　车祸的准备工作
78	第十一章　车祸发生
85	第十二章　身处敌营
92	第十三章　艾伦·卡斯泰尔斯
101	第十四章　尼科尔森医生
109	第十五章　一项发现
119	第十六章　博比成了律师
129	第十七章　里文顿夫人开口说话
137	第十八章　照片上的姑娘

目录

146	第十九章　三人会议
152	第二十章　两人会议
157	第二十一章　罗杰回答了一个问题
166	第二十二章　又一名受害者
174	第二十三章　莫伊拉失踪
184	第二十四章　追踪凯曼夫妇
193	第二十五章　与斯普拉格先生谈话
201	第二十六章　夜间冒险
206	第二十七章　"我哥哥是被谋杀的"
215	第二十八章　最后关头
224	第二十九章　巴杰的故事
229	第三十章　逃脱
236	第三十一章　弗兰基问了一个问题
246	第三十二章　埃文斯
251	第三十三章　东方咖啡馆的轰动事件
258	第三十四章　南美来信
266	第三十五章　来自牧师寓所的消息

献给克里斯托弗·马洛克以纪念海因兹

第一章　意外

博比·琼斯在球座上放好球,先是预备性地快速摆了几下球杆,接着将杆向后方缓缓扬起,以闪电般的速度一挥而下。

球会笔直地沿着球道飞出去,一路攀升,飞越沙坑,降落在可以用五号铁轻松一击入洞的第十四洞果岭上面吗?

不,并没有。那是个糟糕的削顶球,它疾速擦着地皮,结结实实地落入了沙坑之中!

周围并没有热切的观众发出失望的叹息。这一杆唯一的目击者也并未表现出丝毫惊讶。这很好解释,因为挥出这一杆的并不是在美国出生的高尔夫球大师,而是博比·琼斯,威尔士海滨小镇(马奇博尔特)教区牧师家的第四个儿子。

博比突然蹦出一句显然是骂街的话。

他是个二十八岁左右、和蔼可亲的年轻人。他最好的朋友也不会说他相貌英俊,但他的脸却很招人喜欢,褐色的眼睛里拥有那种像小狗一样亲切坦诚的神情。

"我真是一天不如一天了。"他沮丧地喃喃自语道。

"你这记长打击球过猛了。"他的同伴说。

托马斯医生是个中年人,一头灰发,满面红光。他自己从来不采取高挥杆。他用直短杆技术沿球道中间的方向击打,还常常能击败一些比他技艺更高超但发挥更不稳定的选手。

博比用九号铁把球狠狠地击打出去,这第三次算是成功了。球停在离托马斯医生用两记高水平的铁杆击打后所到达的果岭附近。

"那是你的洞了。"博比说道。

他们接着转战到下一个发球区。

由医生先开球——这是一记漂亮的直球,不过打得并不是很远。

博比叹了口气,把球放在球座上,随即又重新安放了一次,接着将球杆预摆动了很久之后才略显僵硬地向后方扬起,紧闭双眼,抬起脑袋,压低右肩,他做了一切本不用做的动作,最终打出了一记沿着球道正中飞出的远击球。

他满意地深吸了一口气,富于表情的脸上那种高尔夫球手的愁眉不展也消失殆尽,取而代之的是打出好球的欣喜若狂。

"我现在知道我一直都在干什么了。"博比有些言不由衷地说。

一次完美的击球,用五号铁打出的一记小小低飞,让博比的球落在了离洞口很近的地方。他在第四杆时抓到了一只小鸟[①],而托马斯医生的领先优势则减少到只剩一杆了。

博比信心百倍地踏上了第十六洞的发球区,再次做了所有他本不必做的动作,而这一次奇迹没有发生。一记非同寻常,无与伦比,惊为天人之作的右曲球就此诞生!球冲着右侧呈直角飞了出去。

"要是这球打直了的话——喔!"托马斯医生说道。

[①] 高尔夫球中的小鸟球是指击球杆数低于标准杆一杆。

"要是,"博比悻悻地说,"哎,我觉得我听见有人喊了一声!但愿那球没打着什么人吧。"

他向右望去,光线有点儿昏暗。太阳正要落山,直直看过去显然很难看清什么东西。而且一层薄雾正从海面上升起,悬崖的边缘位于几百码之外。

"那条小路是沿着那边走的,"博比说,"但球不可能跑到那么远的地方。我还是觉得我听见了一声呼喊,你听见了吗?"

医生什么都没听见。

博比去找击出的球,颇费了一番周章,但最终还是找到了。事实上它已经无法再被击打了,因为它嵌入了荆豆①丛中。他劈开几个树枝,把球捡了出来,接着大声地告诉他的同伴,这一洞他放弃了。

医生朝他走了过来,因为下一个发球区恰好位于悬崖边上。

第十七洞让博比特别犯怵。在这一洞发球的时候你必须得把球打过一道裂谷。其实距离倒没有那么远,可下方深渊的引力却让人难以抵挡。

他们穿过那条紧挨着悬崖边的小路,此时路已经转向他们的左侧,背离悬崖的方向延伸下去了。

医生用了一把铁头球杆,球刚好落在了另一侧。

博比深吸一口气,猛然挥出一杆。小球向前方疾飞而出,消失在裂谷的边缘。

"每次都他妈这样,"博比恨恨地说道,"我老干同样的**蠢事**。"

他走到裂谷的边缘,向下张望。下面远处是波光粼粼的大

---

①欧洲的豆科——荆豆属多刺灌木植物。

海,却不是所有的球都会掉到那么深的地方。陡坡的顶部落差很大,但到了下面就逐渐变缓了。

博比沿着坡顶缓步前行。他知道有一个地方爬下去相当容易。球童们就会这么干,他们从那里翻过崖边一跃而下,再出现的时候就会气喘吁吁、得意扬扬地拿着打丢了的球。

突然,博比的身体绷直了,冲着他的同伴呼喊起来。

"哎,医生,过来一下,你看看那是什么呀?"

在下方大约四十英尺的地方,有一堆黑乎乎的东西,看起来就像是一团旧衣服。

医生屏住了呼吸。

"天哪,"他说,"有人掉到悬崖下面去了。咱们得下去看看。"

在身手更为矫健的博比的帮助下,两个人一起爬下岩壁。最终来到了那一堆黑乎乎的不祥之物面前。那是个四十岁上下的男人,尽管已经不省人事,但还有呼吸。

医生检查了一下此人,摸了摸四肢,触了触脉搏,帮他合上了眼帘。跪在那人身旁完成了全部检查之后,他抬起头,看了看站在旁边直犯恶心的博比,缓缓摇了摇头。

"没戏了,"他说,"这可怜的家伙快不行了。他的脊梁摔断了。唉,真是。我猜他对这条路不是很熟,起雾的时候一脚迈出了悬崖。我已经跟议会说过不止一次了,这儿就应该加个围栏。"

他再次站起身来。

"我去找人帮忙,"他说,"安排好把他弄上去。不然咱们还没弄明白这是在哪儿,天就该黑了。你能待在这儿吗?"

博比点点头。

"我们真的帮不到他了吗?"他问道。

医生摇摇头。

"没辙了，他很快就要死了。脉搏正在迅速变弱，最多也就再坚持个二十分钟。虽然死前可能还会恢复一下意识，但也很可能不会。尽管如此——"

"当然啦，"博比连忙说道，"我会留在这儿的。你去吧。要是他真的苏醒过来，有没有药或是什么——"他还有些疑虑。

医生摇了摇头。

"不会有痛苦的，"他说，"完全不会。"

说罢他转过身去，开始迅速地再次爬上悬崖。博比目送着他，一直到他挥了挥手，身影消失在崖顶那边。

博比顺着狭窄的岩脊挪动了一两步，在其中一块突起的地方坐了下来，点上一支烟。眼前发生的事让他有些震惊。迄今为止他还从来没跟疾病或是死亡之类的事情打过交道呢。

世界上真有这么倒霉的事！在一个晴朗的傍晚，赶上这么一团迷雾，一步踏错便要命丧黄泉。这家伙也算是个相貌英俊、看起来很健康的人，怕是这辈子都没有生过一天病。死神的迫近带来的惨白也无法掩盖他黝黑的肤色。这是个长期在户外生活的男人吧，兴许是在海外。博比更仔细地端详了他一番：一头栗色鬈发在两鬓开始变得灰白，大鼻子，方下巴，微启的唇间露出一口白牙。双肩宽阔，两手强健有力。两条腿扭曲成一种怪异的角度。博比打了个寒战，抬眼又一次打量起那人的脸。这是一张挺有魅力的脸，幽默、坚定，足智多谋。那双眼睛，他想，或许是蓝色的吧——

就在他这么想的时候，那双眼睛突然睁开了。

还真是蓝色的，清澈的深蓝色。睁开的眼睛直勾勾地看着博比。眼神中没有一丝飘忽迟疑，看起来是完全清醒的。这双眼睛非常警觉，与此同时那眼神似乎还想要问个问题。

博比迅速起身，朝那个男人走去。还没走到他身边，那人便开口说话了。他说话的时候并非有气无力，反而吐字清晰、声音洪亮。

"他们干吗不找埃文斯呢？"他说。

接着，一阵古怪的战栗袭过他的全身，他的眼皮耷拉下来，牙关也松弛了……

这个男人死了。

第二章　父亲

博比在他身边跪下，然而毫无疑问，这个人已经死了。最后关头的回光返照，突如其来的问题，而接下来呢？一命呜呼。

带着几分歉意，博比把手伸进了死者的衣服口袋，抽出一条丝质手帕，他毕恭毕敬地把它铺开，盖在死者脸上。没有更多他可以做的事情了。

随后他注意到，他刚才的举动还带出了死者口袋里的另一样东西。这是一张照片，博比在放回去之前瞥了一眼照片上的人。

那是一张女人的脸。不可思议的是，那张脸竟能够久久萦绕在心间。这是一个相貌俊美，眼睛分得挺开的女子。她看上去不过是个姑娘，肯定还不满三十岁，但真正让人浮想联翩的却不是美貌本身，而是这美貌摄人心魄的力量。他心想，这是那种让人难以忘怀的面庞。

他毕恭毕敬地把照片轻轻放回原本的口袋，然后再次坐下，等着医生回来。

时间过得慢极了，至少对于这个正在等待中的小伙子来说是这样的。他刚刚又想起来一件事情。他答应过父亲，要在六点晚祷的时候演奏管风琴，而现在已经是差十分钟六点了。当然，父亲会理解的，但他还是觉得刚才要是想起来让医生捎个信儿回去就好了。托马斯·琼斯牧师是个极度神经质的人，最擅长小题大做，每当他大惊小怪的时候，他的消化系统就要出毛病，让他疼痛难耐。尽管在博比眼里，他老爸就是个令人同情的老家伙，不过他还是非常喜欢他。而另一方面，托马斯牧师则觉得他家第四个儿子就是个可怜的小蠢货，他在教育博比的问题上还不如博比自己有耐心呢。

"可怜的老爸啊，"博比心想，"他肯定要上蹿下跳了。他会不知道到底该不该开始做晚祷。他会情绪激动，一直到他觉得肚子疼，然后他就吃不下晚饭了。他不明白我是不会让他失望的，除非碰到根本无法避免的情况。而且不管怎么说，只是演奏而已，就算真的不去又有什么关系呢？然而他永远都不会这么看待问题。任何人只要年过五十都会变得不可理喻，会为一些无关紧要、鸡毛蒜皮的事庸人自扰。我猜他们是在完全错误的观念下被抚养长大的，如今已经无法再纠正了。可怜的老爸，他的见识还不如一只小雏鸡呢！"

他坐在那里想着他的父亲，心里喜怒参半。在他看来，家里的生活就仿佛一种长久的牺牲，要不断迎合父亲那些奇思怪想。而对他父亲来说，在晚辈们的误会曲解之下，做出长久牺牲的其实是他这一方。所以，父子二人对于同一个问题的看法很可能大相径庭。

医生这都已经去了多久了呀！他这会儿也该回来了吧？

博比站起身，闷闷不乐地跺了跺脚。就在此时，他听见上面有什么动静，于是便抬头观看，心中庆幸着援助马上就要到了，而自己的这份差事也眼看着就可以收工了。

但来人不是医生，而是个穿着高尔夫球裤的男子，博比并不认识他。

"我说,"新来的人说,"出什么事儿了吗?发生意外了?我能帮上什么忙吗?"

他是个高个子,说起话来就像男高音一般悦耳动听。此刻,夜幕正在迅速降临,博比看不太清他的样子。

他一边说明事情的来龙去脉,陌生人一边表达震惊之情。

"没有什么我能做的了吗?"他问道,"去找人帮忙之类的?"

博比解释说援助已经在路上了,并且问那个人能否帮他看一下有没有来人的迹象。

"现在还看不见影儿呢。"

"听我说,"博比继续说道,"我六点钟的时候有个约。"

"而你不想离开——"

"是的,我并不想,"博比说,"我的意思是,虽说这个可怜的家伙已经死了,而且当然啦,咱们什么也做不了,可还是——"

他停了下来,发现很难用言语表述他混乱的思绪,跟平时一样。

而对方似乎已经会意了。

"我明白,"他说,"听我的,我可以下去——如果我能下得去的话——然后守在这儿,等那些人来。"

"哦,可以吗?"博比心怀感激地说道,"要知道,跟我约定的人是我父亲。他人其实不坏,就是容易心烦意乱。你能看清楚路吗?多往左一点儿——现在再往右——这就对啦。其实也不算太难走。"

他一边指路一边鼓励对方前进,直到两个人面对面站在了狭窄的平台之上。这个男人三十五岁上下,长着一张有些优柔寡断的脸,看上去似乎应该配上一片单片眼镜和一撇小胡子。

"我在这儿还人生地不熟呢,"他解释道,"顺便说一句,我姓巴辛顿-弗伦奇。来看个房子。唉,他可真是太惨了!他是从悬崖边上踩空了掉下来的吗?"

博比点点头。

"起了点儿雾,"他解释说,"这条小路有点危险。好吧,回头见。非常感谢。我得赶快走了,你真是太好了。"

"别客气,"对方很坚决地表示道,"任何人都会这么做的。总不能留下这个可怜的家伙自己躺在这儿。呃,我是说,总觉得这样有点不合适。"

博比爬上了那条险峻的小径。到顶端的时候冲另外那人挥了挥手,接着拔腿便跑,一溜烟飞奔着穿过了田野。为了节省时间,他没有绕到教堂庭院临街的大门,而是翻过了庭院的围墙。这一幕被教区牧师从礼拜堂的窗口里看了个正着,他心里对此极其不满。

时间已经是六点过五分了,然而钟声依然在鸣响。

各种辩解和指责都被推迟到了晚祷之后。博比气喘吁吁地坐进了他的位子,熟练地摆弄起那台古老的管风琴。心中的郁结让他的指尖奏出了肖邦的《葬礼进行曲》。

晚祷过后,牧师开始悲伤多于愤怒地(这一点他特别指明了)责备起他的儿子来。

"我亲爱的博比,如果你没法把一件事情规规矩矩地做好,"他说,"那你最好压根儿就别做。我明白,你和你那些年轻朋友似乎都没什么时间观念,但我们是不该让上帝等的。是你自己主动提出来要演奏管风琴。我可没强迫你。而你呢,临阵脱逃,宁可跑出去玩儿——"

博比觉得最好还是趁着他父亲开始长篇大论之前赶紧打断他。

"不好意思，老爸，"他轻松愉快地开口说道，无论说什么话题，他都习惯用这种语气，"这次可不是我的错啊，我当时正守着一具尸体呢。"

"你在干吗？"

"守着个一脚迈下悬崖的家伙。你知道，就在那道裂谷旁边，挨着第十七洞的发球区。当时起了点雾，他肯定是直接走过去，摔下悬崖了。"

"天哪，"牧师惊呼道，"简直太不幸了！这人当场就死了吗？"

"没有。他只是不省人事。等托马斯医生一离开他就死了。而我觉得我当然得蹲守在那儿，总不能就这么一走了之，把他撂下不管吧。后来又来了一个人，我就把守丧的重任交给他，用最快的速度一路飞奔回来了。"

牧师叹了口气。

"哦，我亲爱的博比，"他说，"就没有什么东西能够动摇你那种可悲的麻木不仁吗？这件事让我悲痛得无以言表。这次你是直面了死亡，还是突如其来的死亡。而你居然还能拿这件事开玩笑！你无动于衷。所有的事情，一切的一切，无论多么庄严，多么神圣，在你们这代人眼里都不过是玩笑而已。"

博比挪了挪脚。

当然了，如果他的父亲无法明白拿一件事情来打趣正是因为你为之感到难过的话，那也没什么办法。好吧，他真的是不明白啊！这不是那种能解释清楚的事情。当死亡和悲剧出现在身边的时候，你只能咬紧牙关勇敢面对。

但你还能指望什么呢？人一旦年过五十就什么都理解不了，

脑子里都是些最稀奇古怪的观念。

"我估计都是战争闹的，"他是真心这么想，"战争使他们沮丧不安、心烦意乱，然后他们就再也不正常了。"

他既为父亲感到惭愧又替他觉得难过。

"对不起，老爸。"他说这句话的时候心里很清楚，解释是没用的。

牧师也为他儿子感到难过——他看上去有些窘迫——但他替他觉得害臊。这孩子对生活的严肃性概念全无，就连道歉都显得那么兴高采烈、执迷不悟。

他们朝牧师寓所走去，彼此都在心里极力为对方找借口。

牧师想："我真不知道博比什么时候才能找点事情去做……"

博比想："也不知道我还能在这里撑多久……"

然而他们两人都还是深深爱着对方的。

第三章　铁路旅程

博比的这段奇遇并没有什么后续展开。第二天早上他进了城，去见一个朋友，这个朋友打算开一家汽车修理厂，想让博比跟他合作，博比能成为很大的助力。

花了两天时间把事情安排妥当之后，博比赶上了十一点半的火车回家。他确实是赶上了，但也不过是将将赶上。到达帕丁顿车站的时候时钟指向了十一点二十八，他冲进地下通道，在列车刚刚启动的时候出现在三号站台上，猛地扑向映入眼帘的第一节车厢，完全没有在意身后怒气冲冲的检票员和行李搬运工。

使劲拉开车厢门之后，他连滚带爬地跌了进去，接着又站起身来。门被一个身手敏捷的搬运工砰的一声关上，博比发现他正面对着这节车厢里唯一的乘客。

这是头等车厢，角落里面向车头的座椅上坐着一个肤色黝黑的姑娘，正在抽烟。她穿着一条红色的裙子、一件绿色的短夹克，头戴一顶亮蓝色的贝雷帽。尽管长得跟街头卖艺的手风琴师身边的猴子有几分相似（她有一双狭长而悲伤的黑眼睛和一张皱皱巴巴的脸），但她显然还是挺有吸引力的。

博比道歉的话刚到嘴边又突然停住了。

"嗨，是你啊，弗兰基！"他说，"好久没见到你了。"

"是啊，我也是。快坐下来聊聊。"

博比咧着嘴笑了。

"我的车票颜色不对。"

"不要紧的，"弗兰基亲切地说，"我来替你付差价。"

"我的男子气概可不允许这种事情，"博比说，"怎么能让一位女士替我付钱呢？"

"最近的女士似乎也只有这个作用了。"弗兰基说。

"我会自己补差价的。"博比带着几分英雄气概说道，就在此时，一个魁梧的蓝色身影出现在了通往走廊的门边。

"看我的吧。"弗兰基说。

她冲收票员优雅地微微一笑，后者正从她手里接过那张白色的卡纸，在上面打孔的同时轻触帽檐向她致意。

"琼斯先生刚刚进来，想跟我说几句话，"她说，"可以的吧？"

"不要紧的，小姐。我想这位先生也不会待太久。"他很巧妙地咳嗽了一声，"车到布里斯托尔之前我也不会再过来了。"他又意味深长地加上了一句。

"一个微笑能有这么大作用啊。"收票员退出去之后博比说道。

弗朗西斯·德温特[①]小姐若有所思地摇了摇头。

"我可没那么大把握说是微笑起的作用，"她说，"我宁可认为这是父亲不论何时旅行都给每个人五先令小费的习惯带来的结果。"

[①] 弗兰基是弗朗西斯的昵称。

"我还以为你已经永远抛弃威尔士了呢，弗兰基。"

弗朗西斯叹了口气。

"亲爱的，你懂的。你也知道父母能有多烦人。再加上浴室的那种状况。还没事可干，没人可见——如今人们就是不愿意跑到乡下来待着呀！他们会说他们在节省开支，说他们去不了那么远的地方。唉，我的意思是说，我还能怎么办呢？"

博比摇摇头，很悲哀地意识到了这个问题。

"但是呢，"弗兰基接着说下去，"在我参加完昨晚的那次聚会之后，就觉得我们家也不可能比它更糟糕了。"

"聚会上出什么岔子了？"

"什么事也没发生。就跟其他所有聚会一样，只不过更像是个聚会罢了。本来是定在八点半开始，在萨伏伊酒店。我们当中一些人快九点一刻才到，当然啦，我们半路碰到了别人，差不多十点才摆脱他们。然后我们吃了晚饭，又过了一会儿，转场去了'提线木偶'。有传言说那里会被突击检查，不过什么也没发生，实在是死气沉沉。我们喝了几杯后接着去了'斗牛场'，结果那儿更加死气沉沉，然后我们就找了一个咖啡馆，后来又去了一家炸鱼店，接下来我们想去找安吉拉的叔叔共进早餐，看看他会不会被吓到，可是他并没有，只是觉得我们很烦。后来我们也有点儿打不起精神来了，于是各回各家。说老实话，博比，这真的算不上好玩儿。"

"我没觉得啊。"博比强忍住自己的一阵羡慕之情说道。

即使在最为疯狂的时候，他也从未梦想过能够成为"提线木偶"或者"斗牛场"的会员。

他与弗兰基之间的关系说起来有些特别。

在孩提时代，他和他的兄弟们常跟住在城堡的孩子一起玩耍。后来他们长大成人，相互之间就连见面都很难了。每当遇到的时候，他们依然会用教名称呼彼此。弗兰基偶尔在家的时候，博比和他的兄弟们也会过去打打网球。不过弗兰基和她的两个兄弟却不会被叫到牧师寓所去。因为大家都知道，弗兰基他们可能不会觉得牧师寓所很有趣。而从另一方面来说，打网球总是需要更多人手。尽管互相以教名相称，但他们还是会感到一丝丝拘束。德温特家表现出的友善也许已经略微超出了他们所需要表现的程度，仿佛是为了表明"其实我们并没有什么差别"。而琼斯家又有些过于刻板拘礼，除去已经拥有的，似乎铁了心不再领受更多的友谊。现在，除了一些跟童年有关的回忆之外，两家人毫无共同点可言。然而博比还是非常喜欢弗兰基，每次造化弄人，让他们不期而遇的时候，他总是特别高兴。

"我对这一切都厌倦了，"弗兰基的声音中充满疲惫，"你没有这种感觉吗？"

博比思考了一下。

"不，我觉得还没有。"

"真好。"弗兰基说。

"我可不是说我有多热情，"博比一边说一边担心自己的话会给对方造成痛苦，"我还忍受不了特别热情的人呢。"

"我知道，"弗兰基低声说道，"那种人太可怕了。"

他们满怀同情地对视了一眼。

"对了，顺便问一句，"弗兰基突然开口说道，"那个从悬崖上掉下去的男人是怎么回事啊？"

"是托马斯医生和我发现的他，"博比说，"你又是怎么知道的，弗兰基？"

"报纸上看到的呀，你瞧。"

她用手指着一小段报道，标题是《海雾中的致命事故》。

昨晚，警方根据一张随身携带的照片确认了马奇博尔特事件中遇难者的身份。照片上的人被证实为利奥·凯曼夫人。凯曼夫人在接到消息后马上赶到了马奇博尔特，在那里她确认了死者是她的哥哥亚历克斯·普里查德。普里查德先生最近刚从暹罗回国。他离开英格兰已有十年之久，这次正准备展开一次徒步之旅。死因调查听证会将于明日在马奇博尔特举行。

博比的思绪飞回到照片中那张不知为何令人难以忘却的脸庞之上。

"我想我肯定得到听证会上去做证。"他说。

"多刺激啊，我也要去听你做证。"

"我并不觉得这有什么刺激的，"博比说，"要知道，我们只不过是发现了他而已。"

"他当时死了吗？"

"没有，他当时还没死。又过了大约一刻钟才死的。当时他身边只有我一个人。"

他停顿了一下。

"挺可怕的。"弗兰基那种敏锐的理解力是博比的父亲所不具备的。

"当然，他也什么都感觉不到——"

"感觉不到吗？"

"不过话说回来，嗯，你明白吗？他看上去还活得好好的呢。像他那种人，就在那么荒唐可笑的一小团雾气中迈下了悬崖，这种死法也真是挺糟心的。"

"我懂你，史蒂夫。"弗兰基这句有点儿奇怪的玩笑再次表达出了她的同情和理解。

"你见过他妹妹了吗？"她马上又接着问道。

"没有。我进城去待了两天，见一个朋友，他要开个汽车修理厂。你应该记得他，巴杰·比登。"

"我该记得吗？"

"你当然应该记得，你肯定记得善良的老巴杰啊。他有点斜视。"

弗兰基皱起了眉头。

"他笑起来声音特别傻。'嚯嚯嚯'，就像这样。"博比继续帮助她回想。

弗兰基依然眉头紧锁。

"咱们还是孩子的时候他从小马上掉下来过，"博比接着说，"头冲下扎进了泥里，咱们不得不拉住他的腿把他拽出来。"

"哦！"弗兰基脑海里一下子涌进了太多回忆，"我现在想起来了，他当时说话有点儿结巴。"

"他现在依然结巴。"博比自豪道。

"他是不是开过一家养鸡场后来破产了？"弗兰基问。

"对啊。"

"接着他去了一家股票经纪人公司，结果一个月之后他们就把他解雇了？"

"没错。"

"然后他们送他去了澳大利亚，他又回来啦？"

"是的。"

"博比，"弗兰基说，"但愿你没在这桩冒险的生意上投资。"

"我没钱可投啊。"博比说。

"幸亏如此。"弗兰基说。

"自然,"博比继续说道,"巴杰想要抓住个有点本钱的人投资入股,不过这不像你想的那么简单。"

"当你环顾四周的时候,"弗兰基说,"你根本不会相信人类有什么理性可言,但其实不然。"

这番话最终触动了博比。

"听我说,弗兰基,"他说,"巴杰是个好人,数一数二的好人。"

"他们通常都是。"弗兰基说。

"谁们是?"

"那些去了澳大利亚又回来的人。他是怎么弄到钱开始这桩生意的呀?"

"他的一个姑妈还是谁去世了,留给他一间能停放六辆车的车库,外带上面的三个房间,他家人拿出了一百英镑用来买二手车。要说起二手车有多物美价廉你会很吃惊的。"

"我曾经买过一辆,"弗兰基说,"那是个让人痛苦的话题,咱们还是别说这个了。你离开海军又是为什么呀?他们不会是把你裁了吧?你这个年龄不应该啊。"

博比的脸腾的一下红了。

"眼睛的缘故。"他没好气地说。

"我记得你的眼睛一直都有些毛病。"

"我知道啊,我也想设法对付过去。后来去了国外服役,你也知道,那里光线太强了,真的很伤眼睛。所以,呃,我就不得不离开了。"

"真残酷。"弗兰基望着窗外,嘴里小声嘟囔道。

接下来是一段意味深长的停顿。

"再怎么说,这还是挺丢人的。"博比突然又开口道,"我的眼睛其实也没那么糟糕。他们说不会再恶化了,我本来是完全可以继续服役的。"

"你的眼睛看起来挺好的。"弗兰基说。

她直直地望进那双诚实的褐色眼睛深处。

"所以你明白了,"博比说,"我打算在巴杰那儿入股。"

弗兰基点点头。

一名服务员推开门说:"首轮午餐。"

"一起好吗?"弗兰基说。

他们往前面的餐车走去。

在收票员可能会出现的那段时间里,博比战略性地短暂回避了一下。

"咱们也不想让他的良心承受太多负担。"他说。

不过弗兰基说她并不指望收票员能有什么良心。

五点钟刚过,他们就到了赛尔哈姆,去马奇博尔特就在这站下车。

"有车接我,"弗兰基说,"我送你吧。"

"谢啦。这样就省得我拿着这些讨厌的行李走上两英里路了。"

他轻蔑地踢了自己的行李箱一脚。

"是三英里,不是两英里。"弗兰基说。

"如果你走高尔夫球场上那条小路的话就是两英里。"

"就是那条——"

"没错啊,就是那家伙走过的路。"

"不会是有谁把他推下去的吧?"弗兰基把梳妆箱递给女仆

时随口问道。

"把他推下去？天哪，不会的。你怎么会这么想？"

"嗯，那样的话可就刺激多了，不是吗？"弗兰基有几分懒散地说道。

第四章　死因调查听证会

亚历克斯·普里查德的死因调查听证会在第二天举行。托马斯医生就发现尸体的过程做了证。

"当时还有生命迹象吗？"验尸官问。

"是的，死者当时还有呼吸。但是已经没有复苏的希望了。他的——"

医生的用词在此处变得高度专业起来，验尸官则负责帮助陪审团听懂他的证词：

"通俗一点说，就是这个男人的脊梁摔断了，对吗？"

"您愿意这么说的话也可以。"托马斯医生有些悲伤地说道。

他讲述了他是如何离开去寻求支援，把这个垂死之人留给博比照看的过程。

"您对这起不幸事件的原因有什么看法吗，托马斯医生？"

"我想说十有八九（也就是说，在没有什么关于他心理状态方面证据的前提下）死者是一不留神失足掉下悬崖的。当时海上起雾了，而恰好就在那个地方，小路骤然转向了内陆。因为大雾，死者可能没有注意到危险，还一直往前走。在这种情况下，只要走两步他就会越过悬崖边缘了。"

"现场没有打斗的迹象吗？比如说，有没有可能是由他人造成的？"

"我只能说，当时所有的伤势都可以解释成是身体与下方五六十英尺处的岩石撞击导致的。"

"那么有没有自杀的可能？"

"那是当然，完全有可能。不过对于死者究竟是行走时越过了悬崖边缘还是自己主动跳下去的，我一无所知。"

接下来被传唤的是罗伯特·琼斯①。

博比解释说他当时正和医生一起打高尔夫球。他打出了一杆右曲球，球冲着海的方向飞去。那时正好有点起雾，很难看清楚。他觉得他听见了一声喊叫，有那么一瞬间他也在纳闷是不是球击中了哪个沿着小路走来的人。然而他还是断定球不可能飞那么远。

"你找到球了吗？"

"找到了，离那条小路大约还有一百码远呢。"

他接着描述了他们是如何到下一个发球区去击球，以及他自己又是如何把球打到了裂谷下面。

验尸官在这里打断了他的叙述，因为他的证词基本上是对医生证词的一种重复。然后验尸官又开始追问起博比听到，或者认为他听到的那声叫喊。

"那就是一声喊叫。"

"求救的喊叫吗？"

"哦，不是的。您知道，只是大声喊叫。事实上我也拿不准究竟是不是听到了。"

"是一声惊叫？"

---

①博比是罗伯特的昵称。

"差不多吧，"博比语带感激地说道，"就像是一个人出乎意料被球击中时可能会发出的声音。"

"或者他以为自己走在路上，结果却一脚踏空的时候？"

"是的。"

随后，博比解释说那个人在医生离去求援之后大约五分钟就死了，煎熬总算是告一段落。

验尸官现在已经迫不及待想要给案件画上句号了。

利奥·凯曼太太被传唤上来。

博比因为强烈的失望而倒抽了一口气。她和死者口袋里照片上的人完全不同，那张脸跑到哪儿去了呢？博比十分厌恶地想，摄影师是一群最差劲的骗子。那张照片很显然是多年前拍摄的，但即便如此，你也很难相信照片上那个双眼妩媚动人的美女会变成眼前这个拔过眉毛又染了头发的黄脸婆。博比忽然觉得，岁月是个极其可怕的东西。就比如说，二十年以后的弗兰基看起来又会是什么样呢？他不由得打了个寒战。

与此同时，来自帕丁顿圣伦纳德花园十七号的阿梅利亚·凯曼正在做证。

死者是她唯一的哥哥亚历山大·普里查德。她最后一次见到他是在悲剧发生的前一天，他当时宣布说要在威尔士进行一次徒步旅行。她哥哥最近才从东方回国。

"他看上去心情愉快，并且情绪正常吗？"

"哦，完全正常。亚历克斯[①]总是高高兴兴的。"

"就您所知，他没有什么心事吧？"

"哦！我敢肯定他没有。他当时正一心想着他的旅行呢。"

[①]亚历克斯是亚历山大的昵称。

"他最近在生活中没有遇到什么金钱方面，或者其他方面的麻烦吧？"

"嗯，关于这一点我确实说不好，"凯曼太太说，"您看，他才刚刚回来，之前我都十年没见过他了，他也从不是个爱写信的人。不过在伦敦他带我又是出去看戏又是吃午饭，还送了我一两件礼物，所以我并不觉得他缺钱，而且他总是那么精神饱满、兴致高昂，我也没觉得会有什么其他的事情。"

"您哥哥从事的是什么职业，凯曼太太？"

这位夫人看上去略显尴尬。

"呃，我不能说我知道得很确切。勘探吧，他反正是这么说的。他很少在英格兰待着。"

"您知道有什么会导致他轻生吗？"

"哦，不知道。而且我也不相信他会做出这种事情来。这肯定是个意外。"

"您怎么解释您哥哥没带随身行李这个事实呢？甚至连个背包都没有？"

"他不喜欢背包。他打算每隔一天就寄一个包裹。他在临出发前的一天寄了一个，里面是他过夜用的东西和一双袜子，只不过他写的地址是德比郡①而不是登比郡②，所以今天才寄到这里。"

"啊！这就澄清了一个疑点。"

凯曼太太继续解释了人们是如何通过哥哥随身携带的那张照片上摄影师的名字联系到了她。她和她的丈夫一起来到了马奇博尔特，立刻就辨认出死者是她的哥哥。

---

①位于英格兰中部。
②位于威尔士。

最后一句话刚说完,她便抽抽搭搭地哭了起来。

验尸官说了几句安慰的话便打发她下去了。

随后他转向陪审团。他们的任务是确定这个男人究竟是怎么死的。幸运的是,整件事情似乎相当简单。没有迹象表明普里查德先生曾经心怀忧虑或者情绪低落,又或者处于一种可能会自寻短见的心理状态之下。相反,他一直都身体健康,精神抖擞,对自己的假期满怀期待。不幸的是,当海雾升起时,沿着悬崖边缘的这条小路行走是很危险的,而大家或许会同意他的观点:对于那条小路,是时候采取一些措施了。

陪审团非常迅速地做出了裁决:

"我们认为导致死者死亡的是一次不幸的事件,同时我们还想附加一条意见,在我们看来,镇议会应立即采取措施,在小路行经裂谷边缘那段临海区域安装栅栏或围栏。"

验尸官点头表示赞同。

死因调查听证会就此结束。

第五章　凯曼夫妇

大约半个小时后返回牧师寓所的时候,博比发现他与亚历克斯·普里查德死亡事件间的联系仍未完全结束。他听说凯曼夫妇前来拜访他了,正跟他父亲一起在书房里。博比走到书房,看见父亲正英勇无畏地寻找着合适的话题与客人交谈,很显然,他并不怎么喜欢这个任务。

"啊!"他稍稍松了一口气,"博比来了。"

凯曼先生站起身来,伸出手迎向这个年轻人。凯曼先生是个面色红润的大块头,他想表现出热情和友好,但那双冷淡又有些游移不定的眼睛却或多或少地证明了他并非真心。至于凯曼太太,尽管也可能会有人觉得她这种鲁莽粗俗的举止有几分魅力,但如今的她跟早年照片中的她几乎没有共同之处,那种怅惘的神情早已荡然无存。事实上,博比仔细想了想,假如她没有认出自己的照片,还能不能有其他人认得出来似乎都是个疑问呢。

"我和我太太一起来的,"凯曼先生一边说,一边紧紧握着博比的手,他都觉得有点儿疼了,"你知道,我必须在她身边,阿梅利亚很难过。"

凯曼太太吸了吸鼻子。

"我们顺道过来拜访你一下,"凯曼先生继续说,"你瞧,实际上,我这可怜太太的哥哥是在你怀抱中死去的。所以很自然,她想要知道他临终时的情况。希望你能尽你所能把知道的都告诉我们。"

"当然,"博比不无遗憾地说道,"哦,那是当然。"

他紧张不安地咧嘴一笑,然后立刻察觉到父亲叹了一口气。那是一种基督徒式的无奈叹息。

"可怜的亚历克斯,"凯曼太太说着轻拭了一下眼角,"他太可怜了。"

"我明白,"博比说,"这是非常残酷的事情。"

他不自在地扭动了一下身子。

"你知道,"凯曼太太满怀希望地看着博比,说,"如果他留下了什么话或者消息,我真的很想知道。"

"哦,当然啦,"博比说,"不过事实上,他什么话都没留下。"

"什么都没说吗?"

凯曼太太看起来一脸的失望和怀疑。博比觉得很抱歉。

"没有,嗯,事实上,什么都没说。"

"这样最好了,"凯曼先生郑重地说道,"在无意识的情况下离去,没有痛苦。唉,你得把这看成一种幸运的解脱,阿梅利亚。"

"我想也只能这样想了,"凯曼太太说,"他没有感受到任何痛苦吗?"

"我确定他没有。"博比说。

凯曼太太深深地叹了口气。

"好吧,这也算是件值得欣慰的事。或许我是太希望他能留下什么遗言了,不过我也明白这样是最好不过了。可怜的亚历克斯。那么优秀的一个户外达人啊。"

"是啊。"博比说。他回想起了那张古铜色的脸和那双深蓝色的眼睛。亚历克斯·普里查德是个富有魅力的人,即使是在弥留之际也依然充满魅力。真奇怪,他会有这样的妹妹和妹夫。博比觉得他完全配得上更好的。

"好了,我们非常感激,欠了你好大一个人情,真的。"凯曼太太说。

"哦,没关系的,"博比说,"我的意思是,呃,我也帮不上什么其他的忙。我是说——"

他绝望得有些不知所措。

"我们不会忘记的。"凯曼先生说道。博比又经受了一次那种让人痛苦的握手,随后他接过了凯曼太太一只松软无力的手。他父亲再次跟他们道别。博比陪同凯曼夫妇来到了房子的正门。

"那你平时都做些什么呢,年轻人?"凯曼问道,"在家休假?"

"我大部分时间都花在找工作上了,"博比说道,顿了一下,"我以前在海军服役。"

"世事艰难,现在真是世事艰难啊。"凯曼边说边摇头,"好吧,祝你好运。"

"非常感谢您。"博比彬彬有礼地说道。

他目送着他们沿着杂草丛生的车道离去。

站在那里,他开始陷入沉思,各种各样的想法一股脑地掠过心头。杂乱无章的映象。那张照片。那个眼睛分得很开,长着一头朦胧秀发的姑娘。还有十年或者十五年之后,这个浓妆艳抹,拔过眉毛,分开的双眼像猪一样深陷赘肉之中,染着鲜艳红褐色头发的凯曼太太。所有青春和天真无邪的踪迹都已消失殆尽。真是太遗憾了！或许这都是因为她嫁给了一个凯曼先生那样身强力壮的粗鲁之人吧。如果嫁给了其他什么人，也许就会优雅地老去。鬓边一抹灰白，光滑苍白的面庞之上，一双依然分得很开的眼睛望向前方。不过不管怎样，也有可能——

博比叹了口气，摇了摇头。

"这真是最糟糕的婚姻了。"他闷闷不乐地说道。

"你在说什么呢？"

博比从沉思中回过神来，这才发觉弗兰基不知何时已经来到近前。

"你好。"他说。

"你好啊。怎么说起婚姻来了？谁的婚姻呀？"

"我是在反思一个普遍性的问题。"博比说道。

"也就是说——"

"关于婚姻毁灭性的后果。"

"谁被毁了？"

博比解释了一下，他发现弗兰基对此并不苟同。

"净瞎说，那个女人跟照片里一模一样。"

"你什么时候见过她啊？你去听证会啦？"

"我当然去参加听证会了呀。你以为呢？在这儿待着也没什么好干的。死因调查听证会正是天赐良机。我以前从来没参加过，兴奋得很。当然，这要是一桩神秘的毒杀案，再有几份分析报告之类的就更好了。不过既然简单的快乐从天而降，我也不能太苛求。我自始至终都希望他们会怀疑这是一桩谋杀，可惜这一切似乎太简单明了了。"

"你还真是有种嗜血的本性啊，弗兰基。"

"我知道。这大概是叫返祖现象吧（这词究竟怎么念啊？我从来都拿不准）。你不觉得吗？我敢肯定我是有点儿返祖。上学的时候我的绰号就叫'猴子脸'。"

"猴子喜欢谋杀吗？"博比质疑道。

"你这话听起来就像是刊登在周日报纸上的报道标题，"弗兰基说，"我们的记者先生已就此问题发表看法。"

"你要知道，"博比又转回原先的话题上，"我并不同意你对那个凯曼夫人的说法，她的照片很漂亮。"

"照片经过了修饰，就这么简单。"弗兰基插嘴道。

"嗯，要这么说的话，那照片被修饰得也太厉害了，都认不出来是同一个人。"

"那是你眼拙，"弗兰基说，"摄影艺术能办到的事情都已经被摄影师给做绝了，不过照片里的家伙还是一样让人讨厌。"

"我绝对不同意你的观点，"博比冷冷地说道，"话说回来，你又是在哪儿看见的照片？"

"在本地的《晚间回声报》上呀。"

"可能是报纸印得太差劲了。"

"要我说你这个人绝对是疯了，"弗兰基气哼哼地说道，"在一个涂脂抹粉的婊子的问题上纠缠不休。没错，我说的就是婊子，就是那个凯曼。"

"弗兰基，"博比说，"你吓到我了。而且这还是在牧师寓所的车道上，好歹也是半个圣洁之地呢。"

"得了吧，你用不着说这种荒唐的话。"

停顿了一下之后，弗兰基那股突然爆发的怒气消去了不少。

"真正荒唐的，"她说，"是为了那个该死的女人吵架。我来本是想提议打一场高尔夫的，怎么样啊？"

"行啊,头儿。"博比开心地说道。

他们心平气和地一路同行,说的都是些右旋球、左飞球以及如何打出一记完美的低飞球攻上果岭之类的话题。

刚刚发生的悲剧已经被博比淡忘了,直到他在第十一洞,以一记长推杆入洞平了标准杆的时候,突然发出了一声惊呼。

"怎么啦?"

"没什么,我就是想起了一件事。"

"什么事?"

"嗯,这两个人,就是凯曼夫妇,他们来拜访我,问我那个人在临死前说了什么话,我告诉他们他什么也没说。"

"然后呢?"

"我刚刚想起来,他其实说了。"

"事实上,今天早上你的脑子确实没在最佳状态。"

"嗯,你看啊,他说的也不是他们想问的问题,不是遗言什么的。我猜这应该就是我当时没想起来的原因。"

"他说了什么?"弗兰基好奇地问道。

"他说:'他们干吗不找埃文斯呢?'"

"说这么句话还真挺奇怪的,没说别的?"

"没有。他只是睁开眼睛说了这句话,相当突然,然后就死了,可怜的家伙。"

"哦,好吧。"弗兰基沉思了片刻,说道,"我觉得你用不着烦恼,这句话没什么重要的。"

"是,当然不重要。不过我还是希望当时能提一句就好了。你知道,我当时说他什么都没说。"

"嗨,这都是一码事儿,"弗兰基说,"我的意思是说,这不像是'告诉格拉迪斯我一直都爱她''遗嘱放在胡桃木写字台里',或者任何一句书本里像模像样的浪漫遗言。"

"你认为写信告诉他们这件事是小题大做吗?"

"要是我就不为这种事费心,这不可能是什么重要的话。"

"我希望你是对的。"博比说完便又重整旗鼓,把注意力转回到高尔夫球上去了。

然而这件事其实并未真正从他心中消失。事情虽小,却一直困扰着他。对此,他心里总是模模糊糊地感觉有些不舒服。他相信弗兰基的看法既正确又明智,这句话一点也不重要,随它去好了。但他隐约觉得受到了良心的谴责。他当时说那个死去的男人什么话都没说,那不是真的。这是件很微不足道的蠢事,可每思及此,他就会觉得心里不太舒服。

最终,那天晚上,他一时心血来潮,坐下来给凯曼先生写了一封信。

亲爱的凯曼先生,我刚刚才回忆起来,实际上您内兄在临终之前是说过一句话的。我想他的原话是,"他们干吗不找埃文斯呢?"我很抱歉,今天上午我没有提到这件事,但我当时的确没怎么重视这句话,我想我应该是一时把它忘记了。

您忠实的

罗伯特·琼斯敬上

一天之后他收到了回复:

亲爱的琼斯先生(凯曼先生写道),六日来函已收悉。非常感谢您如此细心严谨地把我那可怜内兄的临终遗言转告于我，尽管它们的确无关紧要。我太太本希望哥哥可能会给她留下只言片语。即便如此，还是感谢您能如此认真尽责。

您忠实的
利奥·凯曼

博比感觉自己碰了一鼻子灰。

第六章　野餐的结局

翌日，博比收到了一封性质截然不同的来信：

都搞定了，老兄（巴杰的信字迹潦草，让人觉得他接受的那些昂贵的公立学校教育一点也没派上用场）。事实上我昨天一共花十五英镑弄到了五辆车。一辆奥斯汀，两辆莫里斯，还有两辆罗孚。眼下它们其实还不能开，但我想咱们能把这些车都修好。去他的吧，车怎么着都是车。只要买主们能开着车到家，路上不抛锚，也就够了。我想在下下周一开张，到时就全仰仗你了，你可别让我失望啊，行吗，老兄？我必须得说，卡丽姑妈真够意思。她隔壁一个老兄因为她家的那些猫对她很粗鲁，她一直怀恨在心。我有次砸了他家的窗户，结果她就每年圣诞节送给我五英镑，这回也是。

咱们注定能成。这都是板上钉钉的事儿。我的意思是，车怎么着都是车。你可以把它们白白捡来。刷上点儿漆，那帮笨蛋注意的也就是这个。咱这买卖会大获成功的。最后别忘了啊。下下周一，我就靠你了。

你永远的朋友
巴杰

博比告诉父亲，为了干一份工作他下下周一要进城去。他对这份工作的描述并没有激起牧师太大的热情。或许应该指出，牧师以前曾经见过巴杰·比登。他只是对着博比长篇大论了一番，告诉他真正明智的人不会让自己卷进这种事情里。由于不是财务或者生意问题方面的权威，他的忠告从技术层面上来说都语焉不详，不过想要表达的意思却又明白无误。

那周的周三，博比收到了另一封信。信是用陌生的斜体写就的，内容多少让这个年轻人有点儿惊讶。

信是从布宜诺斯艾利斯的"恩里克斯与道洛"公司寄来的。简而言之，这家公司为博比提供了一份年薪一千英镑的工作。

开始的一两分钟里，这个年轻人认为他肯定是在做梦。年薪一千英镑啊。他更加仔细地重读了那封来信，里面提到退伍的海军军人是公司首选。信中暗示说博比的名字是某人推荐的（此人匿名）。他必须即刻决定是否要接受这份工作，博比也必须准备好在一周之内动身前往布宜诺斯艾利斯。

"唉，真他妈活见鬼了！"博比宣泄着自己的情绪，就像是遇到了什么倒霉事。

"博比！"

"对不起，老爸。我忘了您在这儿呢。"

琼斯先生清了清嗓子。

"我想跟你指出的是——"

博比觉得要避免接下来的这个过程（通常都是极其冗长的），必须不惜一切代价。于是他用一句简单明了的话把它化解了：

"有人给我开价年薪一千英镑。"

牧师惊愕地大张着嘴，一时间不知该说什么好。

"这句话正好打乱了他的阵脚。"博比心满意足地想道。

"我亲爱的博比,我刚刚是不是听你说,有人要给你开价年薪一千英镑?一千英镑?"

"一杆进洞,老爸。"博比说。

"这不可能啊。"牧师说道。

博比并没有被这种坦率直白的质疑伤害,他对自己身价的估计与他父亲对他身价的估计相差不远。

"他们肯定是群彻头彻尾的笨蛋。"他兴高采烈地应和道。

"这些人,呃,是谁啊?"

博比把信递给他。牧师笨手笨脚地拿出夹鼻眼镜,满心疑惑地盯着那封信,仔仔细细地读了两遍。

"不同凡响,"他最终说道,"太不同凡响了。"

"一群疯子。"博比说。

"啊!我的孩子,"牧师说,"作为一个英国人终究是件很了不起的事情。诚实是我们的代名词。海军把这个优良作风传播到了全世界。一个英国人的世界!这个南美的公司意识到了一个刚正不阿、忠心可嘉的年轻人的价值所在。你永远都可以信赖英国人,他们会照章办事——"

"而且恪守诚信。"博比说道。

牧师怀疑地看着他儿子。后面这半句点睛之笔其实已经到了他的嘴边,但被博比说出来的时候,语气中有些东西让他觉得并不是那么发自肺腑。

然而这个年轻人看上去却一本正经。

"可是老爸,"他说,"为什么是我啊?"

"什么叫为什么是你?"

"有那么多英国人呢,"博比说,"活力四射,身强体健。怎么就挑上我了呀?"

"没准是你以前的指挥官推荐了你呢。"

"是啊,也许是吧,"博比将信将疑地说道,"不过再怎么说都无所谓啦,反正我也不能接受这份工作。"

"不能接受?我亲爱的儿子啊,你这又是什么意思?"

"嗯,您也知道,我的工作都已经落实了呀。跟巴杰一块儿。"

"巴杰?巴杰·比登。真是胡闹,我亲爱的博比。这可是件严肃的事。"

"我承认,这是有点儿难办。"博比叹了口气,说道。

"你跟比登那孩子商定的幼稚项目不能算数。"

"但是对我很重要啊。"

"比登那孩子根本就靠不住。就我所知,对他的父母来说,他已经成了大麻烦和大花销的根源了。"

"他运气一直不太好,巴杰实在是太轻信别人了。"

"运气,运气!要我说,这小伙子这辈子就从来没干过正事。"

"别胡说了,老爸。唉,他以前可经常早上五点钟起床去喂那些讨厌的小鸡的。虽然后来它们全都得了鸡瘟,可那也不是他的错啊。"

"我从来就不赞成这桩汽车修理厂的生意,纯属胡闹。你必须放弃这个。"

"不行啊,我已经答应了。我可不能让老巴杰失望,他就指着我呢。"

讨论还在继续。牧师出于对巴杰的偏见,死活没法把博比和那个年轻人的约定当一回事。一方面,他觉得博比冥顽不灵,铁了心,不惜一切代价要跟他最差劲的朋友去过无所事事的生活。而另一方面呢,博比则只是木然地重复着他"不能让老巴杰失望"这句了无新意的话。

到最后，牧师气冲冲地离开了房间，而博比马上坐下来，给恩里克斯与道洛公司回信，拒绝了他们提供的工作。

他一边写一边叹气。此刻他正在放走一个机会，这个机会可能再也不会有了，可他别无选择。

后来在高尔夫球场上的时候，他把这个问题提给了弗兰基，她聚精会神地听着。

"你本来是该去南美洲的对吗？"

"对。"

"你想去吗？"

"想啊，为什么不想？"

弗兰基叹了口气。

"不管怎么说，"她断然开口道，"我觉得你做得完全正确。"

"你是说对巴杰？"

"是的。"

"我不能让这老家伙失望啊，是吧？"

"对啊，但要留神'这个老家伙'，你是这么叫他的，别让他把你拉下水。"

"哦！我会留神的。无论如何，我不会有事的。我什么财产都没有。"

"那肯定相当有意思。"弗兰基说。

"为什么呀？"

"我也不知道为什么。只是听起来挺棒的，无拘无束，又不用承担责任。可一想到这儿，我就觉得其实我也同样没有什么财产。我是说，父亲会给我一笔零用钱，我有好多房子可以住，有一大堆衣服，很多仆人，有一些让人看了都受不了的家传珠宝，还有好多在商店里的信用额度，但那些其实都是家里的，不是我的。"

"是啊，不过再怎么说——"博比停了下来。

"哦，还是很不一样的，我知道。"

"对啊，"博比说，"很不一样。"

他突然间感到非常沮丧。

他们一起默默地走向下一个发球区。

"明天我要进城去。"弗兰基趁着博比把球放在球座上的时候说道。

"明天？哦，我刚刚正想跟你说你应该来参加个野餐呢。"

"我也想去啊，可是事情都安排好了。你知道，父亲的痛风又犯了。"

"你应该待在他身边伺候他。"博比说。

"他不喜欢被人伺候，那会让他烦不胜烦。他最喜欢第二个男仆。他富有同情心，既不在乎别人往他身上扔东西，也不在乎别人叫他该死的傻瓜。"

博比这一杆打了个剃头球，球缓缓滚入了沙坑。

"运气太差了。"弗兰基说着便打出了一记漂亮的直线球，球越过了沙坑。

"顺便说一句，"她说道，"咱们没准可以一起在伦敦干点什么，你很快就会去吗？"

"周一吧。不过，呃，这样不太好吧，对吗？"

"不太好？为什么？"

"哦，我是说我大部分时间都得像个修理工一样干活儿，我的意思是——"

"就算是那样，"弗兰基说，"我猜你一样也可以去参加鸡尾酒会，然后喝得烂醉如泥，就像我其他那些朋友一样。"

博比只是摇了摇头。

"我可以办一场啤酒香肠派对,假如你更喜欢这个的话。"弗兰基鼓励地说道。

"哦,听我说,弗兰基,这又有什么好处呢?我的意思是,你不能把你的朋友们都混在一起。你的朋友圈和我的不一样。"

"我向你保证,"弗兰基说,"我的圈子里面什么类型的人都有。"

"你这是在装糊涂。"

"你要是愿意的话可以带着巴杰来呀,这样就有跟你关系好的朋友啦。"

"你对巴杰有某种偏见。"

"我猜是因为他口吃吧,口吃的人总是弄得我也跟着口吃。"

"听我说,弗兰基,这样没什么用,你知道的。在这里其实也挺好的。就算没太多事情可做,我也比百无一用的人强。你一直对我都特别好,这点我很感激。但我的意思是,我知道自己其实就是个无名小辈,我是说——"

"等你把你的自卑情结都充分表露完了之后,"弗兰基冷冷地说道,"或许就该试着用九号铁而不是推杆来把球打出沙坑了。"

"我是用——哦!该死!"他把推杆放回球袋中,拿出了九号铁。弗兰基在一旁幸灾乐祸地看着他接连胡乱挥了五杆,在他们的周围扬起了一片沙尘。

"这洞你赢了。"博比说着捡起球来。

"我觉得也是,"弗兰基说,"这样的话比赛我也赢了。"

"剩下的洞咱们还打吗?"

"不了,我不想打了。我还有好多事儿要干呢。"

"当然啦,我猜你也挺忙的。"

他们一起走回了俱乐部会所,一路上一言不发。

"好啦,"弗兰基伸出一只手来,说道,"再见了,亲爱的。这几天你能来陪我真是太棒了,回头等我没什么更好的事情可做时,或许还能再见见你。"

"听我说,弗兰基——"

"没准儿你还会屈尊来参加我组织的果蔬小贩聚会呢。我相信你能在伍尔沃斯连锁零售店①里买到很便宜的珍珠纽扣。"

"弗兰基——"

他的话音被刚刚发动的宾利车引擎声所淹没,弗兰基随意地挥了挥手便驾车离开了。

"妈的!"博比发自内心地骂了一句。

他觉得弗兰基的表现有点儿太不像话了。或许他在处理问题的时候是不怎么机智圆滑,但是真见鬼,他说的可都是肺腑之言。

不过也许他就不该把这些话说出来。

接下来的三天显得无比漫长。

牧师的嗓子疼,迫使他说话的时候只能轻声低语。他说的话很少,显然是在以一名基督徒应有的方式忍耐着他第四个儿子的存在。有那么一两次引用了莎士比亚的话,大意是逆子无情甚于蛇蝎②,诸如此类。

到了星期六,博比觉得他已经再也无法忍受家庭生活的压力了。他找到和丈夫一起"管理"牧师寓所的罗伯茨太太,让她给了他一袋三明治,再加上他在马奇博尔特买的一瓶啤酒,动身准备来一次独自野餐。

---

① 起源于美国的廉价商品连锁零售店,在英国曾有很多店面,后于二〇〇九年宣布破产。
② 原话出自莎士比亚的《李尔王》。

最近几天他十分想念弗兰基。老一辈的人对他来说是种束缚……他们唠叨起来就会喋喋不休，没完没了。

博比躺在长满欧洲蕨的山坡上，四肢都伸展开来，心里纠结着究竟是该先吃午饭再睡觉呢，还是先睡觉再吃午饭。

就在他左思右想的时候，问题却因为他在不知不觉中沉沉睡去而得以解决了。

等他一觉醒来，时间已经到了下午三点半！博比一想到他父亲会如何不赞同以这种方式度过一天的时光，不禁咧着嘴笑了。一次美妙的乡间漫步，走上差不多十二英里，这正是一个健康的年轻人应该做的事情啊。这让人不可避免地想起了那句名言："那么现在，我想我已经挣到了我的午餐。"

"真愚蠢，"博比心想，"干吗要靠走上一大段你并不是特别想走的路来挣得午餐呢？这又有什么好处呢？如果你乐在其中，那纯粹就是自我放纵，如果你不喜欢这么做，那就是在犯傻。"

于是他开始享用他这份不劳而获的午餐，吃得津津有味。在满足地长出一口气之后，他拧开了啤酒瓶的盖子。啤酒的味道苦涩异常，却毫无疑问令人精神一振……

他再次躺下来，把空啤酒瓶随手扔到了一丛欧石南中。

他觉得自己躺在这里简直像上帝一样。世界就在他的脚下。这是种说法，但真是个不错的说法。他可以无所不能，只要他尽力而为！宏伟壮丽的计划和积极大胆的进取精神掠过他的心头。

接着，一阵倦意袭来，让他再次感到昏昏欲睡。

他睡着了……

睡得很沉，不省人事……

第七章　死里逃生

弗兰基开着她那辆绿色的大宾利,停在了一栋老式大房子门外的路边上,门上写着"圣·阿萨夫"。

弗兰基从车里跳出来,转过身去,拿出一大束百合花,随后按响了门铃,一个身穿护士服的女人前来应门。

"我能看望一下琼斯先生吗?"弗兰基问道。

护士看了看宾利和百合花,又看了看弗兰基,眼神中显现出了浓厚的兴趣。

"我该怎么称呼您呢?"

"弗朗西斯·德温特小姐。"

护士一阵激动,据她估计,她的病人应该已经起来了。

她领着弗朗西斯上了楼,走进二楼的一个房间。

"有人来看您啦,琼斯先生。您觉得会是谁呢?真是个惊喜啊。"

疗养院里的人都用这种异常"积极明快"的方式说话。

"天哪!"博比十分惊讶,"这不是弗兰基嘛!"

"你好,博比。我带了些普通的花来。这花儿有点容易让人联想到墓地,不过确实也没什么可挑的了。"

"哦,弗朗西斯小姐,"护士说道,"这些花真漂亮,我去把它们插在水里。"

她离开了房间。

弗兰基坐在了一把明显是给探视者准备的椅子上。

"好啦，博比。"她说，"这到底是怎么回事啊？"

"我就知道你会这么问，"博比说，"我都成这一带彻头彻尾的轰动人物了。往少了说也是八粒吗啡啊，他们都打算把我写进《柳叶刀》[①]和《BMJ》里去啦。"

"《BMJ》是什么呀？"弗兰基插嘴问道。

"《英国医学杂志》[②]。"

"好吧，继续，再一口气说几个首字母缩写出来。"

"你知道半粒就是致死剂量了吗，小丫头？我应该已经死了差不多十六次了。虽说也听说过吃了十六粒还能活过来的例子，但八粒还是够多的，你不觉得吗？我都成这里的英雄了，他们以前从来没处理过像我这样的病例。"

"对他们来说可真是太好了。"

"难道不是吗？给他们提供了一些可以跟所有其他病人谈论的话题。"

护士又走进屋来，手里拿着插在花瓶里的百合。

"我说得没错吧，护士小姐？"博比问道，"你们从来没有过像我这样的病例吧？"

"哦！您压根儿就不该待在这里，"护士说，"您应该躺在墓地里才对，不过他们都说只有好人才短命。"她被自己的机智风趣逗得咯咯直笑，随后便走了出去。

[①] 由英国 Elsevier 出版公司出版的世界权威医学杂志，其刊名来源于外科手术用刀"柳叶刀"（Lancet）。
[②] 世界著名的四大综合性医学期刊之一。

"我就说嘛,"博比说道,"你等着看吧,我会在整个英格兰声名远扬的。"

他继续滔滔不绝地说着,上次跟弗兰基在一起时表现出的那种自卑此刻已经荡然无存。他自顾自地叙述着自己病情中的每一个细节,享受其中,乐此不疲。

"够啦,"弗兰基打断了他的话,"我对洗胃机什么的其实真没那么在意。听你这么一说,简直让人以为以前从来没有人中过毒似的。"

"吞下了八粒吗啡中毒之后还能缓过来的人可是少之又少。"博比解释道,"真见鬼,这都不能让你刮目相看。"

"对给你下毒的人来说是挺添堵的。"弗兰基说。

"是啊,那么好的吗啡都白白浪费了。"

"药是下在啤酒里的,对不对?"

"没错。你知道,有人发现我睡得像个死人似的,想叫醒我又叫不醒。然后他们就慌了,把我送到一间农舍里,叫人去请了医生——"

"后来的事情我都知道了。"弗兰基连忙说。

"一开始他们还以为我是故意吃了那玩意儿。后来等到听我说完,他们就去找那个啤酒瓶子,结果还真在我扔的地方找到了,然后就把它拿去做分析化验。很显然,那里面剩的渣滓用来毒杀一个人是绰绰有余的。"

"没有线索表明吗啡是怎么进到瓶子里去的吗?"

"一点儿都没有。他们去走访了我买那瓶酒的酒馆,把其他瓶子都打开了,结果一切正常。"

"肯定是有人趁你睡着的时候把药放进啤酒里去了。"

"就是这么回事儿,我记得瓶口上的纸粘得不是很对劲。"

弗兰基若有所思地点点头。

"嗯,"她说,"这就说明我那天在火车上说的话是完全正确的。"

"你说什么来着?"

"我说那个人,普里查德,是被推下悬崖去的。"

"那不是在火车上说的,你是在车站说的。"博比有气无力地说道。

"一样的。"

"可为什么——"

"亲爱的,这明摆着啊。为什么会有人想把你干掉?你又不是什么财产继承人。"

"我也可能是啊。没准儿哪个我没听说过的,住在新西兰的姨妈会把所有的钱都留给我呢。"

"胡扯吧。不认识你才不会留钱呢。她要是都不认识你,干吗要把钱留给家里的老四啊?再说了,现在日子都这么难,就算是牧师家也不太可能还有四个儿子!不会的,一切都很清楚。没有人会因为你的死而受益,所以这个理由可以排除了。再有就是报复。你不会是碰巧勾搭了哪个药剂师的女儿吧?"

"我可不记得有这回事。"博比正色道。

"我懂。勾搭得太多了,数也数不清。不过我还是可以不假思索地说,你从来都没勾搭过谁。"

"你说得我都脸红了,弗兰基。可说到底,为什么非得是药剂师的女儿?"

"吗啡可以说拿就拿啊,想搞到吗啡可不是那么容易的事。"

"好吧,我从来都没有勾搭过药剂师的女儿。"

"那就你所知,你也没跟什么人结过仇?"

博比摇摇头。

"嗯，我说什么来着，"弗兰基得意扬扬地说道，"这件事肯定跟那个被推下悬崖的人有关，警方怎么想？"

"他们觉得肯定是疯子干的。"

"净瞎说。疯子才不会带着不计其数的吗啡到处晃荡，然后找个奇奇怪怪的啤酒瓶子把药放进去呢。不，是有人把普里查德推下了悬崖。一两分钟之后你出现了，而他以为你看到了他干的事，于是下定决心要把你除掉。"

"我觉得这个说法站不住脚，弗兰基。"

"为什么站不住脚？"

"呃，首先，我什么都没看见。"

"对呀，可他并不知道啊。"

"而且我要是看见了什么，在死因调查听证会上就会说的呀。"

"这倒也是。"弗兰基有些不情愿地说。

她思索了片刻。

"或许他以为你看见了什么你觉得不重要，但其实很重要的事情？这话听起来真是够绕的，但你能明白我的意思吧？"

博比点点头。

"是啊，我明白你的意思，不过不知怎么的，这似乎也不大可能。"

"悬崖那件事跟这件事之间肯定有某种联系。你当时就在现场，是第一个到那儿的人——"

"托马斯也在，"博比提醒她道，"但没人给他下毒。"

"没准儿他们正在打算呢，"弗兰基欢快地说道，"或者他们已经尝试过，但是失败了。"

"这些想法似乎都太离谱了。"

"我觉得挺合逻辑的呀。如果在一个像马奇博尔特这样一潭死水的地方,发生了两件不同寻常的事情……等等,还有第三件呢。"

"什么?"

"那个提供给你的工作机会。当然啦,那件事真的挺小的,但你必须承认,那也确实挺奇怪的。我从来都没听说过有外国公司会专门去物色那些平平无奇的退伍海军。"

"你是说了'平平无奇'这个词吗?"

"你那会儿可还没进《BMJ》呢。但你能懂我的意思。你看到了一些你本不该看到的事情,或者说他们(不管他们是谁)是这么认为的。好极了,他们先是试图通过给你提供一份海外工作来摆脱你。接着,那招儿也不灵的时候,他们就要设法把你干掉了。"

"这么做难道不是太极端了吗?而且不管怎么说,也得冒很大的风险吧?"

"哦!可杀人犯向来都不计后果。他们杀的人越多,就越想杀人。"

"就像《第三滴血迹》。"博比想起了他最喜欢的小说之一,说道。

"没错,现实生活中也是如此。有史密斯和他的老婆们[①],还有阿姆斯特朗什么的。"

"好吧。不过,弗兰基,他们究竟以为我看见了什么呢?"

"当然,这正是困难所在,"弗兰基承认道,"我认为不可能

[①] 指乔治·约瑟夫·史密斯,二十世纪初期英国著名的重婚者和连环杀手。一九一二年至一九一四年,曾连续用化名在浴缸中溺死三位与其结婚的新娘,与下文的阿姆斯特朗同为著名的英国谋杀犯。

是实际推的那一下，因为那样的话你会说出来的。肯定是跟那个人自身有关的什么事情。没准儿他有块胎记，手指关节活动过度，或者某种奇怪的生理特征。"

"我看出来了，你的思绪已经跑到桑代克博士①那儿去了。这是不可能的，因为不管我看到了什么，警察也能看到。"

"的确是，这个想法够白痴的。这事儿真是让人绞尽脑汁啊，对不对？"

"这种推测倒挺合我心意的，"博比说，"这让我觉得自己很重要。可说归说，这充其量也就是种推测罢了。"

"我肯定是对的。"弗兰基站起身来，"现在我必须得走了，明天我还能来看你吗？"

"哦！来吧。护士们那些起哄调侃真是无聊至极。顺便问一句，你是立刻就从伦敦回来的吗？"

"亲爱的，我一听说你的事情就飞奔回来啦。能有个中毒都中得那么浪漫的朋友，实在是太让人兴奋了。"

"我可不知道吗啡是不是真有那么浪漫。"博比像是回想起了什么一样说道。

"好啦，我明天再来。我是该吻你一下呢，还是不该？"

"这个不传染。"博比用鼓励的口吻说道。

"那我就彻底履行完对一个病人应有的义务吧。"

她轻轻地吻了他一下。

"明天见。"

她走出去的时候护士正好进来，端来了博比的茶。

"我经常能在报纸上看到她的照片，但她跟照片上不太像。

---

①英国侦探小说作家奥斯汀·弗里曼笔下著名的法医神探形象，是侦探小说史上科学办案的典范。代表作《歌唱的白骨》（新星出版社，2010年出版）。

而且,当然啦,我以前也见过她开着车到处转,但我从来没有这么近距离地看过她。她一点儿都不目中无人,是吧?"

"哦,不!"博比说,"我永远都不会说弗兰基目中无人的。"

"我跟护士长说了,她挺平易近人的。一点儿架子都没有,我还跟护士长说,她就跟你和我一样。"

博比并不答话,用他的沉默来强烈反对这个观点。护士见他一言不发,便有些失望地离开了房间。

剩下博比一个人沉浸在思绪之中。

他喝完了茶。接着在心里把弗兰基那些惊人的推测反复掂量了一番,最终还是有些不情愿地决定不予苟同,于是便开始另寻消遣。

他的目光被花瓶里的百合所吸引。弗兰基能给他送来这些花简直太亲切了,当然那些花也很漂亮,不过他倒希望她给他带来的是几本侦探小说。他又把目光投向了身旁的桌子。那上面有一本维达①的小说,一本《绅士约翰·哈利法克斯》②和上星期的《马奇博尔特周报》。他拿起了《绅士约翰·哈利法克斯》。

五分钟以后他把书放下了。对于一个被《第三滴血迹》《大公谋杀案》以及《佛罗伦萨匕首的奇异历险》滋润起来的头脑而言,《绅士约翰·哈利法克斯》差点儿意思。

他叹了口气,拿起了上个星期的《马奇博尔特周报》。

没一会儿工夫,他便拼命地按响了枕头下的呼叫铃,一个护士伴着铃声跑进了房间。

"出什么事了,琼斯先生?您又不舒服了?"

"给城堡打电话,"博比叫道,"告诉弗朗西斯小姐,她必须

---

①十九世纪英国小说家玛丽亚·路易丝·拉梅的笔名,她一生共创作小说四十余部。
②英国小说家及诗人黛娜·玛丽亚·克雷克的代表作,出版于一八五七年。

马上回来。"

"哦,琼斯先生。您可不能捎这样的口信。"

"我怎么不能?"博比说,"要是我能从这张该死的床上起来,你们马上就能见识到我到底能不能。而要像现在这样,你就得替我去干这件事。"

"她不太可能回来的。"

"那你是不知道那辆宾利。"

"她还没喝完她的下午茶呢。"

"现在听我说,亲爱的姑娘,"博比说道,"别站在那儿跟我争来争去的了。照我说的去打电话,告诉她必须马上来,因为我有极其重要的话要对她说。"

护士屈服了,去打电话,但还是有些不情愿。她把博比的口信随意改动了一下。

如果弗朗西斯小姐没有什么不方便的话,琼斯先生想知道她介不介意过来一趟,因为他有些话想对她说,不过当然啦,弗朗西斯小姐无论如何都不用勉为其难。

弗朗西斯小姐简单地回答说她马上就来。

"相信我说的吧,"这个护士对她的同事们说道,"她是爱上他了!就是这样。"

弗兰基迫不及待地来了。

"你这么催命似的把我召来是什么意思?"她问道。

博比正坐在床上,两颊泛红,手里挥舞着那份《马奇博尔特周报》。

"看这个,弗兰基。"

弗兰基看了看。

"然后呢?"弗兰基问。

"这就是你说过的那张修饰过,但是很像凯曼夫人的照片。"

博比的手指着一张有些模糊的翻版照片。照片下方写着:"在死者身上找到并借此确定其身份的相片。阿梅利亚·凯曼太太,死者的妹妹。"

"我是那么说的,照片也没错。我看不出来这有什么可大惊小怪的。"

"我也是。"

"可你说——"

"我知道我说了。但你瞧啊,弗兰基,"博比的嗓音变得极其动人,"这不是我放回死者口袋里的那张照片……"

他们两人四目相对。

"那要是这样的话……"弗兰基缓缓开口说道。

"要么就肯定有两张照片——"

"这不大可能——"

"要不然——"

他们停了下来。

"那个男人,他叫什么名字?"弗兰基说道。

"巴辛顿-弗伦奇!"博比说道。

"没错,我敢肯定!"

第八章　照片之谜

他们凝视着彼此，试图让自己适应一下这种变故。

"不可能是别人了，"博比说，"他是唯一有机会的人。"

"除非就像我们说的，有两张照片。"

"我们都知道那不太可能。假如真有两张照片，他们辨别死者身份时就会把两张都用上，而不是只用一张。"

"不管怎么说，这个很容易搞清楚，"弗兰基说，"我们可以去问问警方。我们暂时先假设只有一张照片，也就是你看到后又放回他口袋里的那一张。你离开他的时候照片还在那儿，而警察赶到的时候就不在了，因此唯一能把它拿走，然后再放另一张照片进口袋的就是这个姓巴辛顿-弗伦奇的男人。他长什么样，博比？"

博比紧皱着眉头，努力回想。

"他是那种没什么明显特征，不太好形容的家伙。说话声音悦耳，像个绅士。我真的没有特别注意他。他说他在这儿人生地不熟，还说了什么找房子的事情。"

"无论如何，这个是可以核实的，"弗兰基说，"惠勒与欧文是唯一的房屋中介。"突然间，她打了个冷战，"博比，你想过没有？如果普里查德真是被推下去的，那巴辛顿-弗伦奇肯定是罪魁祸首……"

"那可真够可怕的,"博比说,"他看上去挺和蔼可亲的。不过你也知道,弗兰基,我们还不能肯定普里查德真是被推下去的。"

"你一直都这么想。"弗兰基说,"不,我希望他是被推下去的,只是因为那会让事情变得更刺激。不过现在已经多多少少被证实了。如果这是一桩谋杀的话,事情就都能说得通了。你的意外出现打乱了凶手的计划。你发现了照片,所以要把你干掉。"

"这里有个瑕疵。"博比说道。

"怎么会?你是唯一看过那张照片的人。巴辛顿-弗伦奇单独守着尸体的时候,把只有你看见过的照片换掉了。"

然而博比还在继续摇头。

"不,还是不对。我们暂时先承认那张照片如你所说非常重要,以至于我不得不被'干掉'。听起来有点儿荒谬,但我想还是有可能的。好,那么无论他下一步打算做什么,都得马上行动。而我去了伦敦,始终都没见过刊登了那张照片的《马奇博尔特周报》或者其他报纸。这纯属偶然,没有人会指望发生这种事情。很有可能我会马上说'那不是我见到的照片'。为什么还要等到死因调查听证会以后,一切都尘埃落定的时候再行动呢?"

"这里面是有些名堂。"弗兰基承认道。

"此外还有一点,当然,我也不能肯定,但我几乎可以发誓,当我把那张照片放回死者口袋里的时候,巴辛顿-弗伦奇并不在场。他是差不多五到十分钟之后才到的。"

"他也可能一直都在监视你呢。"弗兰基争辩道。

"我不太明白他怎么能办得到,"博比不急不忙地说道,"只有一个地方能清清楚楚地看到下面我们所在的事发地。再往远走,悬崖是凸出来的,然后底下又缩进去,你就什么也看不见了。就只有那么一个地方,而巴辛顿-弗伦奇到那儿的时候我马上就听见了。脚步声能传到底下来。他的确可能近在咫尺,但直到他露面之前,他什么也看不见,我发誓。"

"也就是说,你认为他不可能知道你看见了那张照片?"

"我不明白他是怎么知道的。"

"而他也不可能担心你看见他干了什么。我是说谋杀。因为如你所言,这有些荒谬。你不会对这件事缄口不语的。看起来一定还有什么别的原因。"

"只不过我不知道会是什么。"

"一些直到听证会之后他们才得知的事情,我不知道我为什么会说'他们'。"

"为什么不呢?归根结底,凯曼夫妇肯定也参与其中了。没准是个团伙呢。我喜欢犯罪团伙。"

"这个品位有点低,"弗兰基漫不经心地说道,"一次单枪匹马的谋杀档次就高多了……博比!"

"啊,怎么啦?"

"普里查德说什么了——在他临死之前?你知道,就是那天在高尔夫球场上你告诉我的那个古怪的问题?"

"'他们干吗不找埃文斯呢?'"

"对!假定这句话就是原因呢。"

"这可就有点荒唐了。"

"听上去是,但这句话可能很重要,真的。博比,这肯定就是关键所在。哦,不,我可真够白痴的,你从来都没告诉过凯曼夫妇这件事吧。"

"事实上,我告诉他们了。"博比慢条斯理地说。

"你告诉他们了?"

"是啊,那天晚上我给他们写了封信。当然,我在信中说这句话或许无关紧要。"

"然后呢?"

"凯曼给我回了信,自然也是很客气地认同了我的想法,觉得这句话没什么用,但还是感谢我如此费心。我觉得就像是碰了一鼻子灰。"

"而两天之后你就收到了一家陌生公司寄给你的信,要收买你去南美?"

"是啊。"

"好吧,"弗兰基说,"我不明白你还想知道些什么。他们先是尝试了一下,你拒绝了他们的提议,接下来他们就跟踪你,抓住了一个好机会,把大量的吗啡倒进你那瓶啤酒里。"

"所以说,这事儿真有凯曼夫妇参与喽?"

"当然了!"

"对,"博比若有所思地说道,"如果你的情景重现是正确的话,他们就肯定参与其中了。按照我们目前的推断,事情便该如此。死者X被故意推下了悬崖,很可能是BF①干的——请原谅我用这些姓名的首字母缩写——重要的是X的身份不能被人认出来,所以C②太太的照片便被放进他的口袋中,而那位身份不明的漂亮女子的照片则被拿走了。我想知道她究竟是谁?"

"抓住重点。"弗兰基厉声说道。

---

① 此处对应巴辛顿-弗伦奇的首字母缩写。
② 此处对应凯曼太太的姓氏首字母。

"C太太等待着照片被披露出来，然后便以一位悲痛欲绝的妹妹的身份出现了，指认X是她从国外归来的哥哥。"

"你不相信他真有可能是她的哥哥？"

"一刻都没相信过！你知道吗，这件事一直让我百思不得其解。凯曼夫妇根本就是另一个档次的人。死去的那个人——嗯，这么说可能特别招人讨厌，凯曼夫妇就像某些退了休、老掉牙的英裔印度人似的，但那个死者可像是个正人君子啊。"

"而凯曼夫妇显然不是？"

"太显然了。"

"而接下来，从凯曼夫妇的角度来看，当所有事情都进展顺利，尸体身份被成功指认，死因裁定为意外死亡，一切都称心如意的时候，你又跑出来坏事儿了。"弗兰基沉思着说道。

"他们干吗不找埃文斯呢？"博比若有所思地重复着这句话，"你要知道，我真是搞不明白这句话里究竟有什么可让人惊慌失措的。"

"啊！正是因为你不知道啊。这就跟玩填字游戏一样。你写下来一条提示，还觉得这也太简单了，大家都能一下子猜到，但当你发现他们就是一点儿都猜不出来的时候，你会觉得惊讶至极。'他们干吗不找埃文斯呢？'对他们而言肯定是一句举足轻重的话，而他们并没有意识到这句话对你来说无关痛痒。"

"他们可真够傻的。"

"哦，就是啊。但是他们可能认为如果普里查德说过那句话，那他或许还说过别的，没准儿在什么时候也会被你回想起来呢。不管怎么说，他们是不打算再冒这种险了。把你除掉的话更安全。"

"他们已经冒了很多风险了，干吗不再策划另一起'意外事故'呢？"

"不，不行。那样就太愚蠢了。在一周之内发生两起意外？这会暗示两者之间是有关联的，然后人们也许就会开始调查第一起意外了。不，我倒觉得他们这种方法简单直白，其实是相当聪明的。"

"可你刚才还说吗啡没那么容易弄到手呢。"

"也没有那么不容易，只是得在毒药登记簿之类的东西上签字。哦！当然啦，这是条线索啊。无论是谁下的手，都有能轻易得到吗啡的渠道。"

"医生、护士或者药剂师。"博比提示道。

"嗯，我想的更多的是非法进口的毒品。"

"你可别把太多种类的犯罪搅和在一起啦。"博比说道。

"要知道，关键就在于缺少犯罪动机。你死了并不会让任何人获益。那警方还会怎么想？"

"疯子干的呗。"博比说，"而他们也的确是这么想的。"

"你明白了？简单至极，真的。"

博比突然哈哈大笑起来。

"你笑什么呢？"

"我只是想到对他们来说这事儿肯定特别闹心！那么多的吗啡啊，都够杀死五六个人了，而我还在这儿活蹦乱跳的呢。"

"生活给人的小小嘲弄之一，人算不如天算。"弗兰基赞同道。

"问题是，咱们下一步干什么呢？"博比很务实地问。

"哦！多了去了。"弗兰基立即答道。

"比如？"

"嗯，查清楚关于照片的事情。是否真的只有一张而不是两张。还有巴辛顿-弗伦奇找房子的事情。"

"那件事大概没什么关系，是光明正大的。"

"你凭什么这么说呢？"

"听我说，弗兰基，想一想。巴辛顿-弗伦奇一定是没有嫌疑的啊。他必须一身清白，他不但决不能跟死者有任何瓜葛，还非得有一个到这儿来的正当理由不可。他有可能是一时兴起捏造了个找房子的借口，但我敢打赌他实际上也干了类似的事情。绝对不能让人有这种联想，说'一名神秘的陌生人被人目击出现在意外事故的现场附近'。我认为巴辛顿-弗伦奇就是他的本名，而他是那种可以完全洗脱嫌疑的人。"

"没错，"弗兰基若有所思地说道，"这个推理非常棒。巴辛顿-弗伦奇与亚历克斯·普里查德之间不会有任何联系。现在，如果我们能知道那个死者的真实身份——"

"啊，那可能就会大不相同了。"

"所以关键是尸体的身份不能被人认出来，于是就有了那些凯曼夫妇搞出来的伪装。可这也是冒了很大风险的呀。"

"你忘记了凯曼太太已经竭尽所能地尽快指认了他。在那之后，即便他的照片出现在报纸上（你也知道这些照片有多模糊），人们也只会说：'奇怪，这个坠崖的普里查德，长得跟X先生真是太像了。'"

"肯定还不止这样呢，"弗兰基很机敏地说道，"X一定是个不会很容易被别人惦念的人。我的意思是，他不能有妻子或者亲属会马上跑去报警，说他失踪了。"

"真了不起啊，弗兰基。对，他一定是刚刚出国，或者是刚刚回来（他的皮肤被晒成不可思议的黑色，像是个专捕大型猎物的猎人，他看起来就像是那种人），并且他还不能有任何对他的行踪了如指掌的近亲。"

"我们推理得太漂亮了，"弗兰基说，"真希望我们的推断没有完全搞错。"

"这是很有可能的，"博比说，"但我认为到目前为止我们所说的这些还是相当合理的。也就是说，如果这整件事真的这么荒诞不经的话。"

弗兰基随意挥了挥手，对荒诞不经这种说法不以为然。

"关键是，下一步怎么办。"她说，"在我看来，我们现在可以从三个角度来解决问题。"

"说下去，歇洛克。"

"第一个就是你。他们已经尝试过一次想要你的小命，也许还会再试一次。这次咱们也可以给他们下个'陷阱'来对付他们。我的意思是，用你来当诱饵。"

"不了，谢谢，弗兰基，"博比感慨道，"这次我算是吉星高照了，但如果他们下次改用钝器来袭击我，我可能就不会再有这么好的运气了。我还想着将来要多加小心呢，用我当诱饵的念头可以打消了。"

"我就怕你会这么说，"弗兰基叹了口气，说道，"真悲哀，如今的年轻人都堕落了。父亲说过，他们不再以苦为乐，不再愿意去做那些危险和令人不快的事情。这真是个遗憾啊。"

"一个巨大的遗憾，"博比嘴上这么说，但他的语气却很坚定，"第二套作战方案是什么？"

"从'他们干吗不找埃文斯呢？'这条线索入手。"弗兰基说，"死者想必是到这儿来看望埃文斯的，先不管他是谁吧，如果我们能找到埃文斯的话——"

"你觉得，"博比插嘴道，"马奇博尔特有多少个埃文斯呢？"

"至少得有七百个吧。"弗兰基承认道。

"至少咱们可以顺着这条线索查下去,但我还是有点儿怀疑。"

"我们可以先把所有叫埃文斯的人列出来,再去拜访那些有可能是的人。"

"然后问他们——什么呢?"

"这就是难题所在了。"弗兰基说。

"咱们还得再多知道一些东西,"博比说,"你的那些主意才能派上用场。三号方案又是什么呢?"

"这个姓巴辛顿-弗伦奇的人。我们确实已经掌握了一些实际情况,可以根据这些去采取行动。这个名字不怎么常见。我要去问问父亲。他知道所有名门望族的姓氏以及他们各自的支系。"

"嗯,"博比说,"我觉得可以。"

"无论如何,咱们是打算有所行动的吧?"

"当然了,你觉得我会在被人下了八粒吗啡之后还无动于衷吗?"

"这就对啦。"弗兰基说。

"而且除此之外,"博比说,"还有洗胃机带给我的耻辱需要被洗刷。"

"省省吧,"弗兰基说道,"我要是不拦着你,你又会变得既病态又下流了。"

"你真是一点儿女人的同情心都没有啊。"博比说。

第九章　巴辛顿－弗伦奇先生

弗兰基立刻就开始行动了,当晚就向父亲发起了攻势。

"爸爸,"她说,"您认识哪个巴辛顿－弗伦奇家的人吗?"

马钦顿伯爵正在读一篇政论文章,并未听清这个问题。

"与其说这是法国人,还不如说是美国人呢。"他厉声说道,"瞧瞧他们犯的那些傻和开的那些会,就是在浪费国家的时间和金钱——"

弗兰基有一搭没一搭地听他说完,马钦顿伯爵这串话语就像是一列奔驰在习以为常的轨道上的列车,直至到站才会停下来。

"巴辛顿－弗伦奇家的人。"弗兰基又重复了一遍。

"他们怎么了?"马钦顿伯爵问。

弗兰基也不知道该问什么。她很了解她父亲喜欢反驳别人,于是起了个头。

"他们来自约克郡,不是吗?"

"胡说,是汉普郡的。当然,在什罗普郡有个支系,然后在爱尔兰还有一支。你的朋友是哪支啊?"

"我也说不准。"弗兰基说,言外之意等于是承认她跟一些根本不认识的人成了朋友。

"说不准？你这是什么意思？你必须得说准了啊。"

"如今人们都是漂泊不定的。"弗兰基说。

"漂泊，漂泊——他们也只会漂泊了。在我那个时代，我们只需问一个问题，就知道他是哪里人了。他说他是汉普郡那一支的，很好啊，你的祖母嫁给了我的远房表哥。这么就建立起关系来了。"

"那肯定特别甜蜜，"弗兰基说，"只是现如今真没工夫去做那些家族谱系还有地域方面的调查。"

"是啊，你们如今干什么都没工夫，除了喝那些个有毒的鸡尾酒。"

马钦顿伯爵边说边挪动他那条患了痛风的腿，他突然发出一声痛苦的尖叫，就算喝了家酿的波尔多葡萄酒也无法缓解疼痛。

"他们家很富有吗？"弗兰基问。

"巴辛顿-弗伦奇家族？说不上。我记得什罗普郡那一支还在经济上受到了重创，因为遗产税之类的事情。汉普郡那支中有个人娶了个有大笔财产的女继承人，一个美国女人。"

"那天他们家有个人来过，"弗兰基说，"好像是来找房子的。"

"笑话，到这儿来找房子做什么？"

弗兰基心想，那正是问题所在。

第二天她走进了房屋及地产代理商惠勒与欧文先生的办公室。

欧文先生起身相迎。弗兰基给了他一个礼貌的微笑，一屁股坐在了椅子上。

"我们能有幸为您做些什么呢，弗朗西斯小姐？我猜您不会是想把城堡卖掉吧，哈哈！"欧文先生为他抖的小机灵放声大笑起来。

"我倒希望能把它卖了呢,"弗兰基说,"不是为这个,实际上我来是因为我听说一个朋友前几天来过这儿。巴辛顿-弗伦奇先生,他在找房子。"

"啊!没错,有这么个人。这个名字我记得很清楚,有两个小写的 f。"

"那就对了。"弗兰基说。

"他询问了各种各样的小型房产,想要买下。他第二天必须返回城里,所以很多房子没法去看,但我明白他其实也没那么着急。他走了以后,又有一两处合适的房产入市,我就把房子的详细情况写信告诉了他,不过还没有收到答复。"

"您是把信寄到了伦敦,还是寄到了,唔,乡下的地址呢?"弗兰基问道。

"让我看看啊,"他给一个低级别的职员打了电话,"弗兰克,查一下巴辛顿-弗伦奇先生的地址。"

"罗杰·巴辛顿-弗伦奇先生,住在汉普郡斯塔弗利的梅罗威宅邸。"那位职员流利地说道。

"啊!"弗兰基说,"这不是我要找的那个巴辛顿-弗伦奇先生,这肯定是他的堂兄弟。我还觉得奇怪呢,他都到这儿来了也没来找我。"

"就是,就是。"欧文先生很聪明地附和道。

"让我想想啊,他是星期三来找您的?"

"没错,将近六点半。我们六点半关门。我记得特别清楚,因为那天正好发生了那件不幸的意外。有个男人从悬崖上掉下去了。事实上,巴辛顿-弗伦奇先生在警察赶到之前一直待在死者身边。他到我这儿的时候看上去心情挺糟的。非常不幸的悲剧,他们早就该对那段小路采取点儿防护措施了。告诉你吧,弗朗西斯小姐,镇议会已经受到了很多批评。简直太危险了。我真是无法想象,我们怎么会没发生更多的意外事故?"

"说得太对了。"弗兰基说。

她心事重重地离开了办公室。正如博比预言的那样,巴辛顿－弗伦奇先生的所有行为似乎都清清白白,毫无嫌疑。他是汉普郡的巴辛顿－弗伦奇家族中的一员,他留了正确的地址,而且还真的跟房地产经纪人提到了他在这起悲剧中所扮演的角色。难道说巴辛顿－弗伦奇先生真的有可能像他看上去的那样是个完全清白的人吗?

弗兰基心头因为怀疑产生了一丝不安,随后又把它置之脑后了。

"不对,"她自言自语道,"想要买一小处房产的人,要么会在当天早些时候到这里,要么就会留在这里过夜直到第二天。你不会在傍晚六点半的时候才走进房地产经纪人的办公室,第二天就要回到伦敦。他何苦要跑这一趟?干吗不写封信呢?"

不,她暗自认定了巴辛顿－弗伦奇是有嫌疑的。

她接下来造访了警察局。

威廉斯督察是她的老相识,他曾经成功地追查到一个带着虚假证明并且卷走弗兰基一部分珠宝首饰潜逃的女仆。

"下午好啊,督察。"

"下午好,尊敬的小姐,但愿没出什么事。"

"还没出,不过我正想着马上要去持械抢劫银行呢,因为我太缺钱了。"

督察听懂了这句俏皮话,不禁哈哈大笑。

"说实话,我纯粹是出于好奇才来打听的。"弗兰基说。

"是吗，弗朗西斯小姐？"

"您一定得告诉我啊，那个掉下悬崖的男人，叫普里查德还是什么的——"

"就是叫普里查德。"

"他身上只带着一张照片，是不是？有人告诉我他身上有三张！"

"只有一张，"督察说，"那是他妹妹的照片，她来这儿指认了他。"

"那说有三张实在是太荒唐了！"

"哦！这个很好解释，尊敬的小姐。那些新闻记者并不在意把事实夸大了多少，而且往往说得驴唇不对马嘴。"

"我明白，"弗兰基说，"我还听了些荒诞至极的说法。"她停顿了片刻，便接着随意发挥起自己的想象力来，"我听说他的口袋里塞满了能证明他是个布尔什维克间谍的材料，另一种说法是他口袋里装满了毒品，还有种说法是他口袋里全都是假钞。"

督察放声大笑起来。

"说得还真不赖。"

"我猜他口袋里其实也就是些平常的东西吧？"

"而且还很少。一块手帕，没有标记。一些零钱，一包烟，还有几张国库券。都是散放的，没有搁在盒子里，没有信件。要不是有那张照片，我们本来还得费劲去确认他的身份。你也可以称之为机缘巧合吧。"

"我表示怀疑。"弗兰基说。

以她个人的经历来看，她觉得机缘巧合是个极其不妥的词。于是她改变了话题。

"昨天我去看望了琼斯先生,就是牧师的儿子,那个中毒的人,这件事可真够邪门的。"

"啊!"督察说道,"真要这么说,的确是呢。以前从来没听说过有这种事情。那么好的一个年轻绅士,与世无争。你知道吧,弗朗西斯小姐,是会有精神不正常的家伙在四处游荡。尽管如此,我也从来没听说过哪个杀人狂会采用这种方法行事。"

"有线索表明是谁干的吗?"

弗兰基睁大了眼睛问道。

"这可真是太有意思了。"她又加了一句。

督察满心欢喜,他很享受与伯爵女儿进行的这番友好交谈。弗朗西斯小姐既没有架子,也不那么势利。

"有人在那附近看见过一辆车,"督察说,"一辆深蓝色的塔尔博特小轿车。有个在洛克角的人报告说,车牌号为GG8282的深蓝色塔尔博特经过那里往圣博托尔夫教堂的方向去了。"

"您怎么看?"

"GG8282是博托尔夫教堂主教的车牌号。"

一个嗜杀成性的主教,拿牧师之子作为献祭。有那么一两分钟,弗圣兰基在脑海里盘算着这个念头,不过她还是叹了口气,摒弃了这个想法。

"您不会怀疑主教大人吧?"她说道。

"我们已经查明,那天下午主教大人的车从来没有离开过主教宅邸的车库。"

"所以说这是个假车牌号。"

"没错,我们得继续查下去。"

弗兰基在告辞之际,表达了她的钦佩之情。她嘴上虽然没说什么泄气话,心中却暗想:

"英格兰肯定有一大堆深蓝色的塔尔博特。"

回到家里,她从书房的写字台上抄起一本马奇博尔特的姓名地址录,拿到自己的房间,花费了几个小时来仔细查阅。

结果并不能令人满意。

马奇博尔特有四百八十二个叫埃文斯的人。

"该死!"弗兰基说。

她开始为将来制订计划。

第十章　车祸的准备工作

　　一周之后，博比就到伦敦和巴杰一起工作了。他收到了几封弗兰基写来的令人费解的信，上面的字迹大多潦草难辨，其中的意思除了靠猜，他也没有其他办法。不过，这些信件总体而言似乎是在说弗兰基有了一个计划，而他（博比）在接到她的信之前什么都不要做。这样倒好，反正博比也没时间去干什么别的事情，因为倒霉的巴杰已经用尽浑身解数成功地把生意搞得一团糟了，而博比则要忙于收拾他这位朋友搞出来的烂摊子。

　　与此同时，这位年轻人保持着高度的警惕。领教过八粒吗啡威力的人对食物和饮料全都疑神疑鬼，而且还导致他来伦敦的时候带上了一把军用左轮手枪，尽管带着这把枪让他觉得烦不胜烦。

　　就在博比开始觉得这一切不过是场不切实际的噩梦之际，弗兰基开的那辆宾利沿着小巷一路咆哮轰鸣而来，停在了车库的外面。博比穿着遍布油渍的工作服出来迎接。弗兰基坐在驾驶座上，身边是一个面色阴郁的年轻人。

　　"嗨，博比，"弗兰基说道，"这位是乔治·阿巴思诺特。他是个医生，我们会用得着他的。"

博比和乔治·阿巴思诺特相互敷衍地问候了一下，同时微微皱了皱眉头。

"你确定咱们真的会需要一名医生吗？"他问道，"不是有点太悲观了吗？"

"我倒不是说咱们会在那方面需要他，"弗兰基说，"我需要他是为了一个我正在实施的计划。听我说，咱们能去哪儿谈谈吗？"

博比四下张望了一番。

"呃，可以去我的卧室。"他有些拿不定主意地说道。

"好极了。"弗兰基说。

她下了车，和乔治·阿巴思诺特一起跟着博比上了几级外部台阶，进入一间小得可怜的卧室。

"我不确定，"博比环顾四周，迟疑不决地说，"还有没有能坐的地方。"

确实没有。很显然，唯一的一把椅子上放着博比所有的衣物。

"坐床就行。"弗兰基说。

她一屁股坐了上去。乔治·阿巴思诺特也如法炮制，床铺抗议一般发出了嘎吱声。

"我已经把所有事情都计划好了。"弗兰基说，"首先，我们需要一辆车。从你们这儿选一辆就可以。"

"你是说你想从我们这儿买一辆车？"

"没错。"

"你真是太好了，弗兰基。"博比满怀感激地说，"但你并不需要这样。我也是有底线的，不会宰自己的朋友。"

"你全搞错啦。"弗兰基说，"根本不是你想的那样，我明白你的意思。就像是从一个生意刚开张的朋友那儿买上一堆特别吓人的衣服和帽子似的。很讨厌的事情,却又不得不干。不过咱们的计划跟那个不一样,我真的需要一辆车。"

"宾利怎么样?"

"宾利不行。"

"你疯了吧。"博比说。

"不,我没疯。宾利干不了我想干的事情。"

"你想要拿它干什么?"

"把它撞烂。"

博比把一只手放在脑门上,呻吟了一声:

"我今天早上似乎不太对劲。"

乔治·阿巴思诺特第一次开口说话,声音深沉而忧郁。

"她的意思是,"他说,"她想要来一次车祸。"

"她怎么能知道要出车祸的?"博比粗暴地说道。

弗兰基恼火地叹了口气。

"也不知怎么回事,"她说,"切入点好像不太对。现在你安静下来听我说,博比,试着去理解我的意思。我知道你基本上没什么脑子,但如果你真的全神贯注的话,应该还是能明白的。"

她停顿了一下,然后又继续说了下去。

"我正在追踪巴辛顿-弗伦奇。"

"好啊,好啊。"

"巴辛顿-弗伦奇。就是咱们的那个巴辛顿-弗伦奇,他住在汉普郡斯塔弗利村的梅罗威宅邸。梅罗威宅邸归巴辛顿-弗伦奇的哥哥所有,而咱们这位巴辛顿-弗伦奇则跟他的哥哥和他妻子一起住在那里。"

"谁的妻子?"

"当然是他哥哥的妻子啦。这个不是重点。重点在于你或者我,或者咱们两个如何才能打入那家人的内部。我去实地侦察过,斯塔弗利就是个小村子,陌生人在那儿逗留太显眼了。这样肯定行不通,所以我制订了一个计划,大致如下:弗朗西斯·德温特小姐不顾一切地开着车,一头撞上了梅罗威宅邸大门附近的墙。车子完全报废,弗朗西斯小姐也差点儿一命呜呼,她被抬到屋子里,人撞成了脑震荡,受到了惊吓,绝对不能挪动。"

"这话要由谁来说?"

"乔治啊。这下你明白乔治的用处了吧。咱们不能冒险找个不认识的医生来说我什么事儿都没有。或者哪个爱管闲事的人把我四仰八叉地拉到当地医院去。不,事情要这样进行:乔治正好路过,也开着一辆车(你最好再卖给我们一辆车),目睹了这起车祸,他跳下车来接管这件事。'我是医生,所有人都往后站'(换句话说,假如现场有人的话)。'咱们必须把她抬到那栋房子里去。那栋房子叫什么,梅罗威宅邸吗?这样就行,我得给她彻底检查一下。'我被抬到最好的空房间,巴辛顿-弗伦奇一家人要么会表示同情,要么会极力反对,但不管怎么样,乔治都会压制住他们。乔治做完检查以后会给出意见。很幸运,情况并不像他以为的那么严重。骨头都没断,但脑震荡还是挺危险的。两三天之内我绝对不能动地方。在那之后,我应该就可以回伦敦去了。"

"然后乔治离开,接下去就该轮到我来讨这家人的欢心了。"

"那我什么时候出场啊?"

"你不用出场。"

"但你听我说——"

"我亲爱的孩子,你可别忘了巴辛顿-弗伦奇认识你,但他不认识我。而且我还处于一个得天独厚的有利位置,因为我有头衔。你知道这有多管用了吧,我可不仅仅是个获准进入了屋子而又怀揣着秘密企图的流浪年轻女子。我是伯爵的女儿,并且因此备受尊敬。而乔治是个货真价实的医生,一切都毋庸置疑。"

"哦!我倒觉得没什么关系。"博比的语气有些不快。

"我认为这是个非常精妙的计划。"弗兰基充满自豪地说。

"那我就什么都不干?"博比问道。

他还是感觉受到了伤害,就像一只狗出乎意料地被抢走了骨头。他觉得这是属于自己独有的罪案,而现在他却被排除在外了。

"你当然有事干啦,亲爱的。你要蓄胡子。"

"哦!我要蓄胡子?"

"没错,这需要多长时间?"

"两到三周吧,我想。"

"天哪!我还真不知道这么慢,你没法让它快点儿留起来吗?"

"没办法。我为什么不能戴个假胡子呢?"

"假胡子通常看起来都太假了,要么会拧麻花,要么会掉下来,要么闻上去一股速干胶水味儿。不过等一下,我记得有种胡子可以一根根地粘上去,绝对看不出破绽。也许剧院里做假发的人能帮你办这件事。"

"他没准儿会以为我是想要逃避正义的制裁呢。"

"他怎么想都无所谓。"

"等我有了胡子以后要干什么呀?"

"穿上司机制服,开着宾利去斯塔弗利。"

"哦,我懂了。"

博比面露喜色。

"你明白我的计划了吧?"弗兰基说,"没人会像看一般人那样看一个司机。再说了,巴辛顿-弗伦奇只见过你一两分钟,而且他当时肯定很紧张,琢磨着能不能及时把照片换过来,所以也没心思多看你。对他来说,你不过是个打高尔夫球的小蠢货。他可不像凯曼夫妇,能一边坐在你对面跟你说话,一边处心积虑地想要看清楚你是个什么样的人。我敢拿任何东西打赌,你穿着司机的制服,就算没有胡子,巴辛顿-弗伦奇也认不出来你。他大概只会觉得你这张脸有些眼熟,不会更多了。而有了胡子的话应该就万无一失了。现在你跟我说说,你认为这个计划怎么样?"

博比在心中仔细斟酌了一番。

"说实话吧,弗兰基。"他不吝赞赏地说道,"我认为相当不错。"

"既然这样,"弗兰基轻快地说,"咱们就去买车吧。哎呀,我觉得乔治都已经把你的床坐塌了。"

"没关系。"博比亲切地说道,"这本来也不是什么特别好的床。"

他们下楼来到车库里,一个下巴小得出奇、神情有些紧张的年轻人面带爽朗的笑容跟他们打招呼,嘴里含含糊糊地发出"嚯嚯嚯"的声音。他的整体相貌略有瑕疵,因为他两只眼睛看的明显不是同一个方向。

"嗨,巴杰。"博比说,"你还记得弗兰基吧?"

巴杰显然不记得了,但他还是和颜悦色地说着"嚯嚯嚯!"

"我上次见到你的时候,"弗兰基说,"你还脑袋冲下扎在泥里呢，我们不得不拉住你的腿才能把你拽出来。"

"不、不是真的吧？"巴杰说，"啊，那肯、肯、肯定是在威、威、威尔士。"

"就是啊。"弗兰基说，"就是在威尔士。"

"我一直都是个差、差劲的骑、骑、骑手，"巴杰说，"现在依、依、依然是。"他又悲哀地添上一句。

"弗兰基想要买辆车。"博比说。

"两辆，"弗兰基说，"乔治也得要一辆，他那辆现在已经撞坏了。"

"我们可以租给他一辆。"博比说。

"好吧，来看看我们还有什么存、存、存货。"巴杰说。

"看上去都很漂亮。"猩红果绿的艳丽色调令弗兰基有些眼花缭乱。

"光看外表的话还挺好的。"博比阴郁地说道。

"那是辆非、非、非、非常划算的二、二、二手克莱斯勒。"巴杰说。

"不，不要这辆。"博比说，"她要买的车必须至少能跑上四十英里才行。"

巴杰向他的合伙人投去了责备的一瞥。

"这辆斯坦达德基本上就要报废了。"博比沉思着说道，"但我觉得它刚好能把你送到地方。那辆埃塞克斯对这项任务来说有点儿太奢侈了，它至少还能跑上二百英里都不至于出毛病呢。"

"那好，"弗兰基说，"我要这辆斯坦达德。"

巴杰把他的伙伴往旁边拉了拉。

"你觉得要多、多、多少价、价钱合适啊？"他低声咕哝道，"不想跟你的朋友要、要、要价太高。十、十、十英镑？"

"十英镑没问题。"弗兰基加入了讨论,"我现在就付钱。"

"她到底是谁啊?"巴杰用耳语声问道,声音却很大。

博比用耳语声回应了他。

"我还是第、第、第、第一次认识有头、头、头、头衔还能、能、能付现金的人。"巴杰语带敬意地说道。

博比跟着另外两个人走出去,来到宾利车旁。

"你准备什么时候实施计划?"他问道。

"越快越好。"弗兰基说,"我们想在明天下午。"

"喂,我真的不能去吗?你要是喜欢的话我可以戴上胡子。"

"当然不行啊。"弗兰基说,"万一胡子不合时宜地掉下来,可能就把所有事都搞砸了。但你当然可以扮成一个骑摩托车的人,戴上一大堆帽子和护目镜之类的。你觉得怎么样,乔治?"

乔治·阿巴思诺特第二次开口说话了。

"不错。"他说,"越多越好。"

他的声音甚至比之前还要忧郁。

第十一章　车祸发生

这伙了不起的车祸阴谋组把集合地点定在了离斯塔弗利村大约一英里的地方，去往安多弗的主路从这里分出一条岔路，通向斯塔弗利。

尽管弗兰基那辆斯坦达德在经过每座小山坡时都会出现年久失修的迹象，但三个人还是平安抵达了。

预定的时间是一点钟。

"咱们演这出戏的时候可不希望被人打扰，"弗兰基曾经说过，"想来几乎不会有什么人走这条路，午餐时间应该是安全的。"

他们在这条岔路上往前走了半英里，接着弗兰基便指出了她挑选的车祸发生地点。

"依我看，没有更好的地点了。"她说，"从这个山坡直接下去，你们也能看到，这条路在那面有点凸出的墙那儿突然急转弯，那堵墙实际上是梅罗威宅邸的院墙。如果我们发动汽车，让它从山坡上冲下去，就会直接撞在墙上，应该会撞得相当狠。"

"的确如此。"博比赞同道，"但是应该有个人去拐角那儿望风，以确保不会有人从对面绕过来。"

"说得对。"弗兰基说，"我们可不想把其他人搅和到这场混乱中来，没准还会让他们终身残疾呢。乔治可以把他的车开到那儿去，然后掉个头，就像他正从另外那个方向过来似的。接着等他挥舞手帕的时候，就说明已经清场啦。"

"你的脸色看上去很苍白啊，弗兰基。"博比担忧地说，"你确定你没事吗？"

"我化妆化成这样的。"弗兰基解释道，"要为脑震荡做好准备啊，你不会想让我被抬进屋去的时候还一副容光焕发的样子吧。"

"女人可真奇妙，"博比赞赏道，"你看起来就像一只生了病的猴子。"

"我觉得你这人非常粗鲁。"弗兰基说，"好啦，我要过去了，到梅罗威宅邸的大门前勘察一下。刚好在凸出来的这一边。很幸运，没有门卫。等乔治挥动他的手帕，而我也挥动手帕的时候，你就把车开起来。"

"好的，"博比说，"我会站在踏脚板上把控方向，直到速度太快的时候再跳下来。"

"自己别受伤。"弗兰基说。

"我会非常小心的。要是在假车祸的现场出了真车祸，那可就是节外生枝了。"

"好了，出发吧，乔治。"弗兰基说。

乔治点点头，跳进了第二辆车，缓缓驶下山坡。博比和弗兰基站在那里目送着他。

"你会——照顾好自己的，对不对，弗兰基？"博比突然嗓音沙哑地说道，"我的意思是，别做任何傻事。"

"我会没事的，一定会特别小心谨慎。顺便说一句，我觉得我最好还是不要直接给你写信。我会写给乔治，或者我的女仆，或是其他哪个人，让他们把信转给你。"

"我不知道乔治在医生这行会不会取得成功。"

"为什么不会呢？"

"唔，他似乎还没学会医生对病人的那种亲切健谈。"

"希望他能学会吧。"弗兰基说，"现在我得走了，我需要你开着宾利来的时候会让你知道的。"

"我也得去弄我的胡子了。再见了，弗兰基。"

他们对视了片刻，随后弗兰基点了点头，开始朝山坡下走去。

乔治已经把车掉了头，接着绕着墙壁凸起的地方往后倒了倒车。

弗兰基消失了一小会儿，随即又出现在路上，手里挥动着手帕。接着在道路尽头的拐弯处，第二块手帕也挥舞了起来。

博比把车挂上三挡，然后站在踏脚板上，松开了刹车。车子由于挂上了挡，向前移动的时候还有些勉强。然而山坡的坡度足够陡，引擎开始运转，车子加速了。博比稳住方向盘，在最后关头跳下了车。

车子继续冲下山去，以相当大的力量结结实实地撞在了墙上。一切顺利，车祸成功地发生了。

博比瞧见弗兰基飞快地跑到罪案现场，扑通一下子坐进了事故车的残骸之中。乔治开着他的车绕过转角，靠边停了下来。

博比叹了口气，跨上他的摩托车，往伦敦方向驶去。

此时的车祸现场一片忙碌。

"我需要在路上稍微打个滚儿，"弗兰基问道，"让自己身上沾点土吗？"

"的确，滚一下会比较好。"乔治说，"嘿，把你的帽子给我。"

他接过帽子，在上面折出一道可怕的凹痕，弗兰基轻轻发出了一声悲鸣。

"这就是脑震荡,"乔治解释道,"好了,接下来你在原地躺着别动。我好像听见自行车铃声了。"

果然,就在此时,一个约莫十七岁的小伙子骑着车吹着口哨拐过弯来。他立刻停了下来,为眼前这有趣的一幕感到很是开心。

"哦哟!"他脱口而出,"这是出车祸了吗?"

"不是,"乔治反唇相讥,"这位年轻的女士开车故意撞墙上了。"

小伙子似乎注定要把这句话当成反话来听,而不会认为它就是简单的事实。他饶有兴致地说道:

"她看起来很糟糕啊,是不是?她死了吗?"

"还没死呢,"乔治说,"得马上把她抬到哪儿去。我是医生,这里面是什么地方?"

"梅罗威宅邸。属于巴辛顿-弗伦奇先生,他是个治安法官,没错。"

"必须马上把她抬到那里去。"乔治用发号施令的口吻说道,"喂,把自行车放一边,过来帮我一把。"

小伙子很乐意,他把自行车靠墙放好,然后走过来帮忙。乔治和小伙子两个人一前一后抬着弗兰基,沿着车道,朝着一幢看起来老派而舒适的庄园宅邸走去。

他们走近的时候就已被人注意到了,一位年长的男管家出门相迎。

"出了一起车祸。"乔治简短地说道,"有房间能容我把这位小姐抬进去吗?她必须马上得到照顾。"

男管家惊慌失措地回到大厅。乔治和小伙子紧随其后,仍然抬着弗兰基绵软无力的身躯。男管家进了左手边的一个房间，一个女人从里面走出来。她身材高挑，一头红发，年纪在三十岁上下，一双浅蓝色的眼睛清澈明亮。

她迅速处理起眼前的情况。

"一楼有间空闲的卧室。"她说，"你们要不把她抬到那儿去？我要去打个电话叫医生来吗？"

"我就是医生。"乔治解释道，"我正好开车路过，看见了车祸发生。"

"哦！简直太幸运了。请往这边来。"

她带他们进了一间舒适的卧室，卧室的窗子对着花园。

"她伤得很严重吗？"她问道。

"我还说不好呢。"

巴辛顿－弗伦奇太太理解了医生话中的暗示，退出了房间。小伙子陪着她一起离开，描述起车祸的现场来，仿佛亲眼看见了一般。

"她一下子撞在墙上，车完全撞坏了。当时她躺在地上，帽子也全都瘪进去了。那位先生正好开车路过——"

他就一直这么随性发挥，直至拿到了半克朗硬币才罢休。

与此同时，弗兰基和乔治也在小心翼翼地低声细语。

"乔治，亲爱的，这么做不会妨害到你的职业信誉吧？他们不会取消你的注册执照之类的，是吧？"

"也有可能，"乔治有些忧郁地说，"更确切地说，是如果这件事败露了的话。"

"不会的。"弗兰基说，"别担心，乔治。我不会让你失望的。"接着她又亲切地加上了一句："你干得非常棒，我以前从没听你说过那么多话。"

乔治叹了口气,看了一眼手表。

"我还得再检查上三分钟。"他说。

"车子怎么办?"

"我会找一家汽车修理厂妥善处理的。"

"好的。"

乔治继续注视着手表。终于,他松了口气似的说道:

"时间到了。"

"乔治,"弗兰基说,"你一直都是个天使,我不明白你为什么要做这件事。"

"下不为例吧,"乔治说,"做这种事情简直蠢到家了。"

他冲她点点头。

"再见,祝你玩儿得开心。"

"真不知道我能不能开心。"弗兰基说。

她想起那个略带美国口音的声音,冷冰冰的,没有一点人情味儿。

乔治前去寻找房屋的主人,发现她正在起居室里等着他。

"好吧,"他有些唐突地开口说道,"我很高兴,情况并不像我担心的那么糟糕。脑震荡很轻微,现在已经逐渐消退了。但她还是应该待在原地静养上一两天。"他顿了顿,"她好像是什么弗朗西斯·德温特小姐。"

"哦,真没想到!"巴辛顿-弗伦奇太太说,"那我还跟她的一些表亲——德雷科特家的人——很熟呢。"

"我不知道留她在这儿会不会对您不方便,"乔治说,"但她如果能在这里待上一两天的话……"说到这儿乔治停住了。

"哦,当然可以,没有问题,医生——呃,请问您贵姓?"

"阿巴思诺特。顺便说一句,车子的事情我去处理,我正好会路过一家汽车修理厂。"

"非常感谢您,阿巴思诺特医生,您碰巧路过这里真是太幸运了。我想明天应该再请个医生来一下,看看她是否恢复良好。"

"并不一定非得请人来。"乔治说,"她只需要静养。"

"但那样我会更放心一些,而且也应该让她家里的人知道。"

"我会去办这件事的,"乔治说,"至于医生,呃,她似乎是基督教科学派①的信徒,无论如何也不愿意看医生。她刚才发现我在场的时候还不太高兴呢。"

"哦,天哪!"巴辛顿-弗伦奇太太说。

"但是她会好起来的,"乔治安慰她道,"这件事情上您尽管相信我。"

"如果您真的这么认为的话,阿巴思诺特医生。"巴辛顿-弗伦奇太太还是将信将疑。

"我真的这么想,"乔治说,"再见了。哎呀,我落了一样工具在卧室里。"

他迅即进了屋,快步来到床边。

"弗兰基,"他飞快地用耳语声说道,"你是个基督教科学派的信徒,别忘了啊。"

"可为什么呢?"

"我不得不这么说,这是唯一的办法。"

"没问题,"弗兰基说,"我不会忘记的。"

---

① 基督教新教的一个边缘教派,信奉可以依靠信仰、祈祷等方法治愈疾病。

第十二章　身处敌营

"好了，我进来了，"弗兰基心想，"安全地进入了敌营，现在就看我的了。"

有人轻叩房门，巴辛顿－弗伦奇太太走了进来。

弗兰基从枕头上略微欠了欠身子。

"真是万分抱歉，"她以微弱的声音说道，"给您添了这么多麻烦。"

"别胡说了。"巴辛顿－弗伦奇太太说道。弗兰基再次听到了这个略带美国口音，冷冰冰、慢吞吞又充满吸引力的声音，想起来马钦顿伯爵说过，汉普郡那一支巴辛顿－弗伦奇家族中有人娶了个美国的女继承人，"阿巴思诺特医生说你只需静养，一两天之内就会没事了。"

弗兰基觉得此时此刻她应该说几句跟"罪过"或者"凡人之心"[①]有关的台词，但她又害怕说错话。

"他看上去很好，"她说，"对人非常和善。"

"他似乎是个很能干的年轻人，"巴辛顿－弗伦奇太太说，"他刚好从这里路过真的是幸运之至。"

---

① 两者皆与基督教科学派的教义相关。

"对呀,不是吗?当然了,其实我并不需要他。"

"但你不可以说太多话,"女主人继续说,"我会吩咐女仆给你送些东西过来,然后她可以服侍你舒舒服服地睡个好觉。"

"您真是太好了。"

"别客气。"

这个女人离开的时候弗兰基感到了一瞬间的不安。

"真是个善良的人,"她自言自语道,"丝毫没有戒心。"

她第一次感到自己正在卑鄙地捉弄她的女主人。她满脑子想的都是残忍的巴辛顿-弗伦奇把一个毫无防备的受害者推下悬崖峭壁的场景,没想到故事里还会有其他配角。

"哦,好吧。"弗兰基心想,"眼下我也只能硬着头皮坚持到底了,不过我真希望她不要对我这么好。"

她就这样躺在这间渐渐变暗的房间里,度过了一个沉闷无聊的下午和晚上。巴辛顿-弗伦奇太太来探望过一两回,看看她的情况,但都没作停留。

然而第二天,弗兰基便让日光照进卧室里来,还说想找个人做伴,于是女主人就过来陪她坐了一段时间。结果这一天结束时,她们发现了很多共同的熟人和朋友,弗兰基内疚不安地感到她们已经成了朋友。

巴辛顿-弗伦奇太太有好几次提到她的丈夫和小儿子汤米。她看上去是个很单纯的女人,深爱着她的家庭,可是出于某种原因,弗兰基认为她并不是特别快乐。她的眼中有时会流露出一丝忧虑,这和她表面上的心平气和并不一致。

第三天,弗兰基起床后被引见给了这栋房子的主人。

他是个大块头,有双下巴,态度友好却显得有些心不在焉。他似乎花了大把的时间把自己关在书房里。尽管他对妻子关心的事情兴趣寥寥，但弗兰基觉得他还是非常疼爱她的。

汤米是个健康又顽皮的七岁小男孩儿。西尔维娅·巴辛顿－弗伦奇显然很喜欢他。

"住在这儿真是太舒服了。"弗兰基说着叹了口气。

此时她正躺在花园里的一张长椅上。

"我也不知道究竟是因为脑袋被撞了一下，还是因为别的什么，但我就是不想动弹。我真想在这儿日复一日地躺着。"

"好啊，躺吧。"西尔维娅·巴辛顿－弗伦奇平静而又漫不经心地说道，"不，说真的，别急着回城里去。你瞧，"她继续说，"有你在这里我非常高兴。你那么开朗，又那么有趣，格外能让我打起精神来。"

"这么说，她需要打起精神来。"这念头在弗兰基的脑海中一闪而过。

与此同时，她也为自己感到惭愧。

"我真觉得我们已经成为朋友了呢。"对方接着说道。

弗兰基更加羞愧难当了。

她正在做一件卑鄙的事情。卑鄙，卑鄙，卑鄙。她应该就此放弃，回城里去！

她的女主人还在继续：

"待在这儿也不会太沉闷的，明天我的小叔子就要回来了。你肯定会喜欢他的，大家都喜欢罗杰。"

"他跟你们住一起吗？"

"时不时地吧，他是那种不安分的人，说自己在这个家里一事无成，这话从某种程度上来说可能是事实。从没有一件工作能让他坚持下去，实际上，我认为他这辈子就从没干过什么真正的工作。但有些人就是这样，尤其是在一些古老的家族里。

而他们通常都风度优雅，魅力十足。罗杰极富同情心。今年春天汤米生病的时候，要是没有他，我都不知道该怎么办了。"

"汤米怎么了？"

"他从秋千上摔下来了，摔得很重。秋千肯定是绑在一根朽烂的树枝上，而树枝折了。罗杰心里很难受，因为当时正好是他在帮孩子荡秋千。你知道吧，给他荡得很高，孩子们都喜欢那样。一开始我们都以为汤米的脊椎摔坏了，不过结果伤得很轻，他现在已经完全恢复了。"

"看样子他肯定是恢复了。"弗兰基说着微微一笑，听到远处隐约传来了孩子叫喊的声音。

"我明白。他看起来状态非常好，这很让人欣慰。他运气不好，老是会碰上意外。去年冬天他就差点儿被淹死。"

"真的吗？"弗兰基若有所思地问道。

她不再想着回城里的事了，心里的内疚也减轻了一些。

意外！

她想不通，难道罗杰·巴辛顿－弗伦奇就是专门负责制造意外的吗？

她说：

"如果你真的愿意，我也想在这儿再多待一阵子。不过你丈夫会介意我像现在这样贸然闯进来吗？"

"亨利？"巴辛顿－弗伦奇太太的嘴一撇，做出一副古怪的表情，"不，他不会介意的。亨利如今……对什么事情都不介意。"

弗兰基好奇地看着她。

"我们要是更熟悉一点，她就会告诉我更多。"她心中暗想，"这个家庭似乎发生了许多奇怪的事情。"

亨利·巴辛顿－弗伦奇与她们一起喝了下午茶，而弗兰基则对他仔细研究了一番。这个人身上无疑有些古怪之处。很显然，他是那种单纯朴素的乡绅——生性快活，喜爱运动。可这样一个人不应该坐在那里神经质地不停抽搐。他的紧张不安一目了然，他时而有些愣神，沉浸其中无法自拔；时而又对别人说的任何话都给予尖酸刻薄、讽刺挖苦的回答——虽然不是一贯如此。后来，那天晚上吃饭的时候，他焕然一新地出现在大家面前。他插科打诨，放声大笑，讲各种故事。就一个男人而言，简直可以说是才华横溢。弗兰基认为他表现得过于光彩夺目了。这种光彩给人的感觉并不自然，跟他本人的性格相比显得格格不入。

"他那双眼睛可真够古怪的。"弗兰基心想，"都有点吓着我了。"

但毫无疑问，她并未对亨利·巴辛顿－弗伦奇产生任何怀疑。因为发生命案的那一天，身处马奇博尔特的人是他弟弟，而不是他。

说到这个弟弟，弗兰基则是怀着浓厚的兴趣，急切地想要见到他。按照她和博比的想法，这是个杀人凶手。她就要与一个杀人凶手面对面了。

她一时感到有些紧张。

可是说到底，他又怎么可能猜得到呢？

他怎么可能把她跟一桩已经成功实施的罪行联系到一起呢？

"你这是在疑神疑鬼，无中生有。"她自言自语道。

罗杰·巴辛顿－弗伦奇于第二天下午抵达，刚好赶在下午茶之前。

弗兰基见到他的时候已经是下午茶时间了，他们还以为她下午应该是在"休息"呢。

当她走出屋子，来到摆放下午茶的草坪上时，西尔维娅微笑着说：

"咱们的伤员来啦。弗朗西斯·德温特小姐，这位是我的小叔子。"

弗兰基见到的是一个又高又瘦的年轻男子，看样子三十岁出头，长着一双非常怡人的眼睛。尽管她能明白博比的意思，说他应该配上一片单片眼镜和一道牙刷样的小胡子，但她还是更在意那双深邃的蓝色眼睛。他们握了握手。

他说："我已经听说了你试图撞开花园围墙的壮举。"

"我得承认，"弗兰基说，"我是这世界上最蹩脚的司机。不过我当时开着一辆老掉牙的老爷车。我自己的车出毛病开不了了，就买了一辆便宜的二手货。"

"她是被一位非常英俊的年轻医生从那堆残骸里救出来的。"西尔维娅说。

"他可温柔了。"弗兰基附和道。

汤米这时出现了，高兴地尖叫着扑到叔叔身上。

"你给我带霍恩比火车①了吗？你说了你会带的，你说了你会带的。"

"哦，汤米！不许这么要东西。"西尔维娅说。

"没关系的，西尔维娅。这是个承诺。我把您的火车带回来啦，长官。"他很随意地看了嫂子一眼，"亨利是不来喝下午茶了吗？"

"我想是不会来了，"她语气中透着一种压抑，"我猜他今天不太舒服。"

---

① 英国著名的火车模型玩具制造商品牌。

随后她又有些冲动地说道：

"哦，罗杰，我真高兴你回来了。"

他把手在她的胳膊上搭了一小会儿。

"没什么的，西尔维娅。"

喝完下午茶以后，罗杰陪着他的侄子一起玩火车。

弗兰基看着他们，心里乱成了一团。

毫无疑问，这不是那种会把人推下悬崖的人！这个讨人喜欢的小伙子不可能是个冷血的杀人凶手！

可是这样一来，她和博比肯定是从一开始就搞错了。换句话说，错在了最初的推理上。

现在她很确定把普里查德推下悬崖的人并非巴辛顿－弗伦奇。

那么又会是谁呢？

她依然坚信普理查德是被人推下去的。是谁干的呢？又是谁把吗啡放进了博比的啤酒里？

一想到吗啡，她脑海中突然浮现出了亨利那双古怪的眼睛，还有他那对针尖大小的瞳孔。

亨利·巴辛顿－弗伦奇是个瘾君子吗？

第十三章　艾伦·卡斯泰尔斯

说来也怪,她的这一想法还没到第二天就得到了确认,而且还是从罗杰口中。

他们打了一会儿网球,之后便坐在一起小口喝着冰镇饮料。

他们一直在谈论各种各样无关紧要的话题,而弗兰基越来越能感觉到像罗杰·巴辛顿-弗伦奇这样周游了世界各地的人所散发出的魅力。她忍不住想到,家里这个一事无成的人,比他那个身形笨重、不苟言笑的哥哥亨利可爱多了。

就在弗兰基这么想的时候,两人的谈话也停了下来。最终罗杰打破了沉默,这次他说话的语气与之前截然不同。

"弗朗西斯小姐,我打算做一件不太寻常的事情。我认识你还不到二十四小时,但我本能地觉得你是个值得信赖的人,我需要你的建议。"

"建议?"弗兰基惊讶地问道。

"是的,我在两种不同的做法之间犹豫不决。"

他停顿了一下,随后身子向前俯下,球拍在两膝之间晃动,额间眉头微蹙,看上去一副忧心忡忡的样子。

"跟我哥哥有关,弗朗西斯小姐。"

"哦?"

"我很确定他在吸毒。"

"你凭什么这么说?"弗兰基问道。

"凭他的外表,他那种躁郁的脾气,和他有关的一切。你注意到他的眼睛了吗?他的瞳孔小得像针尖一样。"

"我注意到了。"弗兰基承认道,"你认为他用的是什么?"

"吗啡或者某种鸦片类的东西。"

"这件事持续很久了吗?"

"应该是从六个月前开始的。我记得他那会儿一直在抱怨失眠,不知道他最初怎么会想到要碰那东西,但他肯定是在那之后不久开始吸的。"

"他是怎么搞到毒品的?"弗兰基几乎是在打听了。

"我觉得是有人给他寄过来的。你注意到了吗?在某些日子里,一到下午茶时间他就尤其神经质,爱发脾气。"

"没错,我注意到了。"

"我怀疑那就是他用完了手头的存货,等着更多毒品送来的时候。然后,六点钟的邮包一到,他就进到书房里去,直到吃晚饭再露面,整个人的情绪就完全不一样了。"

弗兰基点点头,她记起了有时亨利在晚餐桌上那种异常的神采奕奕。

"可那些存货又是来自何方的呢?"她问道。

"啊,那我可就不知道了。没有哪个有名望的医生会给他提供这种东西的。我猜要是肯出大价钱的话,你能在伦敦通过各种各样的渠道搞到。"

弗兰基若有所思地点了点头。

她想起之前跟博比分析这起案件的时候,她还提出过背后可能有一伙毒品走私犯,博比则说她不能把这么多种犯罪联系到一块儿。真奇怪，他们的调查工作这么快就找到了暗示这种可能性的蛛丝马迹。

更奇怪的是，把她的注意力引向这个事实的竟然是他们的主要嫌疑人。这令她比以往任何时候都更倾向于认定罗杰·巴辛顿-弗伦奇是无辜的。

但是还有一件令人费解的事，那便是调换照片的行为。她提醒自己，对他不利的证据依然跟原来毫无二致。相反，让她相信他的清白的证据只有他本身的人格特点，而大家总是说杀人凶手都是富有魅力的人！

她甩掉这些想法，转向了她的同伴。

"你究竟为什么要告诉我这些呢？"她坦率地问道。

"因为我不知道该怎么面对西尔维娅。"他简单地回答道。

"你认为她还不知道？"

"她当然还不知道，我应该告诉她吗？"

"这个很难——"

"的确很难。这也是我为什么觉得你或许可以帮忙，西尔维娅特别喜欢你。她对周围的人都不怎么在意，但她告诉我，她一眼就喜欢上你了。我该怎么办，弗朗西斯小姐？我要是告诉她的话，就会给她平添一个沉重的负担。"

"她要是知道了的话，也许能施加些影响呢？"弗兰基提议道。

"我很怀疑。一旦涉及吸毒，没人能施加什么影响，哪怕是最亲近、最亲爱的人。"

"这是个有点让人绝望的观点，不是吗？"

"这是事实。当然了，办法是有的。只要亨利能同意去接受治疗，实际上这附近就有个地方，是尼科尔森医生开办的。"

"但他绝不会同意的,对吗?"

"也许会。有时候吸食吗啡的人会沉浸在极度悔恨中,这时他们为了治愈自己会不惜一切代价。我倒觉得如果亨利认为西尔维娅不知道这件事,反倒更容易进入那种心境之中。暴露自己吸食毒品的事实本身就是一种威胁。假如治疗能够成功(当然,他们会把这种问题称为'神经紧张'),她也就永远都不需要知道了。"

"他必须要离开家去接受治疗吗?"

"那个地方距这里有三英里左右,在村子的另一边。经营者尼科尔森医生是个加拿大人。我相信他是个非常聪明的人,而且很幸运的是,亨利也喜欢他。嘘——西尔维娅过来了。"

巴辛顿-弗伦奇太太来到他们身边,说:

"你们俩一直这么精力充沛吗?"

"打了三盘,"弗兰基说,"每盘都是我输。"

"你打得非常好。"罗杰说。

"我就特别懒得打网球,"西尔维娅说,"哪天我们必须把尼科尔森夫妇请过来。尼科尔森太太很喜欢打比赛。哎,你们怎么回事?"她发现另外两人交换了一下眼色。

"没什么,只是我碰巧正跟弗朗西斯小姐说起尼科尔森夫妇呢。"

"你最好像我一样叫她弗兰基,"西尔维娅说,"无论什么时候,当一个人说起什么人或者什么事,另一个人紧接着也说起这个人或者这件事,不是挺奇怪的吗?"

"他们是加拿大人,对不对?"弗兰基问道。

"尼科尔森医生肯定是。我倒觉得他太太是个英国人,不过我也说不准。她是个特别漂亮的姑娘,那双极其可爱、充满渴望的大眼睛让她显得楚楚动人。不知为什么,我总觉得她并不是特别幸福。她的生活肯定很沉闷。"

"他开了一家疗养院之类的机构吧,对不对?"

"是的,收治那些有精神疾病的人和吸毒的人。我相信他做得很成功,他是个挺了不起的人。"

"你喜欢他吗?"

"不,"西尔维娅断然道,"我不喜欢他。"片刻之后,她又激烈地补充道:"一点儿都不喜欢。"

再后来,她指给弗兰基看一张立在钢琴上的照片,上面是一位迷人的女子,她有一双美丽的大眼睛。

"她就是莫伊拉·尼科尔森。一张令人心动的脸,对不对?前些日子有个人跟我们的几个朋友到这儿来,这张脸就给他留下了很深刻的印象。照我看,他还想让人把他介绍给她呢。"

她大笑起来。

"我明天会请他们过来吃晚饭,真想知道你对他怎么看。"

"对他?"

"没错啊。我告诉你啦,我不喜欢他,可他又是个相貌相当英俊的人。"

她语气中的某些东西让弗兰基禁不住飞快地看了她一眼,但西尔维娅·巴辛顿-弗伦奇已经转过身去,正把一些凋谢的花朵从花瓶中拿出来。

"我必须整理整理思路。"弗兰基一面为那天的晚餐梳妆打扮,用梳子梳理一头浓密的黑发,一边思忖着。"而且,"她毅然决然地想道,"也该去做几个试验了。"

罗杰·巴辛顿-弗伦奇究竟是不是她和博比假定的那个罪魁祸首呢?

她和博比一致认同，想要置博比于死地的人肯定能很轻易地获得吗啡。如今从某种程度上来说，罗杰·巴辛顿－弗伦奇正好符合这一点。如果他哥哥是通过邮寄得到吗啡的话，那么对罗杰而言，从中抽取一包为自己所用简直就是易如反掌。

"备忘录，"弗兰基在一张纸上写道："(1) 查明罗杰十六日，也就是博比被人下毒的那天在何处。"

她觉得她有办法弄清楚这件事。

"(2)，"她又写道，"出示死者的照片，观察一下会引起什么反应。同时留意罗杰是否承认他当时在马奇博尔特。"

对于第二个决定，她略微感到了一丝紧张，那样就意味着要把这件事挑明了。但从另一个角度来说，这桩惨剧就发生在她自己那一方宝地上，随口提起应该也算是这世上最自然不过的事情了。

她把那张纸揉成一团后烧掉了。

晚饭的时候，她想方设法自然地把话题引到了第一个问题上。

"你知道吗，"她坦诚地对罗杰说道，"我总觉得咱们以前在哪儿见过，就在不久之前。不会是在沙恩夫人家的宴会上吧？就在克拉里奇斯，十六号那天。"

"不可能是在十六号，"西尔维娅马上说，"那天罗杰在这里。因为那天我们给孩子们举办了一次派对，我都不知道要是没有罗杰我该怎么办。"

说罢，她对罗杰投去了感激的一瞥，而他则对之报以一个微笑。

"我还真没觉得以前见过你，"他沉思着对弗兰基说，随即又接口道，"我敢保证，咱们要是见过面的话，我肯定会记得。"

他这句话说得很是得体。

"一个问题解决了,"弗兰基心想,"博比被人下毒的那天罗杰·巴辛顿-弗伦奇不在威尔士。"

稍后再提起第二个问题就相当简单了。弗兰基把话题引向了乡村,说那里沉闷乏味,任何令人兴奋的新闻都能激起当地人的关注。

"上个月我们那儿有个人从悬崖上掉下去了,"她说,"我们都兴奋得不得了。我满心激动地去参加了死因调查听证会,可那场听证会实在太无聊了。"

"是在一个叫马奇博尔特的地方吗?"西尔维娅突然问道。

弗兰基点点头。

"德温特城堡距马奇博尔特只有大约七英里。"她解释道。

"罗杰,那肯定是你说的那个人啊。"西尔维娅叫道。

弗兰基以探询的目光望着他。

"实际上那人死的时候我就在场,"罗杰说,"我在尸体旁边,一直待到警察赶过来。"

"我还以为守在那儿的是牧师的一个儿子呢。"弗兰基说。

"他要去演奏风琴还是什么的,非走不可,于是我就接替了他。"

"真是神奇,"弗兰基说,"我确实听说另外还有个人也在,不过我从来都没听人提过名字。这么说来,那个人就是你喽?"

空气中弥漫着一种"多神奇啊,这世界真是太小了"的氛围。弗兰基感到自己这一招使得相当不错。

"也许你以前就是在那儿看见我的吧,在马奇博尔特?"罗杰提醒道。

"事实上意外发生的时候我并不在那里,"弗兰基说,"我是又过了几天才从伦敦回去的。你参加死因调查听证会了吗？"

"没有。悲剧发生后第二天早上我就回伦敦了。"

"他起了个荒唐的念头，想在那儿买栋房子。"西尔维娅说。

"根本就是胡闹。"亨利·巴辛顿－弗伦奇说。

"才不是呢。"罗杰和颜悦色地说。

"你自己也清楚得很，罗杰，等你一买下来，你的旅行癖就要犯，又要出国去了。"

"哦，西尔维娅，总有一天我会安定下来的。"

"你安定下来的时候最好就住在我们附近，"西尔维娅说，"可别跑到威尔士去。"

罗杰哈哈大笑起来，接着转向了弗兰基。

"那起意外还有什么有意思的事情吗？是不是还没搞清楚死因是自杀还是别的？"

"哦，不是的，一切都已经真相大白了，来了几个有点吓人的亲戚，确认了那个人的身份。当时他似乎正在做一次徒步旅行。说实话，真的很悲惨，因为他长得帅极了。你们在报纸上见过他的照片吗？"

"我觉得我看见过，"西尔维娅说得有些模棱两可，"不过我记不清了。"

"我楼上房间里有一张从当地报纸上剪下来的剪报。"

弗兰基有些急不可耐。她跑上楼去，下来的时候手里拿着那张剪报，把它递给了西尔维娅。罗杰走了过来，目光越过西尔维娅的肩头看去。

"你们不觉得他很帅吗？"她问话的口气就像个小女生似的。

"是挺英俊的，"西尔维娅说，"看上去特别像那个叫艾伦·卡斯泰尔斯的人，罗杰，你不觉得吗？我记得我当时就这么说过。"

"光看照片确实挺像的,"罗杰表示赞同,"不过你要知道,他们其实并没有多少相似之处。"

"光看报纸照片也说不准,对吧?"西尔维娅边说边将剪报递还回去。

弗兰基也附和了一句。

谈话随即转向了其他事情。

弗兰基上床睡觉的时候心里还是没想明白。每个人的反应看起来都无比自然,也都知道罗杰是去找房子的。

她唯一的成功便是获知了一个名字:艾伦·卡斯泰尔斯。

第十四章　尼科尔森医生

第二天早上，弗兰基又对西尔维娅展开了攻势。

她开始的话说得漫不经心：

"你昨天晚上提到的那个人叫什么来着？艾伦·卡斯泰尔斯，对吗？我觉得我以前肯定听过这个名字。"

"我猜你肯定听说过，他在他那行里也算颇有名气。他是加拿大人，是个博物学家，还是专打大型动物的猎人和探险家。我其实并不认识他，有一天我们的朋友里文顿夫妇带他来吃过午饭，他是个魅力十足的男人，身材魁梧，皮肤晒成了古铜色，还有一双漂亮的蓝眼睛。"

"我肯定听说过他。"

"他可能以前从没来过这个国家。去年他和那个叫约翰·萨维奇的百万富翁游历了非洲。萨维奇就是那个认为自己得了癌症，然后自杀了的可怜人。卡斯泰尔斯的足迹遍布世界各地。东非、南美……他真的是哪儿都去过。"

"听起来是个很棒的冒险家呢。"弗兰基说。

"哦，没错，确实魅力十足。"

"真奇怪，他跟在马奇博尔特掉下悬崖的那个人长得那么像。"弗兰基说。

"我不知道是不是每个人都会有个翻版。"

他们开始对比实例，说到了阿道夫·贝克①，又稍带提起了莱昂斯·梅尔。弗兰基特别小心地不再谈及艾伦·卡斯泰尔斯。对他表现出过于浓厚的兴趣可能会带来严重的后果。

她觉得自己正在取得进展。她相当确信艾伦·卡斯泰尔斯就是马奇博尔特悬崖惨案的受害者。他满足了所有的条件：他在这个国家没有至亲好友，他的失踪在一段时间内不会引起关注。一个动不动就跑去东非和南美的人不太可能有人一直惦念着。而且，弗兰基还注意到，尽管西尔维娅·巴辛顿-弗伦奇对报纸上那张照片和艾伦的相似之处发表了一番见解，但她完全没有想到死者其实就是那个人。

弗兰基心想，这还真是个有趣的心理现象。

我们很少会怀疑"新闻报道"中的人物就是我们常常看到或遇见的人。

这样一来就好极了。艾伦·卡斯泰尔斯是那个死者，接下来就需要多了解一些他的情况。他与巴辛顿-弗伦奇一家之间的联系看起来似乎无足轻重，只是碰巧被朋友带到这里来的。带他来的那个人叫什么来着？里文顿。弗兰基记下了这个名字，以备日后使用。

这当然是一条可能会有用的线索，不过最好还是慢慢来。对艾伦·卡斯泰尔斯的调查必须进行得极其小心。

"我可不想被人下毒或者敲脑袋，"弗兰基想到此处做了个鬼脸，"他们已经做好了无缘无故干掉博比的准备——"

她突然想到了那句令人百思不得其解的话，那是整件事情

---

① 英国著名冤案的当事人，曾被多人指认为诈骗案的嫌犯，后被判刑监禁，假释三年之后真正的罪犯落网，面部特征与其非常相似，而其本人最终获得平反。

的开端。

埃文斯！埃文斯是谁？埃文斯跟这件事又有什么关系？

"一个贩毒团伙。"弗兰基断定是这样。或许卡斯泰尔斯的某个亲戚深受其害，而他下定决心要把它搞垮。或许他就是为此来到英格兰的。埃文斯没准儿曾经是团伙的成员之一，如今已经退了休，来到威尔士定居。卡斯泰尔斯贿赂了埃文斯，让他把其他人供出来，而埃文斯同意了。卡斯泰尔斯去见埃文斯，被人跟踪，然后杀害了。

跟踪并且杀害他的人是罗杰·巴辛顿－弗伦奇吗？看起来不太可能。凯曼夫妇倒更像是弗兰基想象中的毒品走私贩。

可是还有那张照片呢，要是那张照片也能有个解释就好了。

当天晚上，尼科尔森医生和他太太来吃晚饭。他们的车开到门前时，弗兰基刚刚穿好衣服。她的窗户正对着那条路，于是向窗外望去。

一个高个子男人正从一辆深蓝色塔尔博特的驾驶座上下来。

弗兰基若有所思地把头往回缩了缩。

卡斯泰尔斯是加拿大人，尼科尔森医生也是加拿大人。而且尼科尔森医生有一辆深蓝色的塔尔博特。

当然，在此基础上得出什么结论都是很荒唐的，但难道这不像是在隐约暗示着什么吗？

尼科尔森医生身材高大，举手投足间给人一种大权在握的感觉。他说话的语速很慢，也不怎么开口，却总能让每个字都掷地有声。他戴着一副厚厚的眼镜，镜片后那双浅蓝色的眼睛闪烁着深思熟虑的光芒。

他的妻子身材苗条，约莫二十七岁，相貌标致，应该说是非常漂亮。弗兰基心想，她看起来似乎有点儿焦虑不安，一直在兴奋地喋喋不休，仿佛要隐瞒什么似的。

"我听说您出了一次车祸，弗朗西斯小姐。"尼科尔森医生说，在餐桌旁落座，紧挨着她。

弗兰基解释了那场飞来横祸。她不知道自己为什么在讲述的时候那么紧张。医生的态度很单纯，听得津津有味。可她怎么觉得自己就像是在为一项不存在的指控做辩护预演似的呢？医生又为何会对她的车祸产生怀疑呢？

"真是太不幸了，"医生等她讲完之后说道，她似乎根本没必要把这个故事讲得那么详尽，"不过你看上去已经恢复得很好了。"

"我们还不想承认她已经好了呢，还想让她多陪陪我们。"西尔维娅说。

医生凝视着西尔维娅。他唇边好像浮现了一抹淡淡的微笑，但几乎转瞬即逝。

"我得尽可能让她陪你们待得久一点儿。"他严肃地说道。

弗兰基坐在男主人和尼科尔森医生之间。亨利·巴辛顿-弗伦奇今晚明显有些闷闷不乐。他的双手在抽搐，几乎什么都没吃，也没有参与谈话。

坐在他对面的尼科尔森太太很不自在，不过和罗杰谈话显然令她如释重负。她跟他东拉西扯地聊着天，但弗兰基注意到，她的目光从来没有离开过她丈夫的脸庞太久。

尼科尔森医生正说起乡间生活。

"你知道什么是培养物①吗，弗朗西斯小姐？"

"您指的是书本知识？"弗兰基一头雾水地问道。

---

① 英文 culture 一词既有培养物之意，亦有文化、文明之意，故有下文弗兰基的曲解。

"不，不。我是说像细菌这样的微生物。你知道吗，它们会在专门制备好的血清中生长繁殖。乡村就有点像这种环境。这里有时间，有空间，有无尽的闲暇——你瞧，很适合各种事物形成和发展。"

"您的意思是坏的事物吗？"弗兰基困惑地问。

"那就取决于所培养的细菌的种类了，弗朗西斯小姐。"

真是白痴般的对话，弗兰基暗忖道，但为什么会让她有些不寒而栗呢！

她轻率地随口说：

"我身上似乎培育出了各种邪恶的品质呢。"

他看着她，平静地说道：

"哦，不，弗朗西斯小姐，我认为不是的。我觉得你始终都会站在法律和秩序这一边。"

他在说法律这两个字的时候是不是略微强调了一下呢？

这时，桌子对面的尼科尔森太太突然开口道：

"我丈夫很会总结概括人的性格特点。"

尼科尔森医生轻轻点了点头。

"完全正确，莫伊拉。我喜欢关注细节。"他又一次转向了弗兰基，"你知道，听了你遭遇的车祸，有一件事让我非常好奇。"

"是吗？"弗兰基的心突然狂跳起来。

"那位正好经过的医生，也就是送你到这里来的人。"

"怎么？"

"他的性格肯定非常古怪，在施以援手之前还要先把车掉个头。"

"我不明白。"

"你当然不明白。你那个时候失去知觉了。可是年轻的里夫斯，也就是送信的那个小伙子，是骑着自行车从斯塔弗利过来的。一路上并没有汽车超过他，但他转过拐角便发现撞车了，而医生那辆车的车头朝向跟他要去的方向一致——朝着伦敦。你明白问题在哪儿了吗？医生不是从斯塔弗利过来的，那么他就肯定走的是另一条路，也就是从山上下来的。可如果这样的话，他的车头应该冲着斯塔弗利方向才对。然而事实并非如此，因此他肯定是掉了个头。"

"除非他在之前就已经从斯塔弗利那边过来了。"弗兰基说。

"那么当你从山上开下来的时候他的车应该就停在那儿，对吗？"

那双浅蓝色的眼睛正透过厚厚的镜片极其专注地盯着她。

"我不记得了，"弗兰基说，"我觉得不是那样的。"

"你听起来就像个侦探似的，贾斯珀。"尼科尔森太太说，"这些事情都不重要。"

"细节会引起我的兴趣。"尼科尔森说。

他把脸转向了女主人，弗兰基这才松了一口气。

他为什么要这样盘问她？他是怎么识破这起车祸的呢？他刚才说"细节会引起我的兴趣"，真的只是这样吗？

弗兰基想起了那辆深蓝色的塔尔博特轿车，还有卡斯泰尔斯也是个加拿大人这件事。她感觉尼科尔森医生是个阴险邪恶的人。

晚饭后她便躲开了他，依附在温婉柔弱的尼科尔森太太身边。她发觉尼科尔森太太的眼睛依然自始至终盯着她丈夫。弗兰基有点儿想不明白，这究竟是爱意还是畏惧呢？

尼科尔森的精力一直专注于西尔维娅身上，到了十点半的时候，他捕捉到了自己太太的眼神，两个人便起身告辞。

"好啦，"他们走了以后罗杰开口说道，"你觉得咱们的尼科尔森医生怎么样？个性特别强悍，对不对？"

"我跟西尔维娅一样，"弗兰基说，"不怎么喜欢他，倒是更喜欢他太太一些。"

"长得挺漂亮的，但多少有点儿傻，"罗杰说，"她若不是对他顶礼膜拜，就是对他怕得要死。我不知道是哪种情况。"

"我也在奇怪这个。"弗兰基赞同道。

"我不喜欢他，"西尔维娅说，"但我必须承认他很有——本领。我相信他能以最不可思议的方法帮人戒毒。那些自己家人都已经觉得不可救药了的人，抱着最后一丝希望进去，出来的时候毒瘾就彻底戒掉了。"

"对，"亨利·巴辛顿-弗伦奇突然叫道，"而你们知道那里都发生了些什么吗？你们了解那种可怕的痛苦和精神上的折磨吗？患者习惯了吸食一种毒品，医生则断绝他的毒品来源，直到他因为缺少毒品而发疯，用脑袋去撞墙。这就是他干的好事，你们那位'强悍又有本领'的医生。他折磨人，折磨他们，送他们下地狱，把他们逼疯……"

他抖得像筛糠，接着猛地转过身，离开了房间。

西尔维娅·巴辛顿-弗伦奇一脸错愕。

"亨利怎么了？"她惊讶地问道，"他看上去特别难过。"

弗兰基和罗杰都不敢对视。

"他整晚看起来都不太好。"弗兰基鼓起勇气说道。

"是不好，我注意到了。他最近有些喜怒无常，我真希望他没有把骑马给戒掉。哦，顺便说一句，尼科尔森医生邀请汤米明天过去，可我不太想让他过去。不想让他跟那些稀奇古怪的精神病人还有瘾君子待在一块儿。"

"我想医生应该不会让他跟患者接触的，"罗杰说，"他看上去非常喜欢孩子。"

"没错，我觉得他很失望没有自己的孩子，他太太可能也是。她看起来特别悲伤，而且很娇弱。"

"她就像个悲伤的圣母马利亚。"弗兰基说。

"是啊，用这个词来形容她特别合适。"

"要是尼科尔森医生那么喜欢孩子的话，我猜他应该也来参加你们给孩子们开的派对了吧？"弗兰基漫不经心地问道。

"很不巧，就那一两天他离开了，可能是去伦敦开个什么会。"

"我明白了。"

他们各自上楼就寝。在睡觉之前，弗兰基给博比写了一封信。

第十五章　一项发现

博比度过了一段令他厌烦的日子。那种被迫按兵不动的滋味简直让他难以忍受，他痛恨就这么静静地待在伦敦，什么都不做。

乔治·阿巴思诺特医生曾给他打过一个电话，寥寥数语言简意赅地告诉他一切顺利。几天后，博比接到了弗兰基的一封信，是她的女仆送来的。信寄到了马钦顿伯爵位于市内的宅邸，藏在给女仆的信中。

自那以后，他再未收到任何消息。

"有你的信。"巴杰叫道。

博比兴冲冲地走上前去，可信上的笔迹却是他父亲的，邮戳盖的则是马奇博尔特。

然而就在此时，他一眼瞥见了弗兰基的女仆正沿着小巷走来，身上穿着整洁的黑色长袍。五分钟之后，他撕开了弗兰基的第二封信。

亲爱的博比（弗兰基写道），我觉得该是你过来的时候了。我给家里人下了指示，无论什么时候，只要你要求，都可以开那辆宾利车。你得置办一身司机制服，我们家通常都是深绿色的。你可以去哈罗德百货①买，记在我父亲的账上。细节问题上最好务求准确，专注弄好你的胡子。任何人留了胡子，相貌都会跟原来大相径庭。

然后你到这儿来找我，可以假装带一张我爸的便条来，就说那辆车现在已经修好，又能正常开了。这里的车库只能容纳两辆车，他们家那辆戴姆勒和罗杰·巴辛顿-弗伦奇的双座轿车都停在里面。幸亏停满了，所以你得去斯塔弗利，在那里留宿。

你到时尽可能地搜集些当地的情报，特别注意打听一下尼科尔森疗养院的消息，那里收治瘾君子。尼科尔森医生有些可疑。他有一辆深蓝色的塔尔博特轿车，十六日那天（也就是你的啤酒被人下药的那天）他不在家，而且他对我出车祸的细节表现出了过于浓厚的兴趣。

我觉得我已经确定那具尸体的真实身份了！

再见啦②，我的侦探搭档。

你亲爱的大获成功的脑震荡患者
弗兰基
又及：我会亲自寄出这封信的

博比的精神为之一振。

他脱掉工作服扔在一边，告诉巴杰他马上要走，就在匆忙准备离开的时候，忽然想起他还没有拆看父亲的来信。他读这封信的时候带着十足的热忱，因为牧师写来的信与其说是兴之所至还不如说是受责任心驱使，他从中嗅出了一种基督徒式极

---

①英国伦敦最著名的高档百货公司之一。
②原文为法语。

度压抑的隐忍气息。

牧师在信里尽职尽责地报告了马奇博尔特日常生活中的新闻逸事,讲述了他自己与管风琴师之间的一些小麻烦,并就他手下一个教堂执事的非基督教观念评头论足了一番,还提及了重新装订的《赞美诗集》。牧师希望博比能够恪尽职守,努力做出成绩,而他会永远是他慈爱的父亲。

信末有一段附言:

顺便一提,有个人来拜访过,问了你在伦敦的住址。当时我不在,他也没有留下姓名。罗伯茨太太说他是个高个子男人,有些驼背,戴着一副夹鼻眼镜。他似乎非常遗憾没能找到你,很想再次见到你。

一个高个子、有些驼背并且戴着夹鼻眼镜的男人。博比在心里把认识的人翻了个遍,也没想起来谁有可能符合这种描述。

突然之间,一阵疑虑涌上他的心头。这是否预示着有人正在为取他性命做新一轮的尝试?这神秘的敌人,或者敌人们,是在试图追踪他吗?

他静静地坐在那里,认真思索着。不管他们是什么人,都是刚刚才发现他已经离开了家。而罗伯茨太太则在毫无戒心的情况下把他的新地址给了出去。

所以无论他们是谁,都可能已经在监视这个地方了。他如果外出就有可能被跟踪,而照眼下的情形来看,那样做也无济于事。

"巴杰。"博比说。

"什么事儿,老伙计?"

"过来一下。"

接下来的五分钟耗费在了真正艰巨的工作上。十分钟过后，巴杰已经可以把他的种种指示背诵下来了。

等他背得滚瓜烂熟之后，博比便坐进一辆一九〇二年出厂的菲亚特双座轿车，沿着小巷飞驶而出。他把这辆菲亚特停在圣詹姆斯广场，再从广场径直走向他的俱乐部。在那里他打了几个电话，几个小时以后有人给他送来几个包裹。最终，在大约三点半的时候，一名身着深绿色制服的司机走向了圣詹姆斯广场，迅速坐进一辆半小时之前就停在那里的大型宾利车。停车管理员冲他点了点头。刚才把车停在这里的那位绅士说过（他说话的时候还稍稍有点儿结巴），说他的司机马上就会过来取车。

博比抬起离合器踏板，干净利落地驾车离开。那辆被遗弃的菲亚特依旧矜持地留在原地等待它的主人。尽管上嘴唇因为胡子非常不舒服，博比还是开始快活起来。他向着北边而非南边出发，不一会儿，强劲的引擎便带着他在北方大道上加速前进了。

他此刻正在做的不过是额外的预防措施，他很确信没有人在跟踪他。不久之后他便向左转弯，选了一条迂回的路线直奔汉普郡而去。

下午茶时间刚刚结束，宾利车便隆隆地开上了梅罗威宅邸的车道，开车的是一个身板笔挺、举止得体的司机。

"嘿，"弗兰基轻快地说道，"车来了。"

她来到大门前，西尔维娅和罗杰跟她一起。

"一切都搞定了吗，霍金斯？"

司机用手碰了碰帽子。

"是的，小姐。车已经被认真仔细地彻底检修过了。"

"那太好了。"

司机取出一张便笺。

"老爷给您的，小姐。"

弗兰基接了过去。

"你得去住在，叫什么来着……斯塔弗利的安格勒阿姆斯旅馆。我要是用车的话会一早打电话给你的。"

"好的，小姐。"

博比开着车向后倒去，接着掉转车头，沿着车道加速驶离。

"真是抱歉，我们这儿没地方停车了。"西尔维娅说，"这车真漂亮。"

"你在这方面领先一步呢。"罗杰说。

"是啊。"弗兰基承认道。

罗杰脸上没有显露出半分认出博比来的动摇，弗兰基很满意。要是他认出来了，她会非常吃惊的。如果是偶然相遇，就连她自己也很难认出博比来。那两撇小胡子简直是浑然天成，加上博比毫不做作的举止，以及那身司机制服锦上添花，使这次伪装得以圆满完成。

说话的嗓音也棒极了，与博比自己的声音大为不同。弗兰基开始觉得博比的天分要比她曾经认为的高得多。

与此同时，博比已经成功住进了安格勒阿姆斯旅馆。

他的任务是扮演好爱德华·霍金斯，也就是弗朗西斯·德温特小姐的司机。

博比对司机们平日里的行为举止所知甚少，不过带着点儿傲气总不会错。他试着让自己感觉高人一等，再表现出来。旅馆的年轻女雇员对他钦慕不已，这令他备受鼓舞。他很快就发现,从弗兰基出车祸那天起,这一事件便成了斯塔弗利最主要的谈资。店主是个和蔼可亲的胖子,名叫托马斯·艾斯丘。博比轻松随意地跟店主聊着天,听着消息从他嘴里泄露出来。

"年轻的里夫斯,他就在那儿,亲眼看见了车祸的发生。"艾斯丘先生宣称道。

博比打心眼儿里感激这个年轻人。多亏这份合情合理的谎言,车祸如今有个目击证人了。

"他还以为自己死定了,"艾斯丘先生继续说道,"那辆车从山坡上下来,直奔他面前,最终却一头撞到了墙上。那位年轻的女士没被撞死真是个奇迹。"

"小姐也算是去鬼门关走过一遭的人。"博比说。

"她出过好多次车祸了?"

"她命大,"博比说,"不过我跟你保证,艾斯丘先生,任何时候,只要小姐从我手里接过方向盘,就像她有时会做的那样,嗯,我都确信我生命的尽头已经到来了。"

在场的几个人纷纷精明地摇起头来,说他们并不觉得意外,这些事情都在他们的意料之中。

"你这块小地方真的很棒啊,艾斯丘先生。"博比纡尊降贵,亲切地说道,"非常好,非常舒适。"

艾斯丘先生露出一副心满意足的神情。

"梅罗威宅邸是这附近唯一的大宅子吗?"

"唔,还有格兰奇呢,霍金斯先生。不过准确地说,您不会把那儿称为宅子的。没有人家住在那里。那房子空了好多年,直到这个美国医生得到了它。"

"美国医生?"

"正是,他姓尼科尔森。而如果您问我的话,霍金斯先生,那里有一些很奇怪的见不得人的事情。"

就在此时，一个酒吧女招待插话说尼科尔森医生让她禁不住战栗发抖。

"见不得人的事情，艾斯丘先生？"博比说，"嗯，这又是什么意思呢？"

艾斯丘先生阴郁地摇了摇头。

"那些人其实并不想待在那里，都是被他们的亲戚送进去的。我敢说，霍金斯先生，那里面传出来的呜咽声、尖叫声和呻吟声都让您无法相信。"

"那警方为什么不干预一下呢？"

"哦，这个嘛，您要知道，别人都认为那里一切正常。那地方是治疗轻微精神疾病的，进去的都是些不那么严重的疯子。那位绅士是个医生，这没什么问题，可以说是——"说到这儿，店主把脸埋进了啤酒杯里，再次抬起来的时候十分疑惑地摇了摇头。

"啊！"博比阴沉又意味深长地说，"假如我们能了解那里到底发生了什么的话……"

他也把脸埋进了锡质酒杯里。

酒吧女侍忙不迭地插嘴道：

"我就是这么说的呀，霍金斯先生。那儿究竟发生了些什么？唉，有天晚上一个可怜的年轻姑娘逃了出来，身上穿着睡袍，医生和几个护士出来到处找她。'哦！可别让他们把我带回去！'她喊着。真够惨的。说起来，她其实还挺有钱的，是她家亲戚把她送进去的。不过他们到底还是把她带回去了。医生解释说她有被害妄想症，反正他是这么说的。就是一种觉得所有人都想害她的毛病。不过我常常纳闷儿，真的，我经常想不明白……"

"啊!"艾斯丘先生说,"说得容易——"

有个在场的人说没人知道那里发生了什么,另一个人也附和了一句。

最终这场聚会告一段落,博比说他想在上床睡觉之前出去散个步。

他知道,相对于梅罗威宅邸而言,格兰奇疗养院在村子的另一头。所以他抬脚便向那个方向走去。在他看来,今晚收获的信息都很值得重视。当然,其中有很多内容也不必全信。村民们往往对新来的人抱有偏见,若还是个外国人的话,这种偏见就会更甚。如果尼科尔森开办的是一家戒毒所,那么里面传出些奇怪的声音本就情有可原。呻吟声甚至尖叫声也未必能说明医生很邪恶,不过话说回来,那则姑娘逃跑的传闻还是让博比觉得很不舒服。

万一格兰奇疗养院真是个违背当事人的意愿扣留患者的地方呢?可能一部分真正的患者只是被用作了幌子。

想及此处,博比来到了一面高墙前,墙上有两扇锻铁大门。他走到大门前,轻轻试了试其中一扇。门是锁着的。好吧,当然了,门当然会上锁。

可不知什么缘故,摸到这扇紧锁的大门让他隐隐有种不安的感觉。这地方就像是座监狱。

他沿着这条路又往远处走了一小段,目测了一下这面墙。他有可能翻墙而入吗?这面墙又高又光滑,没有适合用来攀爬的缝隙。他摇了摇头,突然发现边上还有一扇小门。他没抱太大希望地试着推了推,竟然推动了。博比大吃一惊,这扇门并没有上锁。

"这可真是有点疏忽大意了。"博比想着,不禁咧嘴一笑。

他溜进门去,又在身后轻轻把那扇小门掩上。

他发现自己站在一条穿过灌木丛的小路上。小路蜿蜒曲折,他沿着小路走去。事实上,这地方让博比想起了《爱丽丝镜中奇遇》。

在没有任何征兆的情况下,小路突然拐了个急弯,眼前显现出一片紧挨着房子的空地。今夜月色皎洁,空地在月光下一览无余。博比还没来得及收住脚,整个人便已步入月色之中。

就在这个时候,一个女人的身影从房屋的拐角处转了出来。她走起路来脚步极轻,边走边东张西望,警觉不安,像一只正在被追捕的动物。至少在博比眼中看起来就是这样。她突然停住了脚步,死死站在原地,身子一晃,仿佛就要摔倒一般。

博比冲上前去一把抓住了她。她的嘴唇无比苍白,博比从来没见过谁的脸上出现如此害怕的神情。

"没事了,"他用极低的声音安慰道,"没事的。"

这姑娘很年轻,她轻声呻吟着,眼睑半睁半闭。

"我好害怕,"她喃喃自语道,"害怕极了。"

"出什么事了?"博比问道。

这个姑娘只是不住地摇头,有气无力地重复着:

"我好害怕,真是害怕极了。"

突然间,她仿佛听见了什么声音一般,挺直了身子,从博比的手中挣脱出来,随后转向了他。

"走,"她说,"马上走。"

"我想帮你。"博比说。

"是吗?"她看了他一两分钟,眼神中有种奇怪的洞察和感伤,就好像在触碰他的灵魂。

然后她摇了摇头。

"没人能帮得了我。"

"我能,"博比说,"我什么事情都愿意做,告诉我是什么让你怕成这个样子。"

她又摇摇头。

"现在不能说。哦!快走,他们来了!你现在不走的话就帮不了我了。立刻,马上。"

博比在她的急切要求之下屈服了。

他低声说了一句:"我住在安格勒阿姆斯旅馆。"便又重新踏上那条小路往回走去。他最后看了她一眼,她在打着手势催他快走。

他猛然间听到前方小路上有脚步声传来。有人从小门进来后沿着小路走来。博比急忙扎进了小路旁边的灌木丛中。

他没听错。一个男人顺着小路走了过来。他从博比身旁经过,外面太黑了,博比看不清他的脸。

等他走过去后,博比继续往外走。他觉得今夜已经没有更多的事情可做了。

而且,现在在他的脑子一片混乱。

因为他已经认出了那个姑娘,确定无疑。

她就是最初那张神秘消失的照片上的人。

第十六章　博比成了律师

"霍金斯先生吗?"

"是我。"因为嘴里塞满了培根和鸡蛋,博比说话的声音有些发闷。

"有电话找您。"

博比连忙喝了一大口咖啡,擦了擦嘴,站起身来。电话在一条昏暗的小过道上。他拿起听筒。

"喂?"是弗兰基的声音。

"喂,弗兰基。"博比轻率地脱口而出。

"我是弗朗西斯·德温特小姐,"电话里的声音冷冰冰的,"是霍金斯先生吗?"

"是我,小姐。"

"我十点的时候需要用车,带我去趟伦敦。"

"好的,尊敬的小姐。"

博比挂上了听筒。

"什么时候该说'小姐',什么时候该说'尊敬的小姐'呢?"他绞尽脑汁,"我应该知道的,但我不知道。这种细节可能会让一名真正的司机或者管家把我识破。"

在电话的另一端,弗兰基挂上听筒之后转向了罗杰·巴辛顿－弗伦奇。

"真够麻烦的,"她轻巧地说道,"今天还得去趟伦敦,都是因为我父亲大惊小怪。"

"那你今晚还回来吧?"罗杰说。

"哦,回来呀!"

"我正想问问你能不能让我搭个车去城里呢。"罗杰随口说道。

弗兰基极其短暂地顿了顿,然后给出了一个深思熟虑的回答。

"哎呀,当然可以啦。"她说。

"不过转念一想,我又不想今天去了,"罗杰接着说道,"亨利的样子比平时更怪异了。不知怎么的,我不太想留下西尔维娅一个人跟他在一起。"

"我明白。"弗兰基说。

"你是亲自开车吗?"他们从电话旁离开的时候罗杰漫不经心地问道。

"是的,但我会带上霍金斯。因为我还得去买些东西,如果自己开车的话会很麻烦,毕竟不能随处停车。"

"是啊,当然不能。"

他没再多说,不过当举止得体的博比有板有眼地把车开来的时候,罗杰还是走出屋来站在门阶上,打算送送她。

"再见啦。"弗兰基说。

在这种情形下,她本没想着要伸出手去,但罗杰握住她的手足有一分钟。

"你真的会回来吧?"他语气中有种异乎寻常的执着。

弗兰基哈哈大笑起来。

"当然了，我说的再见只是到今天晚上。"

"别再出车祸了。"

"如果你担心的话，我让霍金斯开车吧。"

她跳进车里，坐在博比身边，他用手碰了碰帽子。汽车沿着车道驶去，罗杰则依然站在台阶上目送他们。

"博比，"弗兰基说，"你觉得罗杰有没有可能已经爱上我了？"

"有吗？"博比问道。

"嗯，我只是好奇。"

"我以为你对这些征兆应该了如指掌呢。"博比说。

但他说这句话的时候有些心不在焉，弗兰基迅速瞥了他一眼。

"出什么事了吗？"她问道。

"是啊，出了点事。我发现那张照片上的人了，弗兰基！"

"你是说，那张照片？你说了很多次的那张，就是死者口袋里的那张？"

"没错。"

"博比！我本来是有几件事要告诉你的，不过哪件也比不上这个。你在哪儿发现她的？"

博比把脖子往后一梗。

"在尼科尔森医生的私人疗养院里。"

"给我讲讲。"

于是博比便小心翼翼地把前一晚发生的事巨细靡遗地描述了一番。弗兰基则听得屏气凝神。

"这么说咱们还真想对路了，"她说，"尼科尔森医生确实跟这事有所牵连！我有点儿害怕这个人。"

"他是个什么样的人？"

"哦！身材魁梧，性格强悍，而且还老盯着你看。他透过眼镜看你，十分专注，让你觉得他对你简直是洞若观火。"

"你什么时候见过他？"

"他来吃晚饭的时候。"

她描述了那天的晚宴，以及尼科尔森医生是如何揪住她"车祸"的细节不放的。

"我觉得他起了疑心。"她最终说道。

"他这么刨根问底是挺奇怪的，"博比说，"你觉得这整件事归根结底是因何而起的呢，弗兰基？"

"嗯，我开始认为你说的有关贩毒团伙的猜测其实也没么差劲了，我当时对这个说法还真有些不屑呢。"

"而尼科尔森医生是这个团伙的头儿？"

"是的。这家私人疗养院恰好可以成为绝妙的伪装，方便他们暗中行事。他在自己这一方宝地可以正当合法地得到毒品的供应。他一边假装治疗吸毒成瘾的患者，一边可能还在给他们提供毒品。"

"听起来好像还挺有道理的。"博比表示赞同。

"我还没跟你说亨利·巴辛顿-弗伦奇的事情呢。"

博比聚精会神地听她描述起这位男主人的种种怪癖。

"他妻子就不怀疑吗？"

"完全不怀疑。"

"她又是个什么样的人啊？聪明吗？"

"我从来没仔细想过。不，我觉得她没那么聪明，可是在某些方面看起来又相当精明。是个挺直率又招人喜欢的女人。"

"那巴辛顿-弗伦奇呢？"

"这一点我就很困惑了，"弗兰基缓缓说道，"博比，你觉得咱们有可能在他的问题上大错特错了吗?"

"胡说八道,"博比说,"这个问题咱们早就解决了,已经断定他肯定是个坏蛋了。"

"因为那张照片?"

"因为那张照片。再没别人能有机会把那张照片调包了。"

"我明白,"弗兰基说,"不过我们手中对他不利的证据也就只有这一件小事而已。"

"这就足够了。"

"我也这么想。可是——"

"怎么?"

"我不知道,但我有种奇怪的感觉,觉得他是清白的——觉得他跟这件事一点瓜葛都没有。"

博比冷冷地看着她。

"你刚才是不是说过他可能已经爱上你了,还是说你已经爱上他了?"他很客气地问道。

弗兰基的脸一下子红了。

"别犯傻了,博比。我只不过想知道是不是真的没有能证明他清白的证据,仅此而已。"

"我看不出哪儿还能有。尤其是现在,我们实际上已经在这附近找到了那个姑娘。问题好像已经迎刃而解了。我们只要再搞明白死者是什么人——"

"哦,可我知道了呀。我在信里告诉过你了。我几乎可以肯定被害者是个叫艾伦·卡斯泰尔斯的家伙。"

于是她又把这部分内容讲了一遍。

"知道吗,"博比说道,"咱们是真的有进展了呢。现在咱们必须多少尝试一下,努力去重现这桩罪行,把已经掌握的事实列出来,看看用它们能干点儿什么。"

他停顿了片刻,车速也像是要与思维保持一致似的慢了下来。随后他的脚再度踩下油门,同时开口说话了。

"首先,我们假定你关于艾伦·卡斯泰尔斯的结论是正确的。他当然符合各种条件。他就是那种人,过着浪迹天涯的生活,在英国几乎没有朋友和熟人,而如果他消失了的话,也不太可能会有人想念或者寻找他。

"到目前为止都很好。艾伦·卡斯泰尔斯是跟着几个人一起到斯塔弗利来的,你说他们姓什么来着?"

"里文顿。这是一个可能的调查方向。实际上,我认为咱们应该跟进这条线索。"

"当然。很好,卡斯泰尔斯跟着里文顿夫妇一起来到了斯塔弗利。那么,这里有什么名堂吗?"

"你是想说,他是蓄意让他们带他来这儿的吗?"

"是啊。还是说这不过是一次偶然?他是被他们带到这里来,随后又意外遇见了那个姑娘,就像我昨晚一样?我猜他以前就认识她,否则不会随身携带她的照片的。"

"另一种可能是,"弗兰基若有所思地说,"他已经在追踪尼科尔森和他的团伙了。"

"并且把里文顿夫妇当成他达到目的的手段,让他能够自然而然地到这个地方来。"

"这种推测很有可能,"弗兰基说,"他或许已经在追踪这个团伙了。"

"或者只是在追踪那个姑娘。"

"那个姑娘?"

"是的。她也许是被诱拐绑架的,而他到英格兰来有可能就是为了找她。"

"好吧,不过假如他是追着她一路来到斯塔弗利,那为什么又去了威尔士呢?"

"很显然,还有很多事情是我们不知道的。"博比说。

"埃文斯,"弗兰基边思考边说,"说起这个埃文斯,我们还什么线索都没有呢。埃文斯肯定跟威尔士有关。"

他们各自沉默了片刻,接着弗兰基突然认出了周遭的环境。

"亲爱的,咱们都到帕特尼山①了,感觉好像才过了五分钟。咱们去哪儿,干点儿什么呀?"

"这个得由你来说,我连咱们为什么要到城里来都不清楚。"

"进城只是个借口,就是为了跟你说会儿话。我可不能冒险让人看见我走在斯塔弗利的小巷里,跟我的司机推心置腹。我用我父亲那封假信作为开车进城来的借口,就是为了在路上跟你谈谈,就算这样咱们的计划还差点儿被巴辛顿-弗伦奇搅黄了呢,他也想到城里来。"

"那可就全毁了。"

"也不见得。咱们可以到他想去的地方把他放下,然后再去布鲁克街,在那里谈。不管怎么说,我觉得咱们最好就这么办。你在汽车修理厂的住处可能已经被监视了。"

博比也表示同意,同时还讲述了有人在马奇博尔特打听他下落的那件事。

"咱们就去德温特家在城里的住所吧,"弗兰基说,"那儿除了我的女仆和两个看门人之外没有别人。"

他们驾车到了布鲁克街。弗兰基按响门铃,里面的人放她

---

①伦敦西南部的一个地区。

进去，而博比留在了外面。没一会儿，弗兰基又打开门，招呼他进屋。他们上楼进了大客厅，拉起几扇百叶窗，又掀开了其中一张沙发上的罩布。

"还有一件事我忘记告诉你了，"弗兰基说，"十六号，也就是你被人下毒那天，巴辛顿－弗伦奇在斯塔弗利，但尼科尔森不在。据说他在伦敦参加一个会议。而他的车是一辆深蓝色的塔尔博特。"

"同时他还能弄到吗啡。"博比说。

他们交换了一个意味深长的眼神。

"我想，这也算不上确凿的证据。"博比说，"但是却与线索非常吻合。"

弗兰基走到靠墙的桌子前，拿回来一本电话号码簿。

"你打算干什么？"

"我要查查里文顿这个姓氏。"

她飞快地翻动书页。

"A．里文顿父子，建筑工。B．A．C．里文顿，牙医。D．里文顿，住在射手山，我觉得这个不是。弗洛伦斯·里文顿小姐。H．里文顿上校，获得过杰出服务勋章——这才对嘛——住在切尔西的泰特街。"

她继续往下查找。

"这儿有个M．R．里文顿，地址是翁斯洛广场。他也有可能。在汉普斯特德还有个威廉·里文顿。我认为翁斯洛广场和泰特街的这两个最有可能。博比，我们必须去见见这些姓里文顿的人，不能耽搁了。"

"我觉得你说得对。但要用什么借口去呢？编几个不错的瞎话吧，弗兰基。那种事儿我可不怎么在行。"

弗兰基沉思了片刻。

"我认为，"她说，"这件事还得是你来出马。你觉得你能扮演一家律师事务所新来的合伙人吗？"

"这看起来是个很有绅士风度的角色，"博比说，"我还怕你会想出什么比这要糟糕得多的主意来呢。不过话说回来，这个角色好像不太符合实际情况啊。"

"这是什么意思？"

"呃，律师从来不会亲自登门拜访，对吗？想必他们通常都是靠写信的，六先令八便士一封，或者写信叫某人到他们的办公室去赴约。"

"这家独特的律师事务所标新立异，"弗兰基说，"你等一下。"

她离开了房间，回来的时候拿着一张名片。

"弗雷德里克·斯普拉格先生，"她说着把名片递给博比，"你是布鲁姆斯伯里广场上斯普拉格－斯普拉格－詹金森及斯普拉格事务所的一名年轻成员。"

"这家事务所是你瞎编出来的吧，弗兰基？"

"当然不是了，他们是我父亲的律师。"

"那他们会告我冒名顶替吗？"

"没关系的，并不存在年轻的斯普拉格。唯一的斯普拉格都差不多一百岁了，而且再怎么说，他对我都言听计从。如果真的出了岔子，我会搞定他的。他是个十足的势利眼，就喜欢那些伯爵啊公爵啊什么的，但从他们身上又赚不到多少钱。"

"衣服怎么办？用我给巴杰打电话带些过来吗？"

弗兰基看上去一脸疑惑。

"我无意冒犯你的衣着，博比，"她说，"或者拿你的贫穷来嘲笑你。不过那些衣服真的能令人信服吗？我想的是，咱们最好扫荡一下我父亲的衣橱。他的衣服对你来说不会太不合身的。"

一刻钟以后，博比站在马钦顿伯爵的穿衣镜前审视着自己，他身上穿着一件晨礼服和一条裁剪精良的条纹裤，还算合身。

"你父亲在衣着方面还真是挺养尊处优的，"他欣欣然地评论道，"有萨维尔街①赐予的力量在我身上，我整个人都信心倍增。"

"我觉得你还是得戴着你的小胡子。"弗兰基说。

"它粘在我脸上呢，"博比说，"这可是件艺术品，没法马上再做一个。"

"那最好还是留着它吧，虽然把脸刮干净了更像是从律师事务所出来的。"

"总比留大胡子好，"博比说，"那么现在，弗兰基，你觉得你父亲会借给我一顶帽子吗？"

---

①伦敦以传统的男士定制服装而蜚声在外的街道，是手工定制量体裁衣的终极圣地。

第十七章 里文顿夫人开口说话

"万一,"博比在门阶上站住脚,说道,"那个翁斯洛广场的M.R.里文顿先生自己就是个律师呢?那可就完蛋了。"

"你最好先去试试泰特街的那个上校,"弗兰基说,"他应该对律师的事情一窍不通。"

于是,博比打了一辆出租车来到泰特街。里文顿上校出门了,但里文顿太太在家。博比把名片交给了机灵的客厅女仆,那上面有他写的:"从斯普拉格-斯普拉格-詹金森及斯普拉格先生的律师事务所来,十万火急。"

这张名片和马钦顿伯爵的衣服在客厅女仆身上取得了喜人的成效。她丝毫不怀疑博比可能是来售卖袖珍画像或者推销保险的。他被带到一间富丽堂皇的客厅,没过多久,衣着和妆容都雍容华贵的里文顿太太便走进了屋。

"冒昧打扰您我深表歉意,里文顿太太。"博比说,"不过事出紧急,我们希望避免因信函导致的耽搁。"

要说有哪个律师会希望避免耽搁似乎是不可能的,这一点显而易见。博比有那么一刻感到忧心忡忡,不知道里文顿太太会不会看穿这个借口。

然而,里文顿太太显然是个外表胜于头脑的女人,摆在她面前的事情她都会全盘接受。

"哦,快请坐吧!"她说,"我刚刚接到了您办公室打来的电话,说您正在来这里的路上。"

博比在心里暗暗为弗兰基在最后关头的灵光一闪鼓掌。

他坐了下来,尽力让自己看上去有点儿律师的样子。

"这件事跟我们的客户艾伦·卡斯泰尔斯先生有关。"他说。

"哦,是吗?"

"他也许曾经提起过我们在为他代理法律事务。"

"他提过吗?我相信他是提过的。"里文顿太太的一双蓝眼睛睁得很大,说道。她显然还是个很容易接受暗示的人,"不过当然啦,我也了解你们。你们代理过多莉·马尔特雷弗斯的事务,就是她开枪袭击那个讨厌的女装裁缝的案子,对不对?我猜你们应该知道全部的细节吧?"

她看着他,毫不掩饰她的好奇心。在博比看来,里文顿太太是个很容易上当受骗的人。

"我们了解很多从未在法庭上公之于众的情况。"他说着微微一笑。

"哦,我猜你们肯定知道,"里文顿太太满心羡慕地看着他,"给我讲讲,她是真的——我是说,她穿得真的跟那个女人说的一样吗?"

"这件事在法庭上被驳回了。"博比很郑重地说道,眼帘微垂。

"哦,我明白了。"里文顿太太欣喜若狂地吸了一口气。

"关于卡斯泰尔斯先生,"博比接着说道,他觉得现在已经建立起了友好的关系,可以继续干正事儿了,"他非常突然地离开了英格兰,或许您知道?"

里文顿太太摇了摇头。

"他离开英格兰了吗？我不知道啊。我们已经有一阵子没见过他了。"

"他告诉过您他打算在这里待多久了吗？"

"他说他或许会在这儿待上一两个星期，也有可能待上个一年半载的。"

"他住在哪儿呢？"

"在萨伏伊酒店。"

"那您最后看见他是在什么时候？"

"哦，差不多是三个星期或者一个月以前，我也记不清了。"

"您带他去过斯塔弗利吗？"

"当然啦！我相信那就是我们最后一次看见他。他刚到伦敦，打电话来想知道什么时候可以来看望我们。休伯特觉得有点儿烦心，因为我们正准备第二天去苏格兰，还得去斯塔弗利吃午餐，再跟几个摆脱不了的讨厌鬼一起外出吃晚餐，而他想见卡斯泰尔斯，他特别喜欢他。于是我就说：'亲爱的，咱们带上他一起去巴辛顿－弗伦奇家吧。他们不会介意的。'后来我们真带上他了，而巴辛顿－弗伦奇一家当然也没有介意。"

说到这儿，她停了下来，有点气喘吁吁。

"他告诉过你们他到英格兰来的原因吗？"博比问。

"没告诉过。他来英格兰有原因吗？哦，对了，我知道了。我们认为跟他那个朋友，就是那个死得很惨的百万富翁有关系。有个医生说他得了癌症，然后他就自杀了。医生说这种话可真够缺德的，您不觉得吗？而且他们经常会大错特错。我们的医生前些天说我家小女儿得了麻疹，结果其实就是出了点儿痱子什么的。我跟休伯特说我们得把他换掉。"

在里文顿太太的眼中,医生仿佛是图书馆的藏书一样,对于这种态度,博比不予置喙,而是又重新说回正题。

"卡斯泰尔斯先生认识巴辛顿-弗伦奇家的人吗?"

"哦,不认识!不过我认为他喜欢他们。尽管他在回来的路上显得很奇怪,有些闷闷不乐。我猜肯定是他们说的哪些话让他心烦了吧。你知道,他是个加拿大人,而我总觉得加拿大人都有点儿过于敏感。"

"您并不知道是什么事情让他烦心吧?"

"我毫无头绪。有时候就是些最愚蠢的小事,不是吗?"

"他在那附近散过步吗?"博比问道。

"哦,没有啊!这个想法太奇怪了!"她目不转睛地盯着他。

博比则再次试探。

"当天有聚会吗?他遇见什么邻居了没有?"

"没有,就只有我们和巴辛顿-弗伦奇一家。不过你这么一说还真挺奇怪的——"

"哦?"趁着她停顿,博比急切地问道。

"因为他问了一大堆讨厌的问题,是跟住在那附近的某个人有关。"

"您记得那人叫什么吗?"

"不,我不记得了。不是什么特别有意思的人,是个医生之类的。"

"尼科尔森医生?"

"好像就是叫这个名字。他想了解关于他和他太太的事情,以及他们是何时来到这里的——各种各样的问题。这可太奇怪了,因为他并不认识他们啊,而且他通常也不是个好奇心旺盛的人。不过当然啦,他或许只是想找点话说,又想不出来该说些什么。人有时候是会干这种事情的。"

博比也赞同说人有时候就是这样,随后他便问起当时为什么会聊到尼科尔森夫妇,不过这一点里文顿太太就没法告诉他了。她当时跟亨利·巴辛顿-弗伦奇一起到花园里去了,回来的时候就发现其他人正在谈论尼科尔森夫妇。

到目前为止,谈话进行得都非常顺利,博比不停地追问这位夫人,丝毫不加掩饰,不过她现在却突然表现出了一种好奇。

"可你到底想要知道卡斯泰尔斯先生的什么呢?"她问道。

"我其实是想要他的地址,"博比解释道,"您也知道,我们在代理他的法律事务。我们刚好从纽约收到一封颇为重要的电报。您知道吗,美元汇率刚刚经历了一次相当剧烈的波动——"

里文顿太太拼命点着头,想显示出自己的聪慧。

"所以呢,"博比飞快地继续,"我们想联系上他,以便得到他的指示。而他又没有留下地址……以前曾经听他提到过是您二位的朋友,于是我就想,您或许知道他的消息。"

"哦,我明白了,"里文顿太太心满意足地说,"真是遗憾呐,不过他向来都行踪不定。"

"哦,显然如此。"博比说,"好吧。"他站起身来。"非常抱歉,占用了您那么宝贵的时间。"

"哦,别客气,"里文顿太太说,"能知道多莉·马尔特雷弗斯真的干了那件事——就像你说的那样——实在太有意思了。"

"我可什么都没说。"博比说。

"是啊,不过律师说起话来都是这么谨慎,不是吗?"里文顿太太边说边发出咯咯的轻笑声。

"这件事就算是办妥了。"博比沿着泰特街走去的时候心想,"看来我已经一劳永逸地把多莉·马尔特雷弗斯这个人搞臭了,不过我猜她也是罪有应得,而那个可爱的傻女人永远也不会怀疑我为什么不简单打电话问一下卡斯泰尔斯的地址!"

回到布鲁克街以后,他和弗兰基一起从各个角度讨论了这件事情。

"看起来,他去巴辛顿-弗伦奇家似乎真的纯属偶然。"弗兰基若有所思地说道。

"我知道。但是很显然,当他到那儿以后,某句无心之言让他的注意力转向了尼科尔森夫妇。"

"所以说,这个谜团的核心其实并不是巴辛顿-弗伦奇一家,而是尼科尔森?"

博比看着她。

"还在一心为你的英雄粉饰呢?"他冷冷地问道。

"亲爱的,我不过是在描述事情的现状。卡斯泰尔斯正是因为听到了尼科尔森和他的私人疗养院才兴奋了起来,而被带到巴辛顿-弗伦奇家则是个纯粹的偶然。你必须承认这一点。"

"似乎是这么回事。"

"干吗只是'似乎'?"

"唔,因为恰好还有另一种可能。卡斯泰尔斯有可能通过某种渠道获悉了里文顿夫妇要去和巴辛顿-弗伦奇一家人共进午餐。他可能是在一家餐厅里,或许就是在萨伏伊,偶然听到了一些消息,于是就给他们打电话,非常急切地想去看他们。结果他就心想事成了。他们的日程排得很满,于是便提议让他跟着一起去——朋友不会介意,而里文顿夫妇又真的很想见到他。这是有可能的,弗兰基。"

"的确有可能,不过这也太拐弯抹角了。"

"不会比你的车祸更拐弯抹角的。"博比说。

"我的车祸可是轰轰烈烈的直接行动。"弗兰基冷冷地说。

博比脱去马钦顿伯爵的衣服,放回原处,随后再次披上司机制服。很快,两人便飞驰在返回斯塔弗利的路上了。

"如果罗杰已经爱上我了的话,"弗兰基故作庄重地说,"他会很高兴我这么快就回来了。他会觉得我离开他时间一长就难以忍受。"

"我也不确定你能受得了,"博比说,"我总听人说,真正危险的罪犯都格外有吸引力。"

"不知怎么的,我就是没法相信他是个罪犯。"

"你以前也这么说过。"

"对啊,我是有这种感觉。"

"你没办法解释照片的问题。"

"那该死的照片!"弗兰基说。

博比一言不发地驶上了车道。弗兰基跳下车,头也不回地进了屋。博比随即驾车离去。

屋子里似乎异常安静。弗兰基瞥了一眼时钟,时间是两点半。

"他们肯定觉得我还有几个小时才能回来呢,"她心想,"不知道他们都上哪儿去了?"

她推开书房的门,迈步往里走,却在门口突然站住了。

尼科尔森医生正坐在沙发上,两只手攥着西尔维娅·巴辛顿-弗伦奇的双手。

西尔维娅一跃而起,穿过房间朝弗兰基走来。

"他刚才已经告诉我了。"她说。

她的嗓音很压抑,同时用双手捂着脸,仿佛要藏起来不让人看到似的。

"太可怕了。"她呜咽着奔出房间,和弗兰基擦身而过。

尼科尔森医生已然站起身来,弗兰基朝他那边走了一两步,两人的目光不期而遇,医生眼里的警觉一如往常。

"可怜的夫人,"他温文尔雅地说道,"这对她来说是一个很大的打击。"

他嘴角边的肌肉有些抽搐。有那么一瞬间,弗兰基以为他对此感到好笑,然后她突然意识到那是一种截然不同的情绪。

这个人在生气。他在压抑自己的情绪,把怒气隐藏在一副温文尔雅的面具背后,但是那种情绪就摆在那里。他所能做的全部就是把自己的情绪控制好。

两人之间有片刻的沉默。

"巴辛顿-弗伦奇太太应该知道真相,这样最好。"医生说,"我想让她劝劝她丈夫,把他交给我来处理。"

"恐怕,"弗兰基轻声说道,"我打断了你们的谈话。"她顿了一下,"我回来的比我预计的要快。"

第十八章　照片上的姑娘

博比回到旅馆的时候获悉有个人正等着见他。

"是一位女士,她在艾斯丘先生的小起居室里等您。"

博比去起居室的路上有些摸不着头脑。他搞不懂弗兰基怎么可能先于他赶到安格勒阿姆斯,除非她是插上翅膀飞过来的,而他从未想过来访者除了弗兰基还可能是别的什么人。

他推开艾斯丘先生私人起居室的门,椅子上笔直地坐着一个苗条的身影。一袭黑衣,正是那个照片上的姑娘。

博比大吃一惊,一时间不知该说什么好。然后他注意到那个姑娘也紧张得要命。她的一双小手在不住颤抖,一下子握住椅子的扶手,一下子又松开。她看上去有点太紧张了,甚至连话都说不出来,那双大眼睛里带着一种惊恐的恳求。

"原来是你?"博比终于开口说道。他关上身后的门,走到桌子前。

姑娘依旧没有说话,依旧用那双惊恐的大眼睛与他对视。最终她还是开口了,声音却是一种沙哑的耳语。

"你说……你说过……你会帮我的。或许我不该来——"

博比打断了她,思考着该如何回复,自己又能给出什么样的保证。

"不该来？别胡说八道了，来就对了。你当然应该来。我会尽一切可能帮助你，不要害怕，你现在很安全。"

姑娘脸上恢复了一点血色。她冷不丁地说道：

"你是什么人？你……你……你不是个司机。我是说，你也可能是司机，但其实并不是。"

尽管她有点前言不搭后语，博比还是能够理解她话语中隐藏的含义。

"如今人们什么工作都可以做，"他说，"我以前在海军服过役。事实上，我确实不是司机。但现在也没什么关系了。不过不管怎么说，我向你保证，你可以信任我，把事情全都告诉我。"

她的脸涨得越发通红。

"你肯定会觉得我疯了，"她喃喃自语道，"你肯定会觉得我彻底疯了。"

"不，不会的。"

"会的。我这么慌张地过来……但我实在太害怕了，简直都要怕死了……"她的声音渐渐微弱，睁大了眼睛，仿佛看见了什么恐怖的景象。

博比紧紧抓住了她的手。

"听我说，"他说，"没事的，一切都会没事的。你现在和……和一个朋友在一起，很安全，什么事都不会有的。"

他感觉到了她的手指回应给他的压力。

"那天晚上，当你踏入月光里的时候，"她低声而急速地说道，"那就像……就像是一场梦，一场解脱之梦。我不知道你是谁，也不知道你从哪儿来，但这给了我希望，我下定决心要来找你，并且——告诉你。"

"这就对了，"博比鼓励道，"告诉我，告诉我一切。"

她突然把手抽了出来。

"我如果说了的话,你会觉得我疯了,觉得和那些人一起待在那种地方让我的脑子出了毛病。"

"不,我不会的。真的不会的。"

"你会的。这件事听上去太疯狂了。"

"我会理解的。告诉我,请告诉我吧。"

她又稍微离他远了一些,坐得非常笔直,两只眼睛直勾勾地望着前方。

"只不过是,"她说,"我要被人谋杀了。"

她的嗓音又干又哑,说话的时候很明显在自我克制,但她的手还是在不停颤抖。

"被人谋杀?"

"对,听起来很疯狂,不是吗?就像……他们管这叫什么来着?被害妄想症。"

"不,"博比说,"你说的听上去根本不是疯话,只是被吓坏了而已。告诉我,谁想要谋害你,为什么?"

她沉默了片刻,两只手一会儿绞在一起,一会儿又松开。随后她低声说道:

"我丈夫。"

"你丈夫?"博比的头脑中思绪飞转,"你是谁啊——"他唐突地问道。

这回轮到她一脸惊诧了。

"你不知道吗?"

"完全不知道。"

她说:"我是莫伊拉·尼科尔森。我丈夫是尼科尔森医生。"

"这么说你不是那儿的病人?"

"病人?哦,不是!"她突然面露愠色,"我猜你是觉得我说话像个病人吧。"

"不,不是的,我完全没那个意思。"博比尽可能地打消她的疑虑,"说实话,我根本没有那个意思。我只不过是得知你结婚了——什么的——觉得很吃惊。好啦,接着你刚才的话说下去吧,关于你丈夫想要谋害你的事情。"

"这听起来很疯狂,我知道。但其实不是,真的不是!他看着我的时候,我能从他的眼神中看出来。而且已经发生过奇怪的事情了……发生了很多意外事故。"

"意外事故?"博比连忙问道。

"是的。哦!我知道这听起来有点歇斯底里,就像是我编出来的——"

"一点都不,"博比说,"听起来合情合理。继续说下去吧,那些意外事故怎么了?"

"只不过是些意外而已。比如他倒车的时候没看见我在后面,亏得我及时跳到了旁边。再比如某些药品装错了瓶子……哦,都是些傻事儿,人们都会觉得没什么大不了的,但这些意外其实……其实都是有意为之的。我知道。这些事情搞得我筋疲力尽。我必须提高警惕,时刻提防,保住我的性命。"

她不由自主地咽了口口水。

"你丈夫为什么想要除掉你呢?"博比问道。

他或许没指望能得到一个明确的答案,可答案却随即而至:

"因为他想娶西尔维娅·巴辛顿-弗伦奇。"

"什么?但她已经结婚了呀。"

"我知道,可是他正在安排这件事呢。"

"这是什么意思?"

"我也不了解确切的情况,不过我知道他想把亨利·巴辛顿－弗伦奇先生作为病人带进格兰奇疗养院。"

"然后呢?"

"我不知道,不过我觉得会有事情发生。"

她打了个激灵。

"他能对亨利先生进行某种控制,我不清楚那是怎么回事。"

"亨利吸食吗啡。"博比说道。

"是这样吗?我猜是贾斯珀给他的。"

"是邮寄来的。"

"也许贾斯珀并不是直接经手,他很狡猾。巴辛顿－弗伦奇先生可能也不知道这是从贾斯珀那里来的,但我敢肯定,就是这样。然后贾斯珀会把他弄到格兰奇疗养院,假装要给他治病,而等他一到那儿——"

她停顿了一下,浑身发抖。

"在格兰奇疗养院会发生各种各样的事情,"她说,"稀奇古怪的事情。人们去那儿是为了让病好起来,可他们并没有好起来,反而越来越糟。"

她说话的同时,博比仿佛窥见了一丝诡异而邪恶的气息。莫伊拉·尼科尔森的生活竟然被某种恐怖的东西笼罩了如此之久。

他冒失地说道:

"你说你丈夫想要娶巴辛顿－弗伦奇太太?"

莫伊拉点点头。

"他对她很着迷。"

"那她呢?"

"我不知道,"莫伊拉缓缓地说,"有点拿不准。表面上她似乎很爱她的丈夫和幼子，生活平静而满足。她看上去是个极其单纯的女人。不过有时候我又认为她并不像看上去的那么单纯。我甚至怀疑她会不会是个跟我们印象中截然不同的女人……或许她就是在演戏，而且还演得特别好。不过说真的，我觉得这都是无稽之谈，是我自己愚蠢的想象……你要是住在格兰奇这样的地方，你的心灵也会变得扭曲，开始胡思乱想。"

"那个弟弟——罗杰怎么样呢？"博比问道。

"我不太了解他。我认为他人挺好的，不过他是那种特别容易上当受骗的人。我知道，他已经完全被贾斯珀骗了。贾斯珀正在努力影响他，让他去说服亨利先生来格兰奇。他肯定还以为这些全都是他自己的主意呢。"她突然倾身向前，一把抓住了博比的衣袖，"别让他到格兰奇来。"她恳求道，"他要是来了，就会有可怕的事情发生，一定会的。"

博比沉默片刻，在心里反复琢磨这个令人吃惊的故事。

"你跟尼科尔森结婚多久了？"他最后问道。

"一年多……"她边说边发抖。

"你从来没想过离开他吗？"

"我怎么离开？我无处可去，也没有钱。如果有人收留了我，我又该怎么跟人家说？给人家讲一个丈夫想要谋杀我的离奇故事？谁会相信呢？"

"嗯，我就相信你。"博比说。

他停顿了一下，像要下定决心采取什么行动似的。

"听我说，"他直言不讳地说道，"我要坦率地问你一个问题，你认识一个叫艾伦·卡斯泰尔斯的人吗？"

他看到她双颊泛起了红晕。

"你为什么问我这个？"

"因为这很重要,我得知道。我的想法是,你确实认识艾伦·卡斯泰尔斯,或许在某天你还给过他你的照片。"

她沉默了一会儿,双眼低垂,然后抬起头来,直视他的脸。

"是的。"她说。

"你在结婚以前就认识他吗?"

"是的。"

"你结婚后他还到这儿来看过你吗?"

她犹豫了一下,随后说道:

"来过一次。"

"是大约一个月以前吗?"

"对,差不多是在一个月以前。"

"他知道你住在这儿?"

"我不清楚他是怎么知道的,我没告诉过他。自结婚以后我甚至都没给他写过信。"

"但他还是查出来了,并且还到这儿来看你。这些你丈夫知道吗?"

"不知道。"

"你以为他不知道,但他还是有可能知道的。"

"的确有可能,但他什么都没说过。"

"你跟卡斯泰尔斯谈过你丈夫的事吗?你告诉过他你对自身安全问题的恐惧吗?"

她摇摇头。

"那时我还没开始怀疑呢。"

"但你那时并不幸福吧?"

"是的。"

"你和他说了吗?"

"没有。我尽力隐瞒婚姻并不成功的事实。"

"但他照样有可能猜到。"博比轻声说道。

"是有可能。"她低声承认道。

"你觉得……我不知道该怎么说,你觉得他知道什么关于你丈夫的事情吗?他有没有怀疑,比方说,这家疗养院可能根本不是看上去的那样?"

她在竭力思考,眉头紧蹙。

"有可能吧,"她最终说道,"他问过一两个相当奇怪的问题,但是,不。我觉得他对这些事情其实一无所知。"

博比又沉默了几分钟,然后说道:

"你认为你丈夫是个醋坛子吗?"

她的回答令他颇为吃惊:

"是的。特别爱吃醋。"

"比如说,吃你的醋。"

"你是说哪怕在他并不在乎我的情况下?不过的确会的,他还是会吃醋。你明白,我是他的财产。他是个怪人,非常奇怪的人。"

她打了个冷战。

接着她突然问道:

"你跟警方没有什么关系吧?"

"我吗?哦,没有!"

"我不知道,我是说——"

博比低头看了看他那身司机制服。

"这个就说来话长了。"他说。

"你是弗朗西斯·德温特小姐的司机,对不对?店主是这么说的。前几天晚上我在晚餐桌上还见到她了呢。"

"我知道。"他顿了一下,"我们必须找到她。"他说。"但是我来做这件事会有点困难。你能打个电话要求跟她通话,然后叫她出来跟你在外面的某个地方碰面吗?"

"我想我可以——"莫伊拉慢吞吞地说道。

"我知道你肯定觉得我这个要求很奇怪,不过等我解释完你就不会这么觉得了。我们必须尽快找到弗兰基,这至关重要。"

莫伊拉站起身来。

"好的。"

她的手搭在门把上的时候,迟疑了一下。

"艾伦,"她说,"艾伦·卡斯泰尔斯,你刚才是说你看见过他吗?"

"我见过他,"博比缓缓说道,"不过不是最近。"

同时他心头一震,想道:

"当然,她并不知道他已经死了……"

他说:

"给弗朗西斯小姐打电话吧,然后我会把一切都告诉你。"

第十九章 三人会议

几分钟之后莫伊拉回来了。

"我联系上她了。"她说,"我请她过来,到河边的小凉亭跟我会面。她肯定觉得特别蹊跷,不过她说她会来的。"

"好的,"博比说,"那么,这地方究竟在哪儿呢?"

莫伊拉仔细地描述了一番,并且说明了如何过去。

"好极了,"博比说道,"你先过去,我随后就到。"

他们依照计划行事,博比继续留下来跟艾斯丘先生说了几句话。

"真巧,"他随口说道,"刚才那位女士,就是尼科尔森太太,我以前给她的一个叔叔干过活儿。那是个加拿大绅士。"

他觉得,莫伊拉前来拜访可能会招来一些闲言碎语,而他最不愿意看到的就是这种情况,而且还有可能会传到尼科尔森医生的耳朵里。

"原来是这么回事儿啊。"艾斯丘先生说,"我还纳闷呢。"

"是啊,"博比说,"她认出我来了,就跑过来打听我现在在干什么。这位女士人很好,说话也招人喜欢。"

"确实很招人喜欢。住在格兰奇那种地方,她的生活不可能有多么丰富多彩。"

"看来这不光是我个人的想象。"博比赞同道。

博比自觉达到目的后,步出旅馆,做出一副漫无目的的样子在村子里闲逛,实际上却是朝着莫伊拉给他指引的方向走去。

他成功到达了约定地点,发现她已经在那儿等着他了,而弗兰基则还未露面。

莫伊拉眼神中的探询袒露无遗,博比感到他必须试着去完成一下这项有几分难度的解释任务。

"我要告诉你的事情有一大堆。"他说完有些尴尬地停住了口。

"是吗?"

"首先,"博比说得全情投入,"我其实并不是个司机,尽管我确实在伦敦的一家汽车修理厂工作。而且我也不姓霍金斯,我姓琼斯,博比·琼斯。我家在威尔士的马奇博尔特。"

莫伊拉听得聚精会神,但很显然,提到马奇博尔特的时候她无动于衷。博比横下一条心,决定勇敢地切入正题。

"听着,恐怕我要让你大吃一惊了。你的那个朋友,艾伦·卡斯泰尔斯,他,呃,你必须得知道,他已经死了。"

他感到她不由自主地为之一震,于是便很有分寸地把目光从她脸上移开了。她很在意这件事吗?难道她——真见鬼——喜欢过那个家伙吗?

片刻的沉默之后,她用一种低沉而深思熟虑的声音说道:

"这么说,这就是他一直没有回来的原因?我还觉得奇怪呢。"

博比冒险偷偷看了她一眼,松了一口气。她看上去很伤心,像是在思索着什么,但也仅此而已。

"告诉我是怎么回事。"她说。

博比答应了她的要求。

"他是从马奇博尔特,也就是我所居住的地方的一处悬崖掉下去的。我和那个医生碰巧就是发现他的人。"他停顿一下,又接着说道:"他口袋里装着你的照片。"

"是吗?"她露出了一抹甜蜜又略显凄楚的微笑,"亲爱的艾伦,他是个——非常忠诚的人。"

两人又沉默了一会儿,随后她问道:

"这件事是什么时候发生的?"

"大约一个月以前,准确地说是十月三号。"

"那肯定刚好就在他到这儿来之后。"

"没错。他提到过要去威尔士吗?"

她摇了摇头。

"你不认识什么叫埃文斯的人,对吧?"博比说。

"埃文斯?"莫伊拉紧皱眉头,试图回想起来,"对,我不认识。当然,这是个极其常见的名字,不过我确实想不起来,他怎么了?"

"这刚好就是我们想知道的事情。哦!嘿,弗兰基来了。"

弗兰基匆匆沿着小路走来。一看见博比和尼科尔森太太坐在一起聊天,脸上便露出一种很矛盾的表情。

"嘿,弗兰基。"博比说,"真高兴你来了,咱们得来一场隆重的聚会。首先要说的是,这位尼科尔森太太就是那张照片上的人。"

"哦!"弗兰基漠然地说道。

她看了看莫伊拉,接着又突然放声大笑起来。

"我的天哪,"她对博比说道,"现在我明白为什么你在死因调查听证会上看见凯曼太太会那么吃惊了!"

"正是如此。"博比说。

他那时候得有多傻啊。在那一瞬间,他怎么会觉得时光能够把莫伊拉·尼科尔森变成阿梅利亚·凯曼呢?

"天哪,我当时真是蠢到家了!"他大声说道。

莫伊拉看上去有些不知所措。

"要说的事情实在太多了。"博比说,"我都不知道该从哪儿开口了。"

他讲述了凯曼夫妇以及他们去确认尸体身份的过程。

"但我不明白,"莫伊拉一头雾水地说道,"那具尸体究竟是谁?是她的哥哥还是艾伦·卡斯泰尔斯呢?"

"见不得人的勾当就在这儿了。"博比解释说。

"随后呢,"弗兰基接口道,"博比就被人下了毒。"

"八粒吗啡。"博比说起来就像是在回忆往事。

"别又借题发挥了,"弗兰基说,"聊起这个话题,你能说上好几个钟头,别人听着真的很烦,我来解释吧。"

她深吸了一口气。

"是这样的,"她说,"死因调查听证会之后,那对姓凯曼的夫妇来找博比,想问问他那个死去的哥哥(假如是的话)在临终前有没有说过些什么,而博比回答说'没有'。可在那之后,博比想起来他说过一句话,跟一个叫埃文斯的人有关,于是就写信告诉了他们。几天以后,他收到了一封从秘鲁还是哪儿寄来的信,信里给他提供了一份工作,而当他不肯接受这份工作的时候,就有人把大量吗啡——"

"是八粒。"博比说。

"——放到了他的啤酒里。只不过因为他的肠胃太厉害了还是别的什么原因,吗啡没能要了他的命。于是我们立刻就明白了,那个普里查德,或者说卡斯泰尔斯,肯定是被人推下悬崖的。"

"可为什么呀?"莫伊拉问道。

"你还不明白吗?唉,在我们看来这都是明摆着的事儿了,我想可能是我没太说清楚吧。不管怎么说,我们认定他就是被人推下去的,而罗杰·巴辛顿-弗伦奇很可能就是推他的人。"

"罗杰·巴辛顿-弗伦奇?"莫伊拉问话的语气中饶有兴味。

"我们就是那么推断的。你看啊,他当时就在现场,而你的照片不翼而飞了,看起来他是唯一可能把照片拿走的人。"

"我懂了。"莫伊拉若有所思地说道。

"后来呢,"弗兰基继续说,"我碰巧在这里发生了车祸。惊人的巧合,不是吗?"她用警告的眼神死死盯着博比。"于是我就给博比打电话,跟他说他可以假扮成我的司机过来,我们就可以调查这件事了。"

"所以现在你明白是怎么回事了。"博比领会了弗兰基刚才对车祸真实情况的小小隐瞒,说道,"而这件事最终的高潮就在昨天晚上,当我漫步进入格兰奇庭院的时候,出乎意料地正好撞见了你——那张神秘照片上的主人公。"

"你很快就认出我来了。"莫伊拉淡淡地一笑,说道。

"是啊,"博比说,"不管走到哪儿,我都能认得出那张照片上的人。"

莫伊拉的脸无缘无故地一下子红了。

接着她似乎突然想到了什么,目光锐利地打量着两个人。

"你们告诉我的是真话吗?"她问道,"你们到这儿来真的是事出偶然吗?还是说你们来是因为……因为……"她的声音不由自主地有些颤抖,"你们怀疑我的丈夫?"

博比和弗兰基对视了一眼。随后博比说道:

"我以我的名誉担保,我们来这里之前从未听说过你丈夫。"

"哦,我明白了。"她又转向弗兰基,"很抱歉,弗朗西斯小姐,不过你要知道,我还记得我们来吃晚饭的那天晚上。贾斯珀一直在不停地跟你说话,问你关于车祸的事情。我想不通为什么。但我现在认为他当时或许是在怀疑那起车祸的真实性。"

"好吧,如果你真的想知道的话,那起车祸确实不是真的。"弗兰基说,"哇——现在我觉得好多了!车祸全都是极其小心地伪装出来的。不过这跟你丈夫一点儿关系都没有。上演这一整出戏是因为我们想——想要——人家怎么说来着?嗯,探听一下罗杰·巴辛顿-弗伦奇的情况。"

"罗杰?"莫伊拉皱了皱眉头,有些困窘地微微一笑。

"听上去有点儿荒唐。"她直言不讳地说。

"但事实依然是事实。"博比说。

"罗杰——哦,不。"她摇起头来,"他这个人可能有点软弱,也可能放荡不羁,也许会负债累累,或者丑闻缠身。但要说把人推下悬崖——不,我想象不出来。"

"你知道吗,"弗兰基说,"我也不大能想象得出来。"

"但是他肯定拿走了那张照片,"博比固执己见,"尼科尔森太太,请听我给你讲讲事情经过。"

于是他慢条斯理地把事情经过仔细讲了一遍。等他讲完以后,她表示理解地点了点头。

"我明白你的意思了,这真是太奇怪了。"她停顿了约莫一分钟时间,接着突然出乎意料地说,"你们干吗不去问问他呢?"

第二十章 两人会议

霎时间,这个简单大胆的问题令他们二人大为惊异。弗兰基和博比立即不约而同地开口道:

"那不可能——"

博比话刚出口,弗兰基同时说道:"绝对行不通。"

接着他们又突然一起住了口,就好像已经理解了这个主意背后的各种可能性。

"你们瞧,"莫伊拉热切地说道,"我真的听懂了你们的意思。看上去似乎肯定是罗杰拿走了那张照片,但我一点儿都不相信是他把艾伦推下去的。他干吗要推他?他甚至都不认识他。他们只见过一次面,就是在这儿吃午餐的那次。他们以前也从来没有以任何方式见过面。没有动机啊。"

"那究竟是谁把他推下去的呢?"弗兰基不客气地问道。

莫伊拉的脸上拂过一层阴影。

"我不知道。"她说得有几分勉强。

"听我说,"博比说,"你介意我把你告诉我的事情讲给弗兰基听吗?就是让你感到害怕的那件事。"

莫伊拉把头转了过去。

"你愿意说就说。不过那件事听起来太夸张、太歇斯底里了,此时此刻连我自己都没法相信。"

事实上,在英国乡野静谧的天空之下,这番直截了当的声明被人如此平静地说出口来,的确给人一种奇怪的不真实感。

莫伊拉陡然站起身来。

"我真觉得我一直都太傻了,"她说话的时候嘴唇还在颤抖,"请你不要太在意我说过的那些话,琼斯先生。那只不过是……神经紧张罢了。无论如何,我现在必须走了。再见。"

她快步离去。博比跳起来想要跟上她,可弗兰基坚决地把他拉了回来。

"待在这儿,笨蛋,这件事交给我。"

她紧跟着莫伊拉迅速远去,几分钟后又折了回来。

"怎么样?"博比迫不及待地问道。

"没事的,我让她平静下来了。对她来说,当着她的面把她心里的恐惧一股脑儿说给一个第三者听确实有点难。我让她答应咱们再碰一次头,很快,咱们三个人都要在场。现在你没必要再顾忌她可能会伤心了,把所有的事情都告诉我吧。"

于是博比把经过讲了一遍,弗兰基听得聚精会神。听完以后她说道:

"有两件事可以对上号了。首先是我刚才一回去就看见尼科尔森正握着西尔维娅·巴辛顿-弗伦奇的手,然后他就对我怒目而视了!要是眼神也能杀人的话,他肯定当场就得要了我的小命。"

"第二件事又是什么呢?"博比问道。

"哦,只是个小插曲。西尔维娅说过,莫伊拉的照片给某个来做客的陌生人留下了深刻的印象。毫无疑问,那个人就是卡斯泰尔斯。他认出了那张照片,巴辛顿-弗伦奇太太告诉他那是尼科尔森太太的照片，这也就能解释他是怎么查明她身在何处的了。不过你要知道，博比，我还是不明白尼科尔森在这件事里扮演的是什么角色，又为什么想要除掉艾伦·卡斯泰尔斯。"

"你觉得是他干的，而不是巴辛顿-弗伦奇？如果他跟罗杰·巴辛顿-弗伦奇都在同一天来马奇博尔特，那也真是够巧的。"

"嗯，无巧不成书嘛。不过就算真是尼科尔森，我还是不明白动机何在。难道卡斯泰尔斯觉得尼科尔森是毒品团伙的领袖，在追踪他吗？还是说你那位新女友就是谋杀的动机？"

"也有可能两者兼具，"博比提出了他的看法，"他有可能知道卡斯泰尔斯和他妻子见过一次面，同时也有可能认为他太太以某种方式出卖了他。"

"嗯，这是一种可能性，"弗兰基说，"不过当务之急是先把罗杰·巴辛顿-弗伦奇的问题搞清楚。我们手中唯一对他不利的证据就是那张照片。如果他能给出一个令人满意的理由——"

"你是打算在这个问题上对他开诚布公吗？弗兰基，这么做明智吗？假如他真像我们认定的那样是罪魁祸首的话，那可就意味着要跟他摊牌了。"

"也不尽然，我不会那么干的。再说了，他平时都表现得非常坦诚，光明正大。咱们一直把那当成是他狡猾的演技，但万一他真是清白无辜的呢？如果他能解释清楚那张照片的事……而且他解释的时候我还会盯着他，假如他因为负罪感而犹豫不定，哪怕只有一丁点蛛丝马迹我也能看出来。如我所说，如果他能解释清楚那张照片的话，没准还能成为一个非常有用的帮手呢。"

"这是什么意思啊，弗兰基？"

"亲爱的,你那位小朋友说不定是个很情绪化,喜欢夸大其词、危言耸听的人呢?不过万一她不是,那她所说的一切就都是毋庸置疑的。她丈夫就是想要除掉她,然后迎娶西尔维娅。难道你还没意识到吗?如果是这样的话,亨利·巴辛顿-弗伦奇也会有生命危险。咱们必须不惜一切代价让他不要被送到格兰奇去。而眼下罗杰·巴辛顿-弗伦奇是站在尼科尔森那边的。"

"真了不起,弗兰基。"博比平静地说道,"继续按你的计划行事吧。"

弗兰基起身欲走,走之前停住脚步驻留了片刻。

"这事儿难道不奇怪吗?"她说,"不知道为什么,咱们就好像进到了一本书里,在其他人的故事中,这种感觉极其怪异。"

"我知道你是什么意思,"博比说,"这件事里确实有些东西特别令人费解。与其说它像一本书,我倒更愿意说是像一部戏。我们仿佛是在第二幕的中段登上了舞台,而其实这部戏里根本没有咱们的角色,却还是得硬着头皮演下去。难上加难的关键就在于我们根本不知道第一幕里演了些什么。"

弗兰基忙不迭地点着头。

"我甚至都不太敢确定现在是第二幕,倒是更像第三幕。博比,咱们肯定得回溯到很久以前才能搞明白,而且还得赶快,因为我觉得这出戏已经无比接近最终落幕的时刻了。"

"尸横遍野啊,"博比说,"而把咱们带进这出戏的却是一句寻常的提示,就十个字,对我们来说完全没有意义。"

"'他们干吗不找埃文斯呢?'这句话难道不奇怪吗,博比?尽管我们已经查明了很多情况,也有越来越多的人在这件事中粉墨登场,但对于这个神秘的埃文斯,我们却从来都没取得过进展。"

"关于埃文斯我倒有个想法。我有种感觉,这个埃文斯其实根本无关紧要,虽然在某种程度上他可以说是整件事情的起点,但他本人或许并不重要。这就像是威尔斯写的那个故事一样,一位王子在心爱之人的坟墓周围修建了一座漂亮的宫殿,等到完工的时候,只剩下一个地方与周遭格格不入。于是他说:'把它拆掉吧。'而那个地方其实就是坟墓本身。"

"有的时候,"弗兰基说,"我都不相信真有这么个埃文斯。"

一边说,她一边冲博比点了点头,随后沿着她来时的路朝那栋房子走去。

第二十一章　罗杰回答了一个问题

运气很眷顾她,让她在离房子不远的地方碰到了罗杰。

"嘿,"他说,"你从伦敦回来得挺早啊。"

"我没什么心情在伦敦待着。"弗兰基说。

"你已经进屋去过了吗?"他问道。他的面色变得凝重起来,"我发现尼科尔森把亨利的真实情况告诉了西尔维娅。可怜的姑娘,她都有点接受不了了,她似乎完全没往这个方向怀疑过。"

"我知道,"弗兰基说,"我进屋的时候他们两个人一起在书房里,她看起来特别沮丧。"

"听我说,弗兰基。"罗杰说道,"亨利绝对得去接受治疗。这个毒瘾好像还没有彻底控制住他。他吸毒的时间也没那么久。而且他还有无数的动力能促使他去接受治疗——西尔维娅、汤米,还有他的家庭。他必须要认清现在的状况,尼科尔森恰好是能帮他把这件事办好的人。他前些天跟我谈过,他有过一些令人称奇的成功病例——甚至包括一些在那可恶的玩意儿中沉迷多年不能自拔的人,只要亨利同意去格兰奇——"

弗兰基打断了他。

"你先听我说,"她说,"有件事我想要问问你。就一个问题，希望你不会觉得我太冒昧了。"

"什么问题？"罗杰问道，他的注意力被吸引住了。

"你介不介意告诉我，你是否从那个男人，就是在马奇博尔特从悬崖上掉下去的那个男人的口袋里拿出来过一张照片呢？"

她仔细地端详他，注视着他表情中的每一个细节，对她看到的结果感到很满意。

稍微有些恼火，又带着一分尴尬，却没有丝毫的内疚或惊恐。

"好吧，你到底是怎么猜到这件事的？"他说，"还是说莫伊拉告诉你的——可她也不知道啊？"

"这么说，是你拿的？"

"我想我不得不承认了。"

"为什么？"

罗杰看上去有些尴尬。

"呃，设身处地地想想我当时的处境吧。我就在那儿，守护着一具陌生人的尸体。有什么东西从他的口袋里露了出来。于是我看了一眼。结果你说巧不巧，那是一张我认识的女人的照片。一位已婚的女士，还是一位我猜婚姻不怎么幸福的女士。接下来会发生什么呢？一次死因调查，公众的关注，这个不幸姑娘的名字可能会出现在所有报纸上。我一时冲动便那么做了。拿走了照片，然后把它撕掉。我猜我这么做是不对的，但莫伊拉·尼科尔森是个很可爱的姑娘，我不想让她身陷困境。"

弗兰基深吸了一口气。

"原来如此，"她说，"如果你只是认得——"

"认得什么？"罗杰困惑不解地问道。

"我觉得我现在还不能告诉你，"弗兰基说，"以后或许会的。整件事情相当复杂。我完全能明白你为什么要拿走那张照片,可你为什么没有承认你认出了那个男人呢?你难道不应该告诉警方他是谁吗?"

"认出来了?"罗杰问道,看上去不明所以,"我怎么可能认出来呢?我不认识他啊。"

"但你在这儿见过他呀,就在出事之前一个星期左右。"

"我亲爱的姑娘啊,你这是疯了吗?"

"艾伦·卡斯泰尔斯。你的确见过艾伦·卡斯泰尔斯吧?"

"啊,对呀!就是跟里文顿夫妇一起过来的那个人。不过死的那个人不是艾伦·卡斯泰尔斯啊。"

"他就是!"

他们相互瞪着对方,接着弗兰基又怀疑地问道:

"你肯定认出他来了吧?"

"我没见着他的脸。"罗杰说。

"什么?"

"没看见,他脸上蒙着一块手帕呢。"

弗兰基目不转睛地看着他。突然间,她想起博比第一次说起这桩惨剧的时候的确提到过他把一块手帕盖在了死者的脸上。

"你就从来没想过要看一看?"弗兰基接着问道。

"没有,我为什么要看?"

"当然,"弗兰基心想,"假如我在一个死人衣袋里发现了一张我认识的人的照片,我肯定会看一眼死者的脸的,男人可真是缺乏好奇心啊!"

"可怜的小家伙,"她说,"我真为她难过。"

"你是指谁?莫伊拉·尼科尔森吗?你为什么替她觉得难过?"

"因为她害怕得要命。"弗兰基慢条斯理地说。

"她总是一副看上去吓得半死的模样,她到底在怕什么呢?"

"怕她丈夫。"

"我知道,我自己也不太愿意碰上贾斯珀·尼科尔森。"罗杰坦承道。

"她认为她丈夫正在想方设法谋害她。"弗兰基冷不防地说了出来。

"哦,天哪!"罗杰充满疑问地望着她。

"坐下来,"弗兰基说,"我准备告诉你很多事情,我得向你证明尼科尔森医生是一名很危险的罪犯。"

"罪犯?"

罗杰语气中带着毫不掩饰的怀疑。

"等你听完整个故事再说吧。"

她把事情一五一十给他讲述了一遍,从博比和托马斯医生发现尸体那天起,只隐瞒了车祸的真相,不过她倒是挑明了一点,那就是她之所以逗留在梅罗威宅邸,是出于想要解开谜团的强烈愿望。

她的听众所表现出的兴趣令她叫苦不迭,罗杰看上去已经对这个故事着了迷。

"这是真的吗?"他问道,"琼斯被人下毒,这一切都是真的吗?"

"千真万确,亲爱的。"

"我要为我的怀疑表示歉意,不过要让人完全相信这些事,真得费点儿功夫呢,不是吗?"

他沉吟了片刻,眉头紧蹙。

"听着,"他最终说,"这整件事情似乎有些令人难以置信,但我还是觉得你最初推断出的结论是正确的。这个名叫亚历克斯·普里查德或者艾伦·卡斯泰尔斯的人肯定是被谋杀的。如果不是的话,对琼斯的袭击似乎也就没有意义了。既然你对埃文斯是谁,还有问题的内容都毫无线索,那么在我看来,那句'他们干吗不找埃文斯呢?'就不怎么重要了。这么说吧,且不论他本人是否知道,凶手(无论是单人还是多人)以为琼斯掌握了一些对他们来说很危险的内情,于是就想要干掉他。如果他们得知了他的行踪,就很有可能会再次尝试。到目前为止这些都说得通,但我不明白是怎样的推理让你认定了尼科尔森就是罪犯。"

"他那么阴险,还有一辆深蓝色的塔尔博特,而且博比被人下毒的那天他并不在这里。"

"这些作为证据来说都太单薄了。"

"还有尼科尔森太太告诉博比的那些事。"

她把事情细数了一遍,那些听上去有些耸人听闻又虚头巴脑的话,再一次在平静如画的英国乡村被高声重复了出来。

罗杰耸了耸肩。

"她认为他给亨利提供了毒品,不过那纯属猜测,她连一丁点证据都没有。她认为他想把亨利作为病人弄到格兰奇去。好吧,对于医生来说,有这种愿望也是非常自然的。医生总想收治尽可能多的病人。她认为他爱上了西尔维娅。嗯,至于这个嘛,当然,我就不能说什么了。"

"如果她真的这么想,那她确实有可能是对的,"弗兰基插嘴道,"一个女人应该对自己的丈夫了如指掌。"

"但是,就算是这样,也不一定意味着这个男人是个危险的罪犯。有很多体面的公民都爱上了别人的老婆。"

"她还坚信他想要谋害她呢。"弗兰基还在竭力说服罗杰。

罗杰有些诧异地看着她。

"这话你当真了？"

"不管怎么说，她坚信这一点。"

罗杰点了点头，燃起了一支烟。

"问题就在于，要对她这种信念给予多大程度的关注。"他说，"格兰奇是个令人毛骨悚然的地方，充斥着各种奇奇怪怪的家伙。住在那里有可能会扰乱一个女人的心理平衡，尤其是她如果胆小又神经质的话。"

"这么说，你不相信那是真的？"

"我可没这么说。她也许真的相信他想要杀死她，可这种执念有任何事实根据吗？看起来似乎没有。"

弗兰基异常清晰地记得莫伊拉说的那句话。她说"可能我只是有点神经过敏"，不知为何，在弗兰基看来，这句话恰好说明了那不是什么神经过敏。可她却发现很难把这一点解释给罗杰。

与此同时，那个年轻人还在继续往下说：

"话说回来，如果你能证明发生惨剧的当天尼科尔森本人就在马奇博尔特，那就大不一样了。或者能找到任何把他和卡斯泰尔斯联系在一起的明确动机也行。但在我看来，你正在对真正可疑的人视而不见。"

"什么真正可疑的人？"

"呃，你说他们叫什么来着？海曼夫妇？"

"凯曼夫妇。"

"就是他们。他们毋庸置疑参与了这件事。首先，对尸体的身份做了虚假的辨认，然后又极力想要知道那个可怜的家伙临死前有没有说过什么。而且，我认为可以像你那样，做一个很合乎逻辑的假设：那份来自布宜诺斯艾利斯的录用通知就是他们寄来，或者由他们安排寄来的。"

"最可气的是，"弗兰基说，"因为你知道些什么事情，就有人不惜费尽九牛二虎之力要除掉你，而你自己并不知道你究竟知道了些什么。见鬼，这话说起来可真够拗口的。"

"是啊，"罗杰严肃地说，"那是他们犯下的一个错误，一个他们打算搭上全部时间来弥补的错误。"

"哦！"弗兰基叫道，"我刚刚想起件事来。你看，到目前为止，我一直在假设凯曼太太的照片是用来替换莫伊拉·尼科尔森那张的。"

"我可以向你保证，"罗杰正色说，"我从来都不会把一张像凯曼太太那样的人的照片贴身携带的。她听上去是个令人厌恶的货色。"

"唔，从某种程度上来说，她还算是有几分姿色的。"弗兰基坦承道，"是那种放肆、粗鄙又很轻浮的类型。不过问题的重点在于：卡斯泰尔斯身上除了尼科尔森太太的照片，肯定也带着她的照片。"

罗杰点了点头。

"而你觉得——"他等着她继续说下去。

"我觉得一张是因为爱情，另一张则是为了交易！卡斯泰尔斯因为某个原因随身带凯曼太太的照片，或许他是想问问有没有人能认出这张照片来。好了，听我说，发生了什么情况呢？某个人，也许就是凯曼先生，正一路尾随他，瞄准一个好机会，在雾气中从身后偷袭，猛地推了他一下。卡斯泰尔斯惊叫一声跌落悬崖。凯曼先生用最快的速度逃之夭夭，并不知道谁有可能在那附近。接下来又发生了什么呢？那张照片被刊了出来——"

"凯曼一家惊慌失措。"罗杰适时地接上一句。

"完全正确。下面该怎么办?结果这两个厚颜无耻的家伙——就迎难而上了。有谁能把卡斯泰尔斯的尸体和他的名字对上号呢?在咱们这个国家里几乎没有。于是凯曼太太就来了,虚情假意地哭上一场,顺势指认尸体是她哥哥的。他们还一不做二不休,耍了个邮寄包裹的小把戏,用来证实那个徒步旅行的说法。"

"可以啊,弗兰基,这个解释简直是才华横溢。"罗杰不吝溢美之词。

"我自己也觉得挺不错的,"弗兰基说,"而你说的也很对,我们应该尽快着手追查凯曼夫妇,真想不明白我们之前为什么没这么干。"

其实这也不全是实话,个中原因弗兰基心里一清二楚。说白了,他们一开始是想追查罗杰本人的。不过她认为在现在这个节骨眼上,把真相说出来并不聪明。

"我们该拿尼科尔森太太怎么办?"她冷不丁问道。

"你说拿她怎么办——是什么意思?"

"呃,那个可怜姑娘已经吓得要死了,我真觉得你对她有点冷酷无情。"

"我没有啊,不过那些不会自救的人总是让我心里不爽。"

"哦!但说话得凭良心啊,她能做什么呢?她手里没钱,也无处可去。"

罗杰出人意料地说道:

"如果你处在她的位置上,弗兰基,你肯定会做些什么的。"

"哦!"弗兰基大吃一惊。

"没错,你会的。如果你真的认为有人想要谋害你,你不会只是乖乖地留在那里坐以待毙。你要么会逃走,然后想个法子谋生,要么就会先下手为强,把那个人杀掉!你总归会做些什么的。"

弗兰基在尽力思考她会做些什么。

"我肯定会做些什么的。"她若有所思地说。

"实际的情况就是,你有勇气,而她没有。"罗杰断然道。

弗兰基感觉到了话里的恭维。莫伊拉·尼科尔森其实并非她所欣赏的那种女人,而且博比对她投入的那些关注也让她稍感不悦。"博比啊,"她暗自思忖道,"就喜欢那些无助的姑娘。"接着她又想到,打从一开始,他就对那张照片产生了令人难以理解的痴迷。

"唉,算了吧。"弗兰基心想,"不管怎么说,罗杰是不同类型的人。"

很显然,罗杰不喜欢那些无助的姑娘。而另一方面呢,莫伊拉也不怎么瞧得上罗杰。她曾经说过他软弱,也探讨过他鼓起勇气去谋杀一个人的可能性。他或许是有些软弱,但也无可争辩地魅力十足。她从初到梅罗威宅邸的那一刻起就已经感受到了。

罗杰轻声说:

"如果你愿意的话,弗兰基,你可以对一个男人予取予求……"

弗兰基突然感到了一阵战栗,与此同时也觉得有些难为情。她连忙换了一个话题。

"那么,"她说,"你还认为你哥哥应该去格兰奇吗?"

第二十二章　又一名受害者

"不,"罗杰说,"我不这么认为了。毕竟还有很多其他地方能让他得到治疗,真正重要的是征得亨利的同意。"

"你觉得这会很难吗?"弗兰基问道。

"恐怕会有点难,那天晚上你也听见他说了。从另一方面来讲,假如我们恰好赶上他心生悔意的时候,那情况就大不相同了。啊,西尔维娅过来了。"

巴辛顿－弗伦奇太太从屋子里出来,四下张望了一番,看见了罗杰和弗兰基,于是便穿过草坪向他们走来。

他们能看得出来,她一脸忧心忡忡的样子,焦虑万分。

"罗杰,"她开口道,"我到处找你。"就在弗兰基作势准备离开的时候,她又接着说道:"不用,亲爱的,别走。再瞒下去又有什么用呢?不管怎么说,我觉得该知道的你们也都知道了,你们已经怀疑了有一阵子了,不是吗?"

弗兰基点点头。

"我还被蒙在鼓里——蒙在鼓里的时候——"西尔维娅悻悻地说道,"你们两人就已经明白我从来都不曾怀疑过的事情了。我还只是纳闷,亨利对我们大家的态度为什么变成了这个样子。这种变化让我特别郁闷,但我从来没有怀疑过其中的原因。"

她顿了一下，随后稍稍换了种语气又继续说了下去。

"尼科尔森医生一告诉我真相，我就直接去找亨利了，我刚从他身边离开。"她停了下来，强忍住一阵抽噎。

"罗杰不会有什么事的，他已经同意了。他明天就去格兰奇，把自己交给尼科尔森医生。"

"哦！别——"罗杰和弗兰基异口同声地惊呼道，西尔维娅看着他们，一脸震惊。

罗杰有些笨嘴拙舌地说道：

"你知道吧，西尔维娅，我一直都在仔细考虑这件事，而归根结底，我并不觉得去格兰奇是个好办法。"

"你觉得他能凭一己之力与之抗争吗？"西尔维娅疑虑重重地问道。

"不，我不这么认为，但还有其他地方可去啊。有一些不那么，呃，不那么近在咫尺的地方。不能让他一直待在这里。"

"是的。"弗兰基出来给他解了围。

"哦！我可不同意，"西尔维娅说，"我不能忍受他到别的地方去。而且尼科尔森医生向来那么和蔼可亲、善解人意。亨利要是能在他的照顾之下我会很开心的。"

"我还以为你不喜欢尼科尔森呢，西尔维娅。"罗杰说。

"我已经改变看法了，"她言简意赅地说道，"今天下午没有谁能比他更宽厚体贴了。我以前那些愚蠢的偏见已经荡然无存。"

一时间大家都沉默了，局面有几分尴尬。无论是罗杰还是西尔维娅都不太清楚接下来还有什么可说的。

"可怜的亨利，"西尔维娅说，"他整个人都垮了。毒瘾被我知道让他心乱如麻。为了我和汤米着想，他答应我一定要跟可怕的毒瘾战斗到底，但他说我其实并不知道这意味着什么。也许我的确不知道，尽管尼科尔森医生已经解释得很充分了。它会变成一种摆脱不掉的痴迷，上瘾的人无法为他们的行为负责，他就是这么说的。哦，罗杰，这听起来太可怕了。不过尼科尔森医生真的很和蔼亲切，我相信他。"

"尽管如此，我觉得最好还是——"罗杰开口又要说话。

西尔维娅对他发起火来。

"我真的不懂，罗杰。你为什么改变想法了呢？半个钟头前你还完全赞成让亨利去格兰奇呢。"

"呃，我……我后来花了些时间又重新考虑了一下——"

西尔维娅再次打断了他。

"再怎么说我也已经下定决心了。亨利会去格兰奇的，别的地方哪儿也不去。"

他们两人默默地与她对峙着，随后罗杰说道：

"嗯，我得去给尼科尔森打个电话。他现在应该在家，我想……跟他谈几件事情。"

还没等她回应，他就已经转过身子，快步走进屋里去了。两个女人站在那里望着他的背影。

"我真的不能理解罗杰，"西尔维娅不耐烦地说，"大约一刻钟以前他还特别积极地催我安排亨利去格兰奇呢。"

她的语气中带着明显的怒气。

"话虽这么说，"弗兰基说道，"我还是同意他的看法。我在什么地方读到过，说人一般都应该去一个远离家乡的地方接受治疗。"

"我觉得这就是胡说八道。"西尔维娅说。

弗兰基进退两难，西尔维娅出乎意料的固执让事情变得困难重重，而且她似乎突然变成了一个强烈支持尼科尔森的铁杆粉丝，那劲头就像她之前坚决反对他的时候一样。让人很难想到能用什么理由来说服她。弗兰基本想把事情原原本本地讲给西尔维娅听，但西尔维娅会相信吗？就算是罗杰，也没怎么把尼科尔森医生有罪的说法放在心上。而西尔维娅呢，她刚刚找到了医生这个可以盲从的对象，给她讲这些很可能就更不会有所触动了。她甚至可能跑去把整个故事再重复给他听，这件事的确太难了。

在苍茫的暮色中，一架飞机从低空掠过，引擎的巨大轰鸣声在空气中回荡。西尔维娅和弗兰基都抬头凝视飞机，为它所带来的片刻喘息感到高兴，因为她们都不知道接下来该说什么。这架飞机给了弗兰基一些时间来整理思绪，也给了西尔维娅一些时间从突然爆发的怒气中平复下来。

随着飞机消失在树林上方，轰鸣声渐行渐远，西尔维娅猛地转向了弗兰基。

"这真是太糟糕了——"她伤心地说，"你们似乎都想把亨利送得离我远远的。"

"不，不，"弗兰基说，"根本不是这么回事。"

她在心里盘算了一会儿。

"我只不过是认为他应该得到最好的治疗。而尼科尔森医生真的有点像……嗯，有点像是个江湖骗子。"

"我才不信呢，"西尔维娅说，"我觉得他是个非常聪明的人，而且正是亨利需要的那种人。"

她挑衅似的看着弗兰基。弗兰基大为惊奇，尼科尔森医生居然在这么短的时间内就掌控了她，此前她对医生所有的不信任似乎都已经烟消云散了。

弗兰基也有些不知所措,不知道接下来该说或者做些什么,只得再次陷入沉默。不一会儿,罗杰又从屋子里出来了。他看上去有些气喘吁吁。

"尼科尔森还没到家,"他说,"我留了个口信。"

"我不明白你为什么那么急着想见尼科尔森医生,"西尔维娅说,"是你提出的这个计划,都已经安排妥了,而且亨利也同意了。"

"西尔维娅,在这件事情上,有些话我还是得说,"罗杰温和地说道,"毕竟我是亨利的弟弟啊。"

"这个方案是你自己提出来的。"西尔维娅仍然很执拗。

"是的,但是后来我又听说了一些跟尼科尔森有关的事情。"

"什么事情?哦!我不相信你。"

她紧咬嘴唇,转身冲进了屋子。

罗杰看着弗兰基。

"这可就有点不好办了。"他说。

"确实非常棘手。"

"西尔维娅一旦认定了什么,八匹马也拉不回来。"

"我们要怎么办?"

他们又坐在了花园里的椅子上,认真研究起这件事来。罗杰同意弗兰基的想法,觉得把整件事情对西尔维娅和盘托出可能会是个错误。在他看来,最好的方案应该是跟医生去谈。

"可你究竟要说什么呢?"

"我知道我不该说太多,但我可以给他一些暗示。无论如何,有一件事我同意你的看法,那就是亨利绝对不能去格兰奇。哪怕必须把话挑明了说,也得阻止这件事情发生。"

"要是这么做的话,整件事情可就全都暴露了。"弗兰基提醒道。

"我知道,这也是为什么我们得先试试其他方法。这该死的西尔维娅,为什么非要赶在这个节骨眼上变得这么冥顽不灵呢?"

"充分显示出了那个男人的影响力。"弗兰基说。

"是啊。你知道吗,这么一来就让我更倾向于相信你对他的看法是正确的,不管有没有证据——什么声音?"

他们双双一跃而起。

"听起来像是枪响,"弗兰基说,"从屋里传来的。"

他们对视了一眼,接着便朝屋子飞奔而去,从起居室的落地窗进了屋,穿过去之后来到大厅。西尔维娅·巴辛顿-弗伦奇正站在那里,面如白纸。

"你们听见了吗?"她说,"是枪声——从亨利的书房里传出来的。"

她身子一晃,罗杰连忙伸出一只胳膊搂住她,让她站稳。弗兰基来到书房门前,转了转门把手。

"门锁上了。"她说。

"从窗户进。"罗杰说。

他把已经快要晕过去的西尔维娅在长沙发上安顿好,再一次穿过起居室飞奔而去,弗兰基则紧随其后。他们沿着房子外墙绕过去,直至来到书房的窗户前。窗户是关着的,他们把脸紧贴在玻璃上向里窥探。夕阳西下,光线已然不足,但他们还是看得清清楚楚。

亨利·巴辛顿-弗伦奇四肢伸开,扑倒在书桌上。太阳穴上,一处枪伤清晰可见。地板上有一把左轮手枪,看上去正是从他手中掉落的。

"他开枪自杀了,"弗兰基说,"太可怕了!"

"往后站一点儿,"罗杰说,"我来把窗户砸开。"

他用外套把手包住,照着玻璃就是一记重拳,玻璃被打得粉碎。罗杰小心翼翼地拣出碎片,然后和弗兰基进了书房。就在这时,巴辛顿-弗伦奇太太和尼科尔森医生也沿着门廊匆匆赶来。

"医生来了,"西尔维娅说,"他刚到。亨利出……出什么事了吗?"

接着她看见了那个手脚摊开的身影,大叫了一声。

罗杰又一个箭步跨出窗户,尼科尔森医生一把将西尔维娅推到了他的怀抱之中。

"把她带走,"他简要地说,"照顾好她。如果她愿意的话就给她些白兰地。尽量别再让她看到现场。"

他自己则从窗户迈了进去,和弗兰基站在一起。

他缓缓地摇了摇头。

"真是个悲剧,"他说,"这可怜的人,觉得没法面对现实了。太可惜,太可惜了。"

他先是弯下腰去查看尸体,然后又挺起身板来。

"没什么可做的了,肯定是当场死亡。我不知道他有没有先写些什么。他们通常都会这么做。"

弗兰基走上前去,站在医生和尸体旁边。巴辛顿-弗伦奇的肘边放着一张纸,纸上有几行潦草的字迹,显然是刚刚写好的。字迹所写的内容一目了然。

  我感觉这是最好的出路了(亨利·巴辛顿-弗伦奇写道)。这个致命的恶习让我深陷其中不能自拔,如今我已经无法再与之抗争。为了西尔维娅——西尔维娅和汤米,我想要尽我所能做到最好。愿上帝保佑你们两人,我最亲爱的你们。原谅我……

弗兰基感到喉头一阵哽咽。

"我们什么都不能碰,"尼科尔森医生说,"肯定会有一场死因调查听证会,我们必须打电话报警。"

按照他的指示,弗兰基向门口走去,接着停住了脚步。

"钥匙不在门锁上。"她说。

"不在吗?或许在他口袋里。"

他单膝跪下,仔细检查起来。从死者的外衣口袋里掏出了一把钥匙。

他把钥匙插进门锁里,门锁应声而开。他们一起步出书房来到大厅,尼科尔森医生径直朝着电话走去。

弗兰基突然感到一阵恶心,双膝禁不住发起抖来。

第二十三章　莫伊拉失踪

约莫一个小时后，弗兰基给博比打了电话。

"是霍金斯吗？嘿，博比，你听说发生的事了吗？已经听说了。快，咱们得约个地方见面。我觉得最好就在明天一早。早餐前我会出去转一圈，就定在八点吧，还是咱们今天见面的老地方。"

在博比为了防止隔墙有耳，第三次毕恭毕敬地说出"好的，小姐"的时候，她挂断了电话。

博比首先到达了约定的地点，不过弗兰基也没有让他等很久。她看上去脸色苍白，心绪烦乱。

"嗨，博比，这件事是不是很可怕？我整宿都没睡着。"

"我还没听说任何细节呢，"博比说，"我只听说巴辛顿－弗伦奇先生开枪自杀了，真的吗？"

"是真的。西尔维娅一直在跟他谈话，劝他同意接受一个疗程的治疗，而他也答应了。我猜在那之后他肯定又失去了勇气。他走进书房，锁上了门，找了张纸写上几句话，然后就开枪自杀了。博比，这太可怕了。真让人——让人难以接受。"

"我懂。"博比平静地说。

两人一起沉默了片刻。

"当然啦,我今天就得走了。"弗兰基随即说道。

"是啊,我猜也是。她怎么样了?我是说巴辛顿-弗伦奇太太。"

"那可怜的人啊,她已经崩溃了。从我们……我们发现尸体以后,我还没见过她呢。这个打击对她来说肯定太大了。"

博比点点头。

"你最好十一点左右把车开过来。"弗兰基继续说道。

博比没有答话,弗兰基有些不耐烦地看着他。

"你怎么了,博比?你看上去好像有点心不在焉。"

"不好意思。说起来——"

"怎么了?"

"唔,我刚才只是有点疑惑。我在想,呃,这事没什么问题吧?"

"会有什么问题呢?"

"我是说,你们能肯定他确实是自杀的吧?"

"哦!"弗兰基说,"我明白了。"她考虑了一下。"是的,"她说,"是自杀,没问题。"

"你就那么有把握?要知道,弗兰基,咱们有莫伊拉的话为证,她说尼科尔森想要除掉两个人。好吧,现在已经有一个了。"

弗兰基又想了想,不过她再次摇了摇头。

"肯定是自杀。"她说,"听见枪声的时候我跟罗杰在花园里。我们一起穿过起居室,直接跑到了大厅。书房的门是从里面锁上的,我们绕到了窗户外面,窗户也关得紧紧的,罗杰不得不打碎了玻璃,然后尼科尔森才到达现场。"

博比思索了一下。

"看起来没什么问题，"他表示同意，"不过尼科尔森出现得好像有点突然。"

"下午早些时候他把手杖落在这儿了，他是回来取手杖的。"

博比一边思考一边皱起了眉头。

"听我说，弗兰基。假如是尼科尔森开枪杀了亨利·巴辛顿 – 弗伦奇——"

"还得先诱使他写一封自杀告别信？"

"我觉得这应该是世界上最容易伪造的东西了，任何字体变化都可以用焦虑不安来蒙混过关。"

"对，这倒是真的，接着说你的看法吧。"

"尼科尔森开枪杀害了巴辛顿 – 弗伦奇，留下那封诀别信，然后迅速锁门，溜出去，以便几分钟后再次出现，装作刚刚赶到的样子。"

弗兰基遗憾地摇了摇头。

"这个猜测虽然不错，但也没什么用。首先，钥匙是在亨利·巴辛顿 – 弗伦奇的口袋里——"

"是谁找到的钥匙？"

"唔，是尼科尔森找到的。"

"这就是了。对他来说，还有什么比假装在那儿发现了钥匙更容易的吗？"

"你可别忘了，我一直盯着他呢，钥匙肯定就是在口袋里。"

"这是变戏法的过程中只盯着魔术师看的人才会说的话。你可是眼睁睁地看着那只兔子被放进帽子里的啊！假如尼科尔森是个一等一的罪犯，那么一个简单的小把戏对他来说根本就是轻而易举。"

"好吧，也许你是对的。不过说实话，博比，这是不可能的。枪声响起的时候，西尔维娅·巴辛顿－弗伦奇其实就在屋子里。她一听见枪响就跑出房间来到大厅，如果是尼科尔森开的枪，然后从书房门里走出来的话，肯定会被她看见的。此外，她还说了，他是从车道走到前门的。就在我们绕着房子跑过去的时候，她看见他来了，于是就去迎他，带着他一起绕到了书房窗户那里。不，博比，我不想这么说，但是这个人有不在场证明啊。"

"原则上来说，我不相信有不在场证明的人。"博比说。

"我也不相信，但你要怎么解释这个不在场证明？"

"我解释不了，西尔维娅的证词应该是可靠的。"

"是啊，确实如此。"

"好吧，"博比叹了口气，"我想咱们也只能把这件事解释成自杀了。可怜的家伙，下一仗该从哪里开始打，弗兰基？"

"凯曼夫妇。"弗兰基说，"我真想不明白，咱们之前怎么那么疏忽大意，都没想着去拜访他们一下。你还留着凯曼给你写信时的寄件地址吗？"

"留着呢。跟他们在死因调查听证会上提供的一样，帕丁顿圣伦纳德花园十七号。"

"你说，咱们是不是一直都有点忽视了这个调查方向？"

"绝对是啊。你知道吗，弗兰基，尽管如此，我还是有一种感觉，觉得你会发现他们二位已经远走高飞了。我应该料到的，凯曼夫妇可不是什么没见过世面的雏鸟。"

"就算他们已经跑掉了，我也有可能查出一些跟他们有关的事情。"

"为什么说是'我'？"

"我要重申一遍，因为我觉得你最好别在这件事里露面。就像当初咱们认为罗杰是这出戏里的坏人,然后来了这儿一样。他们认识你,但不认识我。"

"那你准备怎么跟他们结识呢?"博比问道。

"我可以装成政治说客,"弗兰基说,"去替保守党游说。我还会带着传单。"

"很好啊,"博比说,"但是就像我刚才说过的那样,我觉得你会发现鸟儿们已经远走高飞了。现在还有另一件事需要考虑——就是莫伊拉。"

"哎呀,"弗兰基说,"我都把她忘干净了。"

"这个我注意到了。"博比话语间流露出一丝冷淡。

"你说得对,"弗兰基边思索边说,"她的事情也必须采取点什么措施。"

博比点点头,眼前浮现出那张陌生又令人难以忘怀的脸庞。那张脸有几分悲剧的味道。从艾伦·卡斯泰尔斯的口袋里拿出照片的那一刻起,他就一直有这种感觉。

"你要是见过我第一次去格兰奇那天晚上的她就明白了!"他说,"她正因为恐惧而发狂。我告诉你吧,弗兰基,她是对的。那不是什么神经过敏或者臆想,或者其他类似的东西。如果尼科尔森想要娶西尔维娅,有两个障碍非得去除不可。一个已经没了。我有种感觉,莫伊拉现在命悬一线,任何耽搁都可能是致命的。"

他话语中的真挚使弗兰基清醒了过来。

"亲爱的,你说得对。"她说,"咱们必须迅速采取行动,但是该干些什么呢?"

"必须劝说她离开格兰奇,马上。"

弗兰基点了点头。

"我觉得,"她说,"她最好去威尔士,到城堡去。天晓得,在那儿她应该足够安全了。"

"如果你能搞定的话,弗兰基,这当然是最好的。"

"嗯,这事儿很简单。我父亲从来不会注意谁来了或者走了。他会喜欢莫伊拉的,差不多所有男人都会,她太有女人味了。真是奇怪,男人都喜欢柔弱无助的女人。"

"我不觉得莫伊拉有多么柔弱无助。"博比说。

"胡说八道。她就像是一只小鸟,坐以待毙地等着被蛇吃掉,还什么都不做。"

"她能做什么呢?"

"有一大堆事情可做啊。"弗兰基起劲地说道。

"哦,我可没看出来。她一没有钱,二没有朋友——"

"亲爱的,别絮絮叨叨的,你就像是在给少女互助会推荐案例。"

"对不起啦。"博比说道。

像是被冒犯了一般,谈话中断了。

"哎哟,"弗兰基恢复了常态,"好啦好啦,我觉得咱们最好尽快谈谈这件事。"

"我觉得也是,"博比说,"说真的,弗兰基,你真是太好了——"

"没什么的。"弗兰基打断他说,"我并不介意把这个姑娘当朋友来对待,只要你别老说那些傻话就行,好像她不是缺胳膊少腿,就是没长嘴或者脑子一样。"

"我不明白你在说什么。"博比说。

"好啦,我们不需要谈这个了。"弗兰基说,"现在,我的想法是,无论我们准备干什么都得尽快。唔,这是引用了哪儿的台词吗？"

"意思是一样的。说下去吧，麦克白夫人①。"

"说起来，我总是在想，"弗兰基突然把话题岔开了十万八千里，"麦克白夫人怂恿麦克白去犯下那些谋杀罪，仅仅是因为她觉得生活（还有麦克白本人）无聊透顶。麦克白肯定是那种温顺随和，人畜无害，能让老婆因为无聊而心烦意乱的家伙。不过，一旦他实施了人生中的第一次谋杀，他就觉得当个好人简直苦不堪言，于是作为对之前自卑情结的一种补偿，他开始变得极端利己自大。"

"你应该就这个主题写本书，弗兰基。"

"我可写不了。好啦，咱们说到哪儿了？哦，对了，营救莫伊拉。你最好十点半就把车开来，我要开车去格兰奇找莫伊拉，如果尼科尔森也在场，我会提醒她说她之前答应过要来陪陪我，然后就把她当场带走。"

"太棒了，弗兰基，真高兴我们不再浪费时间了。我很害怕再节外生枝。"

"那就说定了，十点半。"弗兰基说。

她回到梅罗威宅邸的时候是九点半，早餐刚被端上来。罗杰正在给自己倒咖啡，他看上去面带病容，疲惫不堪。

"早上好，"弗兰基说，"我睡得特别不好，七点钟就爬起来了，出去散了会儿步。"

"真抱歉，把你也卷到这堆麻烦里。"罗杰说。

"西尔维娅怎么样了？"

"昨晚他们给了她一剂阿片类的镇静剂，她现在还在睡呢。"

---

① 莎士比亚四大悲剧之一《麦克白》中的人物。

可怜的姑娘,我真为她难过。她一心一意地爱着亨利。"

"我知道。"

弗兰基顿了一下,随后解释了她准备离开的打算。

"我猜你就要走了,"罗杰恨恨地说,"死因调查听证会定在周五。如果届时需要你做证,我会通知你的。一切都取决于验尸官了。"

他将咖啡一饮而尽,吃了一片烤面包,然后又起身去忙活那堆需要他处理的事情。弗兰基很为他难过。家中出了一起自杀事件会引来多少流言蜚语,又会勾起多大的好奇心,她完全能够想象得出来。这时汤米出现在她身边,她便专心去逗孩子玩了。

十点半的时候,博比把车开了过来,弗兰基的行李也被搬下了楼。她跟汤米道了别,又留了一张便条给西尔维娅,便乘宾利车离开了。

他们很快就到了格兰奇。弗兰基以前从未来过,那两扇大铁门和杂草丛生的灌木丛让她觉得很是压抑。

"这地方让人毛骨悚然。"她说,"莫伊拉会害怕一点都不奇怪。"

他们驱车来到房子的前门,博比下车去,按响了门铃。开始的几分钟没人应答。最后,一个穿护士服的女人来开了门。

"尼科尔森太太在吗?"博比问道。

那个女人犹豫了一下,随后退回大厅,把门开大了一些。弗兰基跳下汽车进了屋。门在她身后关上,发出了一声令人不快的回响。弗兰基注意到门上横着几道粗大的门栓。她莫名地觉得有些害怕,仿佛她也因为身处这栋邪恶的建筑而成了阶下之囚。

"都是胡思乱想。"她告诉自己,"博比就在外面的车里。我光明正大地来,不会出什么事的。"甩掉了那些荒谬的感觉之后,她跟随护士上了楼,沿着一条走廊走去。护士突然打开了一扇门,弗兰基被带进一间装潢精美的小会客室。房间里有赏心悦目的印花棉布,花瓶里插满鲜花,她的精神为之一振。护士口中低声说了句什么便退出了房间。

约莫过了五分钟,房门打开了,尼科尔森医生走了进来。

弗兰基完全无法控制那些许突如其来的紧张,但她通过热情友好的微笑和握手掩饰了过去。

"早上好。"她说。

"早上好,弗朗西斯小姐。希望你不是给我带来巴辛顿－弗伦奇太太的坏消息的吧?"

"我走的时候她还在睡觉呢。"弗兰基说。

"可怜的女士啊。当然,她有自己的医生正在照顾她呢。"

"哦!是啊。"她顿了顿,接着说道,"您肯定特别忙,我不会占用您太多时间,尼科尔森医生,其实我是来看望您太太的。"

"来看莫伊拉吗?您可真是太好了。"

是错觉吗?还是在厚厚的镜片后面,那双淡蓝色的眼睛真的变得严肃了一点点呢?

"是啊,"他又重复了一遍,"您太好了。"

"如果她还没起床的话,"弗兰基说着莞尔一笑,"我可以坐在这儿等她。"

"哦!她起来了。"尼科尔森医生说。

"那好啊,"弗兰基说,"我想劝她到我那儿去一趟,她答应过的。"她再次面露微笑。

"哎呀,您瞧瞧,您真是太好了,弗朗西斯小姐——的的确确太好了。莫伊拉要是知道的话肯定会特别高兴的。"

"要是知道？"弗兰基急忙问道。

尼科尔森医生微微一笑，露出他那一口洁白整齐的牙齿。

"不巧的是，我太太她今天一早就走了。"

"走了？"弗兰基有些茫然，"去哪儿了？"

"哦！只是为了稍稍改变一下环境。您也知道女人，弗朗西斯小姐。对一个年轻女人来说，这地方实在有点阴郁。莫伊拉有时候会觉得需要来点小小的刺激，于是她就走了。"

"您不知道她去哪儿了吗？"弗兰基问道。

"我猜是伦敦吧。逛逛商店，看看戏，你知道的。"

弗兰基觉得他的微笑可以说是她见过最让人讨厌的了。

"我今天也打算去趟伦敦，"她轻快地说，"您能把她的地址给我吗？"

"她通常会住在萨伏伊酒店，"尼科尔森医生说，"不过无论如何，我都很可能会在一两天之内收到她的消息。恐怕她并不是个很喜欢写信的人，同时我又笃信夫妻之间应该保有完全的自由。但我觉得萨伏伊酒店还是你最可能找到她的地方。"

他让房门保持敞开，弗兰基发现自己还跟他握了握手，接着就被引到了房屋的正门。那个护士正站在那里等着带她出去。弗兰基最后听到的是尼科尔森医生说话的声音，温文尔雅，或许还带有那么一丁点儿嘲讽。

"您还惦记着请我太太去您府上小住可真是太好了，弗朗西斯小姐。"

第二十四章　追踪凯曼夫妇

弗兰基独自从屋子里走出来的时候，博比费了些周章才维持住了面无表情的司机做派。

她说："回斯塔弗利去，霍金斯。"这句话是说给那个护士听的。

车子沿着车道疾驰而去，一眨眼便穿出了大门。等他们走到一段比较空旷的路上时，博比把车停了下来，用探询的目光看着他的同伴。

"怎么回事啊？"他问道。

弗兰基回答的时候脸色有些苍白：

"博比，事情不太妙。很显然，她离开了。"

"离开？今天早上吗？"

"或者是昨天晚上。"

"一句话都没给咱们留下？"

"博比，我就是不相信这个。那个男人在撒谎，肯定是的。"

博比的脸一下子变得煞白，他咕哝道：

"太晚了！咱们可真是傻瓜啊！昨天就不该让她回去的。"

"你该不会是觉得她……死了吧，是吗？"弗兰基用颤抖的声音耳语道。

"不。"博比的语气有些粗暴,仿佛要令自己安心一样。

他们一起沉默了片刻,接着博比用比刚才平静的口吻讲述了他的推断。

"她肯定还活着,因为不然的话就得处理尸体。她的死亡必须看起来很自然,像意外一样。不,她要么就是私下里被强行带到了某个地方,要么——我相信是这后一种情况——她依然在那里。"

"在格兰奇?"

"在格兰奇。"

"那么,"弗兰基说,"咱们要怎么办?"

博比想了一下。

"我觉得你什么也做不了,"他最终说道,"你最好回伦敦去。你说过要试着追踪凯曼大妇这条线,那就继续查下去吧。"

"哦,博比!"

"亲爱的,你在这儿派不上什么用场,大家都认识你,如今你已经是尽人皆知了。你宣布过要走了,还能怎么办?你不能继续待在梅罗威,也不能在安格勒阿姆斯住下来,那样附近所有人都会说闲话的。不行,你必须得走。尼科尔森也可能会起疑心,不过他并不能确定你都知道些什么。你回城里去吧,我留下来。"

"留在安格勒阿姆斯?"

"不,我认为你的司机现在也该消失了。我要去安布勒德弗,离这儿十英里远,把那里变成我的根据地,如果莫伊拉还在那栋令人厌恶的宅子里,我会找到她的。"

弗兰基还是表示了一点异议。

"博比,你会很小心的吧?"

"我会狡猾得像条蛇一样。"

弗兰基怀着沉重的心情认输了。博比的提议无疑是合乎情理的,她再待下去也不会有更多用处。博比开车送她进了城,而弗兰基一进到布鲁克街的房子便突然感到一阵落寞。

然而,她可不是那种游手好闲的人。当天下午三点钟,就会有人看见一位眉头紧锁、衣着素净而不失时尚、戴着夹鼻眼镜、手里拿着一沓小册子和文件的年轻女人朝圣伦纳德花园走去。

帕丁顿的圣伦纳德花园是一片外表颇为惨淡的住宅群,其中的大多数都已破败不堪,散发着一种很久以前也曾"盛极一时"的气息。

弗兰基沿路走去,抬头看着门牌号码,突然间停下了脚步,脸上露出既痛苦又恼火的表情。

十七号的大门被一块告示牌封住了,上面写着空屋出售或出租。

弗兰基立即取下夹鼻眼镜,脸上的表情也和缓下来。

看来她不必做政治说客了。

牌子上还写着几个房产中介的名字,弗兰基选了两个抄录下来。接着,在决定了作战计划之后,便开始付诸实践。

第一家房产中介是蒲雷德街的"戈登先生和波特先生房产公司"。

"早上好,"弗兰基说,"不知您能否把凯曼先生的地址给我一下?他前不久还住在圣伦纳德花园十七号呢。"

"是啊,"那个年轻小伙子说,"不过只住了很短的一段时间,对不对?您知道,我们是替房主代理业务的。凯曼先生租了一个季度,因为他随时可能要赴国外任职。我相信他实际上已经去了。"

"这么说,你们也没有他的地址咯?"

"恐怕是没有。他已经把账跟我们结清了,就是这样。"

"不过当初他在租这栋房子的时候肯定也有个地址的。"

"是一家酒店,我想应该是帕丁顿车站的希尔顿酒店,塔楼套房。"

"有其他文件吗?"弗兰基提醒道。

"他预先支付了这个季度的租金,还交了足够支付电费和煤气费的押金。"

"哦!"弗兰基感到了一丝绝望。

她看到那个年轻人有些好奇地望着她。房产经纪人都擅长看出客户所属的"阶层"。很显然,弗兰基对于凯曼先生的兴趣让他觉得有点出乎意料。

"他还欠我一大笔钱呢。"弗兰基撒了个谎。

年轻人的脸上立刻出现了一副震惊的表情。

出于对落难美人的深切同情,他竭尽所能查找了整理归档的往来信函,不过还是没能发现凯曼先生现在或之前住址信息的蛛丝马迹。

弗兰基谢过他之后便离开了。她叫了一辆出租车去往下一家房产中介,没再浪费时间去重复刚才的步骤。第一家公司是把房子租给凯曼的公司,这些人只想赶快再把房子以房主的名义租出去。弗兰基便要了一张看房许可证。

这一次,面对接待员脸上惊讶的神情,她解释说她想找一处廉价的房产开设女子寄宿公寓。惊讶的表情消失了,弗兰基出来的时候拿到了圣伦纳德花园十七号的钥匙,还有另外两处她根本不想看的"房产"的钥匙以及看第四处房产的许可证。

弗兰基心想,她还算是有点儿运气,那个接待员并不想陪她同往,不过也许他们只在涉及带家具的房屋出租时才会那么做。

当弗兰基打开门锁,推开十七号这户的正门时,一股密闭房屋的霉臭味蹿入了鼻腔。

这是一栋令人倒胃的房子,装潢廉价,墙上的油漆脏兮兮的,还起了泡。弗兰基从顶楼到地下室按部就班地仔细检查了一遍。租户离开以后,房间并没有经过打扫。能见到几根细绳,几张旧报纸以及一些奇怪的钉子和工具。但要说个人物品,弗兰基甚至连撕掉的信件碎片都没找到。

唯一让她觉得可能有些意义的东西,是一本打开了放在其中一个窗边座位上的《ABC铁路指南》。没有任何线索能表明翻开那页上的哪个名字有什么特别意义,不过弗兰基还是把这些抄在了一个小笔记本上,勉强代替了她希望找到的那些东西。

就追踪凯曼夫妇这条线而言,她算是竹篮打水一场空了。

她自我安慰说这不过是意料之中的事情。假如凯曼夫妇真的干了违法犯罪的事,他们就会格外小心,不让任何人查到。所以这至少是一种反面的确定性证据。

弗兰基把钥匙交还给房产经纪人,并且谎称过几天再跟他们联系。离开时,她心里还是不免感到有些失望。

她情绪低落地朝着公园的方向走去,不知道自己接下来应该干什么。这徒劳的苦思冥想被一阵突如其来的骤雨打断了。放眼望去一辆出租车都没有,弗兰基为了护住心爱的帽子,急忙钻进了身边的地铁站,买了一张去皮卡迪利广场的车票,又在书报亭里买了几张报纸。

这个时段车厢中几乎空无一人,进了车厢后,她果断地把跟这个恼人问题有关的思绪全部抛诸脑后,打开报纸,努力将注意力集中在报纸的内容上。

她随手翻看着零星散落在各处的碎片消息。

因交通事故而造成死亡的人数。一名在校女生神秘失踪。彼得汉普顿夫人在克拉里奇举行的派对。约翰·米尔金顿爵士在驾驶游艇阿斯特拉多拉号(那艘曾经属于已故的百万富翁约翰·萨维奇先生的著名游艇)时出了事故,正在康复期。这算不算是一艘不吉利的船呢?设计游艇的人惨遭横死,萨维奇先生自杀身亡,而约翰·米尔金顿爵士则是奇迹般地堪堪逃过一劫。

弗兰基放下报纸,皱着眉头努力在记忆中搜索。

约翰·萨维奇这个名字她之前听到过两次。一次是在西尔维娅·巴辛顿-弗伦奇说起艾伦·卡斯泰尔斯的时候,另一次则是在博比复述他和里文顿太太的对话时。

艾伦·卡斯泰尔斯曾经是约翰·萨维奇的朋友。里文顿太太隐约觉得卡斯泰尔斯回英格兰与萨维奇的死有关。萨维奇的死因——是什么来着?他自杀是因为他觉得自己得了癌症。

设想一下,假如艾伦·卡斯泰尔斯对于此人之死的解释并不满意。假设他远道而来是为了深入调查整个事件?假设这围绕着萨维奇之死的种种情况,就是她和博比正在其中参演的这出戏的第一幕。

"有可能啊,"弗兰基心想,"没错,有这种可能。"

她陷入了沉思,不知道怎样才能最好地应对这个新的情况。她对约翰·萨维奇的好友和人际关系一无所知。

接着她脑海中突然冒出了一个念头:他的遗嘱。如果他的死亡有什么疑点的话,遗嘱中可能会提供一些线索。

弗兰基知道,在伦敦的某个地方,花上一先令就可以看到这些遗嘱。可她想不起来是在哪儿了。

列车进站停靠，弗兰基发现这里是大英博物馆。她原本打算在牛津广场换车的，现在已经过了两站。

她跳起身来下了车，来到街上时忽然想到了一个主意。她花了五分钟，步行来到了斯普拉格－斯普拉格－詹金森及斯普拉格先生事务所的办公室。

弗兰基受到了恭敬的接待，她立刻就被领进了事务所资深成员——斯普拉格先生的个人要塞。

斯普拉格先生非常和蔼可亲，说话的嗓音浑厚圆润，富有说服力，那些想要摆脱困境的贵族客户都觉得他的声音特别令人宽心。有传言说，斯普拉格先生所了解的那些贵族家庭的阴暗秘密之多，整个伦敦无人能出其右。

"见到您真是太高兴了，弗朗西斯小姐。"斯普拉格先生说，"快坐下，那把椅子坐着还舒服吧？好的，好的。天气真是非常怡人，对不对？就是个小阳春①。马钦顿伯爵身体怎么样？还挺好的吗？"

弗兰基很得体地回答了这一连串的询问。

随后斯普拉格先生摘下了夹鼻眼镜，变得更像一名法律顾问了。

"那么，弗朗西斯小姐，"他说，"今天下午是什么原因使我有幸在，嗯，我这间凋敝破败的办公室里见到您呢？"

"敲诈勒索？"他扬起的眉毛仿佛会说话，"不检点的信件？被不良青年纠缠上了？被你的裁缝告了？"

不过，谨慎地用扬起的眉毛询问，倒是挺符合斯普拉格先

---

①指十一月十一日圣马丁节前后的暖和天气。

生的做法——考虑到他的经验、收入和身份。

"我想查看一份遗嘱，"弗兰基说，"但不知道该去哪儿，也不知道该怎么做。我记得有个地方只要付上一先令就能查到，是吗？"

"在萨默塞特宫，"斯普拉格先生说，"不过那是份什么遗嘱？如果您想要知道关于，嗯，您家族遗嘱的任何事情，我都能告诉您。我们事务所很荣幸地在多年前就已经起草好了。"

"不是我们家族的遗嘱。"弗兰基说。

"不是？"斯普拉格先生说。

他那种催眠一般的，从客户身上赢取信任的能力实在太过强大，就算弗兰基本来无意如此，也只能甘拜下风，对他如实相告。

"我想查看一下萨维奇先生的遗嘱，约翰·萨维奇。"

"真——的吗？"斯普拉格先生语气中的惊愕如假包换，他万万没料到会是这个答案，"这可太蹊跷了，真的是太蹊跷了。"

他的声音里有某种极不寻常的东西，弗兰基不禁吃惊地望着他。

"其实呢，"斯普拉格先生说，"说真的，我也不知道该怎么办。弗朗西斯小姐，或许您可以告诉我您想要查看那份遗嘱的理由？"

"不，"弗兰基缓缓说道，"恐怕我不能告诉您。"

不知为何，她觉得眼前的斯普拉格先生一点都不像平时那个慈祥而无所不知的他。实际上，他显得有些忧心忡忡。

"我真的觉得，"斯普拉格先生说，"我应该警告您一下。"

"警告我？"弗兰基问道。

"是的。虽说迹象还不明确，或者该说非常模糊，但很显然有什么事情不对劲。无论如何，我都不能让您卷入到什么可疑的事情中去。"

言及此处，弗兰基本来可以告诉他，她已经牵扯进了一件他必然会反对的事情，并且遇到了瓶颈，不过她只是用疑惑的眼神凝望着他。

"整件事简直是异乎寻常的巧合，"斯普拉格先生还在继续，"有些事情明显不对劲，实在太明显了。但具体是什么，我现在还不太方便说。"

弗兰基仍然以探询的目光看着他。

"我刚刚听说一个消息，"斯普拉格先生接着说，他的胸中看起来充满了怒火，"我被人冒充了，弗朗西斯小姐。有预谋的冒充，您对这件事怎么看？"

一时间弗兰基惊慌失措，竟然一句话都说不出来。

第二十五章　与斯普拉格先生谈话

最终她结结巴巴地说道：
"您是怎么发现的呀？"
这根本不是她想说的话。事实上，说完之后她就该为这句蠢话把自己的舌头咬下来，但毕竟话已经说出了口。假如斯普拉格先生没发现这句话里供认不讳的意味，他也就别当律师了。
"这么说，您对于这件事情略知一二喽，弗朗西斯小姐？"
"是的。"弗兰基说。
她停顿了一下，深吸一口气之后继续说道：
"这其实就是我干的，斯普拉格先生。"
"我感到很惊讶。"斯普拉格先生说。
他的话音中带着一种纠结，一个义愤填膺的律师正在和一个慈父般的家庭事务律师剑拔弩张。
"这件事是怎么发生的呢？"他问道。
"不过是开个玩笑而已，"弗兰基有气无力地说道，"我们——我们就是想找点事干。"
"那又是谁，"斯普拉格先生追问道，"想出了这个冒充我的主意呢？"
弗兰基看着他，计上心头，她迅速做出了决定。

"是年轻的公爵诺——"她突然住了口,"我真的不能指名道姓,这有点说不过去。"

不过她知道这样一来形势就对她有利了。斯普拉格先生可能不会原谅区区一个教区牧师的儿子,但他对于名门贵族的偏好却能让他对一个公爵的冒失无礼心慈手软。他那种温和慈祥的态度又回来了。

"哦!你们这些聪明的年轻人,你们这些聪明的年轻人啊。"他一边晃着一根食指,一边喃喃自语道,"你们可是让自己陷入麻烦里去了呀。您可能会吃惊,弗朗西斯小姐,有那么多法律纠纷都是因为一念之差,一个看似无害的玩笑造成的。只是一时兴起,然而有时候想要私了却又是难上加难。"

"您真是太了不起了,斯普拉格先生,"弗兰基郑重其事地说道,"真的。能像您这样对待这件事的人绝对是千里挑一,我简直无地自容。"

"不必,不必,弗朗西斯小姐。"斯普拉格先生像个父亲般地说道。

"哦,可我的确这么觉得。我猜应该是那个里文顿太太吧,她究竟都跟您说什么了?"

"我这里有一封信,半个小时前才刚拆开。"

弗兰基伸出手去,斯普拉格先生把信交给了她,那神情就像是在说:"好啦,你自己看看你的愚蠢行为带来了什么后果吧。"

亲爱的斯普拉格先生(里文顿太太写道),我真是太糊涂了,不过我刚刚想起来一件跟您那天来拜访我有关的事,或许能帮上您的忙。艾伦·卡斯泰尔斯说过,他打算去一个叫奇平萨默顿的地方。我不知道这是否对您有所帮助。

您告诉我的那桩马尔特雷弗斯的案子,我特别感兴趣。谨致问候。

伊迪丝·里文顿
敬上

"您可以看得出来,事情可能非常严重。"斯普拉格先生正色道,不过此时那分严肃却被慈爱冲淡了一些,"这件事情在我看来极其可疑。不管是与马尔特雷弗斯案相关,还是与我的客户卡斯泰尔斯先生有关——"

弗兰基打断了他的话。

"艾伦·卡斯泰尔斯是您的客户之一?"她兴奋地问道。

"是啊。他最后一次来英格兰是在一个月以前,当时他还来找我请教过问题。弗朗西斯小姐,您认识卡斯泰尔斯先生?"

"可以这么说吧。"弗兰基说。

"一个极富魅力的人。"斯普拉格先生说,"他给我这间办公室里带来了一股强烈的,呃,外面广阔空间的气息。"

"他来找您咨询的是萨维奇先生遗嘱的问题吗?"弗兰基说。

"啊!"斯普拉格先生说,"这么说是你建议他来找我的?他就是想不起来是谁了,很遗憾我没能帮上他更多的忙。"

"您建议他怎么做的?"弗兰基问道,"还是说,告诉我会违背职业道德?"

"在这种情况下不会的。"斯普拉格先生微笑着说,"我的意见是,没有什么可做的,什么事都不用做。换句话说,除非萨维奇先生的亲属准备好要花一大笔钱打这场官司。而据我所知,他们并没有这方面的准备,也没能力打这场官司。要是没有十拿九稳的把握，我从来都不会建议把案子拿到法庭上去。法律就像个捉摸不定的野兽，弗朗西斯小姐。它的变化无常会令不懂法律的人措手不及，我的座右铭向来都是庭外和解。"

"整件事都非常古怪。"弗兰基若有所思地说。

她感觉自己仿佛光脚走在满是锡质大头钉的地板上，随时都有可能踩上一根，然后一切就都完蛋了。

"这种案例也不像您想的那么罕见。"斯普拉格先生说。

"自杀案例吗？"弗兰基问道。

"不，不是，我指的是施加了不正当影响的案例。萨维奇先生是个冷静务实的商人，但很显然，他在那个女人手中就像蜡人一样，我坚信她精于此道。"

"希望您能把整个故事原原本本地讲给我听，"弗兰基壮起胆子说，"卡斯泰尔斯先生，唔，有点儿太激动了，搞得我从来都没能把这件事弄清楚过。"

"这个案子简单至极，"斯普拉格先生说，"我可以把事实都给您讲一遍，是个人就能听懂，所以也没人反对我的建议。"

"那就全都告诉我吧。"弗兰基说。

"去年十一月的时候，萨维奇先生碰巧从美国旅行回到英国。如您所知，他是个极其富有的人，还没有什么近亲。在这趟航海旅行中他结识了一位女士，嗯，坦普尔顿太太。关于坦普尔顿太太，我们只知道她是个非常漂亮的女人，以及她有个丈夫。"

"凯曼夫妇。"弗兰基心想。

"这种海上旅行很危险，"斯普拉格先生微笑着摇了摇头，接着说道，"萨维奇先生显然是被深深地吸引了。他接受了那位女士的邀请，要去她位于奇平萨默顿的别墅小住。他每隔多久去一趟我还没能查清楚，不过毫无疑问的是，他在这位坦普尔顿太太的影响之下，去得越来越频繁。

"接下来悲剧就发生了。萨维奇先生已经就自己的健康状况担心了好一阵，他害怕他可能会得某种病——"

"癌症？"弗兰基问。

"嗯，没错，事实上就是癌症。他深信不移。那段时间他跟坦普尔顿夫妇住在一起，他们劝他去伦敦找个专家咨询一下，于是他便去了。到这里为止，弗朗西斯小姐，我还不敢下定论。那个专家是一个非常杰出的人，多年来在他这一行里一直是个中翘楚。他在死因调查会上发誓说，萨维奇先生并没有患上癌症，而且他也是这么告诉他的。然而萨维奇先生的看法已经根深蒂固，当他被告知此事的时候，并不愿意接受。你看，弗朗西斯小姐，假如他了解医疗行业，能不带偏见地接受事实，事情的发展可能就会略有不同。

"如果萨维奇先生的症状让医生感到为难的话，医生可能就会很严肃，拉个大长脸，谈一些昂贵的治疗，在安慰他那不是癌症的同时，让他知道他的身体出了严重的问题。萨维奇先生听说过医生通常都会对患者隐瞒病情，于是就按自己的想法去理解医生的话。他会觉得医生说的那些宽心话并不是真的，他已经患上了癌症。

"不管怎么说，萨维奇先生回到奇平萨默顿的时候心里万分忧虑。他意识到了接下来的生活将会多么漫长而痛苦。据我所知，他家族中的一些成员就是死于癌症，而他目睹过他们所遭受的痛苦，便决意不要重蹈覆辙。他请了个律师来，那是位名望极高的律师，来自一家鼎鼎有名的事务所。那位律师当场起草了一份遗嘱，萨维奇先生签了字，为了安全起见，又把它交回给律师保管。就在那天晚上，萨维奇先生吞下了大量的三氯乙醛。他留下了一封信，信里解释说他更喜欢轻松快捷地结束自己的生命，而不是等待漫长而痛苦的死亡。

"根据他的遗嘱，萨维奇先生留下了总额七十万英镑的免税遗产给坦普尔顿太太，其余的则捐给几家指定的慈善机构。"

斯普拉格先生向后靠回椅子里，此刻他正自得其乐。

"陪审团像平常一样给出了富有同情心的裁定，认为这是精神失常导致的自杀。但我们很难证明他在立遗嘱的时候心智也是不健全的，我们没法在这个问题上争辩，陪审团不会接受这种说法。遗嘱是在律师在场的情况下起草的，而律师认为死者当时毫无疑问是头脑清醒、理智健全的。我觉得我们也没法证明这里存在不正当的影响。萨维奇先生并没有剥夺任何一位至亲的继承权，他为数不多的亲戚也都是远房表亲，很少见面。我没记错的话，他们都住在澳大利亚。"

斯普拉格先生停顿了一下。

"卡斯泰尔斯先生的意见是，这样一份遗嘱完全不符合萨维奇先生一贯的风格。萨维奇先生不喜欢有组织的慈善机构，而且向来坚决秉持'钱要转给有血缘关系的亲属'这种观点。然而，卡斯泰尔斯先生并没有书面证据来证明这些观点，而且正如我向他指出的那样，人是会变的。要对这样一份遗嘱提出异议，除了要跟坦普尔顿太太打交道以外，还得对付那些慈善组织。同时，这份遗嘱也已经接受过遗嘱认证了。"

"当时没有发生过什么争执吗？"弗兰基问道。

"我说过啦，萨维奇先生的亲属都不住在这个国家，他们对于这件事知之甚少。提出这个问题的是卡斯泰尔斯先生。他从一次深入非洲腹地的旅行中归来，逐渐了解到了这件事情的细节，然后便来到英国，想要看看还能不能做点什么。我迫不得已告诉他说，在我看来，已经没有什么可做的了。行业里有句话叫'现实占有，败一胜九'。坦普尔顿太太就是占有者。而且，她已经离开了这个国家，我相信她是到法国南部去了。她拒绝就此事做任何沟通交流。我提议去征求一下法律顾问的意见，但卡斯泰尔斯先生断定没有这个必要，他接受了我的观点，认为即使这么做了也没什么用处。或者换句话说，无论当时本该采取什么行动，现在再做也是为时已晚，我觉得这些事情很难说得准。"

"我明白了。"弗兰基说，"没人了解这个坦普尔顿太太吗？"

斯普拉格先生撇撇嘴，摇了摇头。

"像萨维奇先生这样的人，有他自己的生活阅历，应该不会那么容易上当受骗，可是——"斯普拉格先生悲哀地摇着头，脑海中仿佛掠过了不计其数的客户的样子。他们本应更明事理，来找他帮助他们把案子私下了结的。

弗兰基站起身来。

"人是种非同寻常的动物。"她说。

她伸出一只手。

"再见了，斯普拉格先生。"她说，"您很了不起，真的很了不起。我都觉得羞愧难当了。"

"你们这些聪明的年轻人必须多加小心。"斯普拉格先生冲她摇着头说。

"您真是太好了。"弗兰基说。

她热诚地攥紧他的手，然后离开了。

斯普拉格先生又坐回到桌前。

他在思索。

"年轻的公爵——"

只有两个公爵可以被这样形容。

是哪一个呢?

他拿起了一本《贵族名册》。

第二十六章　夜间冒险

博比对莫伊拉的担忧比他愿意承认的还要多，她的失踪太令人费解了。他反复告诫自己，妄下论断是很荒唐的。在满满一屋子目击者的眼皮底下干掉莫伊拉太不切实际了。这件事应该还有某种极其简单的解释。最坏的情况就是她被囚禁在疗养院了。

要说她是自愿离开斯塔弗利的，博比一点都不信。她一定不会像这样一句解释都不留就不辞而别。再说了，她还曾经着重强调过她无处可去呢。

不，阴险的尼科尔森医生就是这件事的幕后黑手。不管用了什么办法，他肯定是察觉到了莫伊拉的种种行动，而这就是他的应对之策。在疗养院邪恶的高墙之内的某处，莫伊拉无法与外部世界取得联系，变成了阶下之囚。

不过她作为囚徒的日子可能也不会持续很久。博比对莫伊拉所说的每句话都深信不疑。她的恐惧既不是想象力过剩的结果，也不是因为神经紧张，而是事实。

尼科尔森有意除掉他的妻子。他的计划已经失败了好几次。如今，因为她向别人表明了恐惧，就迫使他下了手。他要么迅速行动，要么就索性放弃。他有这个勇气吗？

博比相信他有。他肯定知道,即使这些陌生人已经听说了她的恐惧,他们也没有证据。而且,他会以为他需要对付的人只有弗兰基。他有可能从一开始就在怀疑她了,他对于她"车祸"的质疑似乎也表明了这一点。不过作为弗朗西斯小姐的司机,博比不相信医生会对自己起疑心,怀疑他另有身份。

没错,尼科尔森会下手的。莫伊拉的尸体很有可能会在远离斯塔弗利的某个地区被发现。要么是被海水冲上岸,要么是在悬崖脚下被人发现。博比几乎可以肯定,她的死亡看上去会像是一起"意外"。尼科尔森是制造意外的专家。

不过,博比认为策划并制造这样一起意外是需要时间的。不需要很多,但总得有一些。尼科尔森是被迫动手的,他的行动不得不比他所预期的更快。在他能够把计划付诸实施之前至少需要二十四个小时,这个假设似乎是合情合理的。

如果莫伊拉还在格兰奇,博比就打算在这段时间之内找到她。

把弗兰基放在布鲁克街之后,他便开始实施计划。他断定远远地躲开汽车修理厂所在的那条街是明智的。就他所知,很可能还有人在监视那里。他相信自己霍金斯的身份还没有受到怀疑。现在,就该轮到霍金斯销声匿迹了。

那天傍晚,一个身穿廉价深蓝色套装,留着小胡子的年轻人抵达了熙熙攘攘的安布勒德弗小镇。年轻人在车站附近的一家旅馆投宿,登记的名字是乔治·帕克。放下行李箱后他漫步走出旅馆,开始跟人商谈起租用摩托车的事情来。

当晚十点,一个戴着帽子和护目镜的摩托车手驶过斯塔弗利村,在离格兰奇不远的一处偏僻路段上停了下来。

博比先是匆忙地把摩托车推到了附近的灌木丛,随后往路上左右张望了一下。这条路还真是人迹罕至。

然后他沿着墙边溜达，一直来到那扇小门前。像上次一样，门并未上锁。博比再次四处张望了一下，以确认自己没有被人看到，便悄无声息地溜进门去。他把手伸进外衣口袋里，口袋里鼓鼓囊囊的，那是他的配枪，摸到枪让他觉得很安心。

格兰奇的院子里万籁俱寂。

在惊悚小说里，反派都会在住所周围养上一只猎豹或者别的什么猛兽，用来对付闯入者。想到这里，博比不禁暗自咧嘴一笑。

尼科尔森医生似乎只要插销和门栓就心满意足了，即便如此，他好像多少也有点马虎。这扇小门就不该这样毫无防备地开着。作为反派，尼科尔森医生粗心大意得令人遗憾。

"没有驯化的巨蟒，"博比心想，"没有猎豹，也没有通电的金属网。这个人落伍得都有些丢人了。"

他会这样想，与其说是为了其他什么原因，倒不如说是在给自己打气。每次他想起莫伊拉，都会有一种奇怪的束缚感紧紧缠绕着他的心。

他眼前浮现出了她的面容：颤抖的嘴唇，写满恐惧的大眼睛。正是在这里，他第一次见到了她。当他回忆起自己当时是如何一把搂住她，让她站稳的时候，一阵微微的战栗涌遍全身……

莫伊拉此时身在何处？那个阴险邪恶的医生对她做了些什么？但愿她还活着……

"她一定还活着。"博比坚定地从紧闭的双唇中挤出了这句话，"我不会再胡思乱想了。"

他围着这栋房子仔细勘察了一番。楼上有几扇窗户还亮着灯，一楼只有一扇窗户里透出了光。

博比蹑手蹑脚地朝这扇窗户走去。窗户拉着窗帘，但窗帘间有一条细缝。博比用一条腿的膝盖撑住窗台，悄无声息地爬了上去，透过那道缝隙向里面窥望。

他可以看见一个男人的胳膊和肩膀在移动，好像在写什么东西。没一会儿，那人换了个姿势，能够看清他的侧脸了，正是尼科尔森医生。

这个情境很奇怪。医生完全不知道自己正在被人窥视，依然在有条不紊地书写。博比看得着了迷。那个男人离他如此之近，要不是有中间这层玻璃，他都可以伸出手去碰到他。

博比觉得他第一次真正看清楚了这个男人。他身形强健有力，鼻子大而醒目，下巴凸出，双颊线条分明，胡子刮得干干净净。博比注意到他的耳朵比较小，平平地贴在头的两侧，耳垂与脸颊贴到了一起。他记得听人说过这样的耳朵是有某种特殊意义的。

医生还在继续书写。悠然自得，从容不迫。此时他停顿了片刻，似乎在斟酌词句，接着又再次动起笔来。他的钢笔划过纸面，平静而精准。中间有一次他摘下了夹鼻眼镜，擦了擦镜片又戴上了。

博比最终叹了口气，悄悄地从窗台滑回地面。看这架势，尼科尔森还要再写上一阵子。现在是进入这栋房子的最佳时机。

如果博比能趁着医生在书房奋笔疾书之际，从楼上强行破窗而入，他就可以在深夜好好搜查一下这栋建筑了。

他又绕着房子转了一圈，选中了二楼的一扇窗户。这扇垂直推拉窗的上半部分开着，屋里却没开灯，所以很有可能是空的。而且，紧挨着窗边还有一棵树，似乎可以提供一条捷径。

一分钟以后,博比已经爬上了这棵树。一切都很顺利。就在他伸出手去,准备抓住窗台的时候,他脚下的树枝出现了一道要命的裂痕。紧接着,这根枯朽的树枝"啪"的一声折断了,博比脑袋冲下栽了下来,幸亏下面有一个绣球花丛,才没让他一下子落到地面上去。

尼科尔森书房的窗户就在房子这一面再往前的地方。博比听见了一声惊呼,那是医生的声音,接着窗户也被向上推开了。博比从刚掉下来时最初的震惊中缓过神来,一跃而起,摆脱了绣球花丛,蹿出那片阴影地带,冲上了通往那扇小门的路。他往前走了一小段,随后便一头扎进灌木丛中。

他听见了说话的声音,看见光亮在那丛被踩断的绣球花附近晃动。博比屏住呼吸,一动不动。他们可能会沿着这条小路过来。那样的话,他们发现那扇门开着,很可能就会得出有人从那里逃跑了的结论,不会再进一步搜查了。

然而,几分钟过去了,并没有人过来。随即博比听见尼科尔森问了一个问题。他没听清问的是什么,但他听见一个没什么教养的嘶哑嗓音回答了问题。

"人没少,东西也没丢,先生。我已经四处看过了。"

说话声逐渐平息下去,光亮也消失了。所有人似乎都已经回到了房子里。

博比非常小心地从藏身之处出来,到小路上听了听。鸦雀无声。他朝着房子的方向走了一两步。

接着,黑暗中有什么东西打在了他的后颈上。他向前扑倒,跌入黑暗之中。

第二十七章 "我哥哥是被谋杀的"

星期五早上,那辆绿色的宾利停在了安布勒德弗的车站旅馆外面。

弗兰基已经给博比发过了电报,收报人用的是他们商量好的名字,乔治·帕克。电报上说她被要求在亨利·巴辛顿-弗伦奇的死因调查听证会上做证,将会在从伦敦过来的路上顺便造访安布勒德弗。

她期盼着能收到回电,给她指定个见面地点,却什么都没等到,于是便来到了旅馆。

"帕克先生吗,小姐?"旅馆的勤杂工说道,"我记得好像没有这个姓的人入住,不过我会去查一下。"

几分钟以后他回来了。

"是星期三傍晚到这儿的,小姐。他放下行李后就说可能会很晚才回来。他的行李还在这儿,可他一直都没回来取。"

弗兰基突然心下一沉。她紧紧抓住身边的一张桌子撑住自己,那人同情地看着她。

"不舒服吗,小姐?"他问道。

弗兰基摇了摇头。

"没事的,"她勉力说道,"他没留下什么口信吗?"

那人再次离开,回来的时候摇着头。

"有一份发给他的电报。"他说,"仅此而已。"

他好奇地看着她。

"我能为你做什么吗,小姐?"他问。

弗兰基摇摇头。

此刻她只想赶快脱身,她必须给自己点儿时间,想想下一步该怎么办。

"没事的。"她说罢便坐回宾利车里,驱车离去。

那个男人目送着她离开的同时若有所悟地点了点头。

"他开溜了,没错。"他自言自语道,"让她大失所望,悄悄地把她甩了。她还真是个俊俏的姑娘呢,不知道他长什么样?"

他问了一下接待室里那个年轻小姐,不过那个年轻小姐也想不起来了。

"一对有钱人,"勤杂工自作聪明地说道,"本来打算秘密结婚,可是那男的跑了。"

与此同时,弗兰基正驾车朝斯塔弗利的方向开去,她脑中的思绪纷乱繁杂,矛盾重重。

博比为什么没有回到车站旅馆?只可能有两种原因:一是他找到线索了,而这个线索又把他带到了别的什么地方。不然……不然就是哪里出了岔子。车子突然很危险地转了个向,所幸弗兰基及时回过神来,控制住了车子。

她可真是个白痴,在这里凭空想象。博比当然会平安无事的。他找到线索了。就是这样,有线索了。

可是另一个声音在问,他为什么不给她捎一句话,让她安心呢?

这个问题解释起来就更难了,但总会有解释的。处境艰难、没有时机……博比应该了解她，弗兰基是不会为他感到紧张害怕的。一切正常，肯定是这样。

死因调查听证会就像是一场梦。罗杰到场了，新寡的西尔维娅穿着那身丧服，看上去十分漂亮。她楚楚动人的身影给人留下了深刻的印象。弗兰基发现自己欣赏她的感觉就像是在剧院里欣赏一场演出。

听证会的进程十分得体，分寸拿捏得恰到好处。巴辛顿-弗伦奇一家在当地深得人心，所有的安排都是为了避免让死者的遗孀和弟弟感到难过和难堪。

弗兰基和罗杰分别做了证，尼科尔森医生也出示了证据——死者的那封诀别信。事情很快便了结了，陪审团给出的裁定是"精神失常的自杀"。

"富有同情心"的裁定，一如斯普拉格先生所述。

两件事情在弗兰基的心里联系在了一起。

两桩精神失常的自杀案。这两者之间会不会有什么关联呢？

她知道这是一桩真正的自杀案，因为她当时就在现场。博比的谋杀论则因为站不住脚而不得不被摒弃。尼科尔森医生的不在场证明无懈可击，这一点有死者遗孀本人给他做证。

在其他人纷纷离开，验尸官握着西尔维娅的手说了几句表示同情的话之后，弗兰基和尼科尔森医生依然落在后面。

"我这里有你几封信，弗兰基，亲爱的。"西尔维娅说，"如果我现在抛下你去躺一会儿，你应该不会介意吧？这一切都太可怕了。"

她颤抖着离开了房间，尼科尔森随她一起走了，嘴里还嘟囔着什么跟镇静药有关的话。

弗兰基转向罗杰。

"罗杰,博比失踪了。"

"失踪?"

"是啊!"

"在哪儿?怎么就失踪了呢?"

弗兰基用寥寥数语迅速解释了情况。

"这么说,从那时起就没人再看见过他了?"罗杰说。

"没有了,你怎么想?"

"我可不喜欢听到这种消息。"

弗兰基的心往下一沉。

"你不会是觉得——"

"哦!也可能什么事都没有呢,不过——嘘,尼科尔森来了。"

医生脚步声很轻地走进房间,搓着两只手,脸上挂着微笑。

"一切都进行得很圆满,"他说,"非常圆满,真的。戴维森医生办事周到,为人体贴。有他作为本地的验尸官,咱们真该觉得庆幸。"

"我觉得也是。"弗兰基机械地附和道。

"没有他会大不相同的,弗朗西斯小姐。死因调查听证会的组织实施完全在验尸官的掌控之中,他的权限很大,可以随心所欲地让事情变得轻松简单或者困难重重。在这件案子里,一切都进行得完美无缺。"

"事实上,也就是一场很不错的舞台演出罢了。"弗兰基的语气很生硬。

尼科尔森有些吃惊地看着她。

"我了解弗朗西斯小姐的感受,"罗杰说,"我也有同感。我哥哥是被谋杀的,尼科尔森医生。"

他此时正站在医生的身后,并不能像弗兰基一样看到医生眼里突然现出的惊愕。

"我说的是实话,"罗杰在尼科尔森正打算答复之际又打断了他,"法律也许并不把这件案子视为谋杀,但它的确是。引诱我哥哥变成瘾君子的罪犯谋杀了他,这跟真的把他杀死了是一样的。"

他挪动了一小步,愤怒的双眼直视着医生的眼睛。

"我要跟这帮人算账的。"他说,听上去像是一种威胁。

尼科尔森医生那双淡蓝色的眼睛在他的逼视下低垂下来。他难过地摇了摇头。

"我同意你的说法,"他说,"关于吸毒,我比你了解得更多,巴辛顿-弗伦奇先生。引诱一个人去吸毒真的是种十恶不赦的罪行。"

一些想法在弗兰基的头脑里盘旋不已,尤其是其中的一个。

"不可能啊,"她对自己说道,"那可就太恐怖了。但他全部的不在场证明都是凭她一句话,可要是这样的话——"

她从思绪中惊醒的时候发现尼科尔森正在跟她说话。

"您是开车来的吧,弗朗西斯小姐?这次没遇上车祸吧?"

弗兰基觉得她实在是恨透了那种微笑。

"没有,"她说,"我认为卷进太多的意外也是件挺遗憾的事情,您不觉得吗?"

她不知道这是她的想象,还是他的眼皮真的动了那么一下。

"这次或许是您的司机开车送您来的?"

"我的司机,"弗兰基说,"已经失踪了。"

她直视着尼科尔森。

"真的吗?"

"最后有人看见他的时候,他正在前往格兰奇的方向。"弗兰基继续说道。

尼科尔森扬了扬眉毛。

"当真？难道说，我家厨房里有什么能吸引他的东西？"他的声音听起来有几分顽皮，"我简直没法相信。"

"不管怎么说，他最后被人看见就是在那儿。"弗兰基说。

"您这话听起来太有戏剧性了，"尼科尔森说，"可能您对本地那些流言蜚语过于关注了。流言蜚语是很不可靠的，我就听到过特别荒诞不经的故事。"他停顿了一下，说话的语气略微有些改变，"我甚至听说，有人看见我太太和您的司机在河边一起说话。"又是一下停顿，"我相信，他是个非常优秀的年轻人，弗朗西斯小姐。"

弗兰基心想：他是打算自称他太太和我的司机私奔了吗？这就是他的小把戏？

她大声说道：

"霍金斯可比一般的司机强多了。"

"看起来的确是这样。"尼科尔森说。

他转向了罗杰。

"我必须得走了。相信我，我对您和巴辛顿－弗伦奇太太都抱有深深的同情。"

罗杰和医生一起来到大厅，弗兰基跟在后面。大厅桌子上有两封写给她的信。一封是一份账单。另一封是——

她的心猛地一跳。

另一封信上是博比的笔迹。

尼科尔森和罗杰此时站在门阶上。

她撕开了信封。

亲爱的弗兰基(博比写道),我终于找到线索了。尽快跟随我到奇平萨默顿来。你最好坐火车过来,不要开车。宾利太引人注目了。火车条件虽然不太好,但肯定能带你过来。你要来一栋叫都铎小屋的房子。我会确切地跟你说明怎么找到它。别问路。(下面是一些详细的路线说明。)你都弄明白了吗?别告诉任何人。(这句话加了重重的下划线。)谁也不能说。

你永远的
博比

弗兰基激动不已地在掌心里把信揉皱。

如此说来,一切正常。

没有任何可怕的事情降临在博比身上。

他找到线索了。巧合的是,跟她自己找到的是同样的线索。她已经去萨默塞特宫查过约翰·萨维奇的遗嘱了。罗斯·埃米莉·坦普尔顿就是埃德加·坦普尔顿的妻子,住在奇平萨默顿的都铎小屋。这也正好跟圣伦纳德花园十七号房间里那本摊开的《ABC 铁路指南》对上了。奇平萨默顿正是那页上的一个站名,凯曼夫妇已经去了奇平萨默顿。

一切都开始明朗起来了,他们正在接近这场追逐的终点。

罗杰·巴辛顿-弗伦奇转身朝她走了过来。

"你的信里有什么有意思的事情吗?"他随口问道。弗兰基一时有些犹豫。博比在要求她不要告诉任何人的时候,应该没把罗杰算在内吧?

紧接着她想起了那重重的下划线,也想起了她刚刚产生的那个恐怖的念头。假如那是真的,罗杰就有可能在全然不知的情况下把他们两个人都出卖了。她不敢向他暗示自己的怀疑……

于是她拿定了主意。

"没有,"她说,"什么都没有。"

用不了二十四个小时,她就要对自己的决定懊悔不已了。

在接下来的几小时路程中,她不止一次为听从了博比那"不要开车来"的建议追悔莫及。到奇平萨默顿的直线距离并不是很远,中间却要换三次车,每次她都要在乡间小站沉闷乏味地等上好久。对于弗兰基这样急性子的人来说,这种慢吞吞的行进方式是极其难以忍受的,无论她意志多么坚定。

然而,她还是不得不承认,博比的话里也有几分道理。宾利车的确是太惹眼了。

她用来把车留在梅罗威的理由根本不堪一击,不过一时冲动之下她也想不出什么更高明的说辞。

当弗兰基乘坐的这列从容不迫、体贴入微的火车驶入奇平萨默顿这个小站的时候,天色正渐渐转黑。在弗兰基看来,此时更像是半夜三更,这趟火车似乎在路上闲逛了好久好久。

天空开始飘雨,给人又平添了几分烦恼。

弗兰基把外衣扣到脖子,借着车站的灯光最后看了一眼博比的来信,在脑海中想清了要去的方向,随后便出发了。

她按照指南,很容易就找到了路。弗兰基看见了前面村庄的灯火后便向左转,走上了一条很陡的上坡路。到了小路的顶端,她沿着右手边的岔路继续走,很快就看到了下方村庄的那组小房子以及前方的一片松树林。最终,她来到一扇干干净净的木门前,划着了一根火柴,看到那上面写着都铎小屋。

四周一个人影都没有。弗兰基拨开门栓,进到木门里面。

她可以辨认出松树林后面房屋的轮廓。她在树林里找了个落脚点，能够清楚地看见那栋房子。接着，她竭尽所能地模仿了一声猫头鹰的叫声，同时感到心跳加速。过了几分钟，什么事都没发生。她又学猫头鹰叫了一声。

小屋的门开了，她看见一个穿着司机制服的身影在小心翼翼地向外张望。是博比！他做了个招呼的手势，接着便退回到屋里，留下门还半开着。

弗兰基从树林里走出来，来到门口。没有一扇窗户里亮着灯。一切都沉浸在漆黑与寂静之中。

弗兰基小心翼翼地跨过门槛，进入黑黢黢的大厅里。她停下脚步，费力地看着四周。

"博比？"她低声叫道。

她的鼻子向她发出了警告。她以前在哪儿闻过这种气味——这种浓郁而香甜气味呢？

就在她的脑海中闪现出答案"氯仿"①的时候，一双强健的手臂从后面抓住了她。她想开口尖叫，一块湿布迅速地捂住了她的嘴。那种甜得发腻的气味充斥了她的鼻腔。

她不顾一切地挣扎着，腰身扭转，双脚乱踢，但还是无济于事。不管怎么抗争，她都觉得自己就要不行了。她听见耳朵里嗡嗡作响，感到透不过气来，然后失去了意识……

---

①学名三氯甲烷，无色、有甜味、易挥发的液体，具有麻醉作用，有毒性。

第二十八章　最后关头

弗兰基苏醒过来的时候，第一反应就是沮丧。氯仿的副作用一点都不浪漫。她正躺在一块无比坚硬的木地板上，手脚都被捆着。她想办法让自己翻了个身，结果脑袋险些狠狠地撞在一个破旧的煤箱上，紧跟着各种不幸的事情又接踵而来。

几分钟之后，弗兰基就算还不能坐起来，至少也能留意一下周围的状况了。

她听见身边不远处传来一声微弱的呻吟。她环顾四周，观察眼前的景象，这似乎是一个阁楼。唯一的光线是从屋顶的天窗透进来的，而此时已经所剩无几，用不了几分钟就会完全黑下来。靠墙放着几幅破破烂烂的画，还有一张破铁床和几把损坏的椅子，以及前面提到过的那个煤箱。

呻吟声好像是从角落里传来的。

弗兰基的绑绳捆得并不是很紧，所以她可以像螃蟹那样挪动身体，她就这样慢慢地从布满灰尘的地板上爬了过去。

"博比！"她突然喊道。

那人正是博比，手脚也同样被捆着。除此之外，还有一块布缠在他的嘴上。

他差不多成功弄松了嘴上缠着的布。弗兰基助了他一臂之力。虽然被绑在一起,但她的手还能派上点用场,最终她用牙使劲一拽,总算是完成了这项任务。

尽管嘴还有点不灵活,但博比还是设法叫出了声:

"弗兰基!"

"真高兴我们又在一块儿了,"弗兰基说,"不过看起来我们是上当受骗了。"

"我猜,"博比沮丧地说道,"这就是他们所说的'抓现行'。"

"他们是怎么抓到你的呀?"弗兰基问,"是在你给我写了那封信之后吗?"

"什么信?我从来没写过信啊。"

"哦!我明白了。"弗兰基睁大了眼睛说,"我可真是个笨蛋!还信了那句'别告诉任何人'的废话。"

"听我说,弗兰基。我要告诉你我都遇到了什么,然后你再继续,告诉我你都遇到了什么。"

他讲述了他在格兰奇的冒险及其恶果。

"我到了这该死的破地方,"他说,"看见有个托盘上有食物和水。我都要饿死了,于是就吃了一些,那里面肯定被人下了药,因为我几乎马上就睡过去了。今天星期几?"

"星期五。"

"我是周三晚上被人打晕的。真见鬼,这么长时间我一直都不省人事。快告诉我你又是怎么回事?"

弗兰基详细描述了她的经历,从她在斯普拉格先生那里听到的故事开始说起,一直讲到她以为在门口认出了博比的身影为止。

"接着他们就用氯仿把我麻翻了,"她最后说道,"哦,博比,我刚刚还躺在一个煤桶里,恶心得要死呢。"

"你真是太厉害了，弗兰基，"博比赞赏道，"两只手都被绑着还能干这么多事。问题是，现在该怎么办？咱们已经用自己的方式调查很长时间了，可是如今局势发生了扭转。"

"我要是把你那封信告诉罗杰就好了，"弗兰基哀叹不已，"我当时真的想过，也犹豫过，然后我就决定完全按照你所说的去做，谁也不告诉。"

"结果就是没人知道咱们身在何方，"博比面色凝重地说道，"弗兰基，亲爱的。恐怕我是把你拉到火坑里了。"

"我们都有点过于自信了。"弗兰基闷闷不乐地说。

"我唯一没想明白的就是，他们干吗不马上把咱俩都杀掉？"博比沉思道，"尼科尔森不至于在这样的小事上犹豫啊。"

"他另有计划。"弗兰基的身体微微一抖，说道。

"嗯，咱们最好也有个计划，必须离开这儿，弗兰基。可是要怎么做呢？"

"可以大喊大叫。"弗兰基说。

"也——对，"博比说，"可能会有人路过，听见叫声。不过从尼科尔森并没有塞住你的嘴这个事实来看，这么做成功的概率微乎其微。你手上的绳子绑得比我松多了。我来看看能不能用牙把它解开。"

接下来的五分钟是在斗争中度过的，这场斗争要归功于博比的牙医。

"真奇怪，书里把这些事情写得那么简单。"他有些气喘吁吁，"我忙活了半天，结果一点用也没有。"

"有用啊，"弗兰基说，"已经松开点儿啦。当心！有人来了。"

她从他身边滚开了一些。可以听见有人正在上楼，脚步声很笨重。门下方透进来一缕光线。接着是钥匙在锁中转动的声音,门缓缓地打开了。

"我的两个小家伙儿怎么样啦?"是尼科尔森医生的声音。

他手里拿着一根蜡烛,尽管戴了一顶能遮住眼睛的帽子,穿了一件领子翻起来的厚重大衣,但无论他走到哪里,他的声音都会出卖他的。他的眼睛在厚厚的镜片后面闪着暗淡的光。

他有几分顽皮地冲他们摇了摇头。

"你可太不应该了,我亲爱的小姐。"他说,"那么轻易就上了圈套。"

博比和弗兰基都没有答话。优势很显然在尼科尔森那边,所以很难知道该说些什么。

尼科尔森把蜡烛放在一把椅子上。

"不管怎么说,"他说,"让我先看看你们舒服不舒服。"

他检查了一下博比的绑绳,满意地点点头,接着又去看弗兰基的,看完之后摇了摇头。

"我年轻的时候,他们就总是跟我讲,"他说,"先有手指后有刀叉,但祖先们最先用的是牙齿。我看你这位年轻朋友的牙齿还挺有用的啊。"

房间角落里有一把沉甸甸的、椅背已经损坏了的橡木椅。

尼科尔森抓起弗兰基,把她放在椅子上,捆了个结结实实。

"也不是特别不舒服吧?"他说道,"好啦,用不了很久的。"

弗兰基决定开口说话了。

"你打算拿我们怎么办?"她问道。

尼科尔森走到门边,拿起了他的蜡烛。

"弗朗西斯小姐,你曾经笑我太喜欢意外了。或许的确是这样。至少,我准备冒险再来一起意外。"

"你这话什么意思?"博比说。

"要我告诉你吗？好啊。弗朗西斯·德温特小姐驾驶着她的汽车，司机坐在她旁边，他们拐错了一个弯，走上了一条通往采石场的废弃道路。车子从悬崖边掉下去坠毁了，弗朗西斯小姐和她的司机双双身亡。"

稍微停顿了一下之后，博比说道：

"但我们也有可能不会死，计划有时候会出问题的。你其中的一个计划就在威尔士出了岔子。"

"你对吗啡的耐受程度无疑是非同寻常的，而从我们的角度看来，很令人遗憾。"尼科尔森说，"不过你这次不需要为我操心了。等你和弗朗西斯小姐被发现的时候，应该已经凉透了。"

博比不由自主地发起抖来。尼科尔森的语气中有一种奇怪的感觉，像是艺术家在凝视着一幅杰作。

"他喜欢这样。"博比暗想，"是真的喜欢。"

他不打算再让尼科尔森有更进一步享受乐趣的理由，于是随口说道：

"你正在犯一个错误，尤其是在牵涉到弗朗西斯小姐的问题上。"

"是的，"弗兰基说，"在你伪造的那封绝顶聪明的信里，你跟我说不要告诉任何人。嗯，我破了一个例，告诉了罗杰·巴辛顿－弗伦奇。他对你了如指掌。假如我们出了什么事，他会知道是谁应该为此负责。你最好放我们走，然后自己也尽快离开，到国外去。"

尼科尔森沉默了片刻，随后说道：

"还挺会虚张声势的，不过被我识破了。"

他转身朝门口走去。

"你妻子怎么样了,你这个混蛋?"博比喊道,"你是不是把她也杀了?"

"莫伊拉还活着,"尼科尔森说,"至于她还能活多久,我其实也不清楚。看情况吧。"

他略带嘲弄地朝他们微微鞠了一躬。

"再见①,"他说,"我还得花几个小时完善一下计划。你们可以先高高兴兴地聊聊这件事。除非必要,否则我不会堵你们的嘴。明白了吗?要是你们呼喊求救的话,我就会回来处理。"

他走出房间,关好身后的门,上了锁。

"这不是真的。"博比说,"这不可能是真的,现实里不会发生这样的事。"

可他还是情不自禁地觉得这些事情就要发生了,发生在他和弗兰基身上。

"小说里最后关头总会有人出手相救。"弗兰基努力让自己的语气充满希望。

不过她并没有满怀希望。事实上,她的士气显然很低落。

"这件事简直不可能,太戏剧化了。"博比说话时就像是在向谁求情,"太像小说了,尼科尔森也像个书里的角色。我希望最后关头能有个人出手相助,可我想不出谁能来救咱们。"

"要是我真的告诉过罗杰就好了。"弗兰基悲叹道。

"也许尼科尔森已经相信你告诉他了呢。"博比提议道。

"不会的,"弗兰基说,"这个暗示根本没能影响他,那家伙太聪明了。"

"对咱们来说,他确实太聪明了。"博比沮丧地说道,"弗兰

---

①原文为法语。

基,你知道这件事最惹我生气的是什么吗?"

"不知道,是什么?"

"就算是到了现在,咱们都快要被人送上西天了,还是不知道埃文斯究竟是谁。"

"那就问问他呗。"弗兰基说,"你知道的,这也算是临死前的一点恩惠,他没法拒绝坦白的。我同意你,我可不能在好奇心还没得到满足的情况下就这么死了。"

两人沉默了一会儿,接着,博比说道:

"你觉得咱们应该大声呼救吗?这可以说是最后的机会了,大概也是咱们唯一的机会。"

"还不是时候呢,"弗兰基说,"首先,我不相信有人能听得到,否则他绝不会冒这个险。其次,我不可能受得了坐在这里安静等死,不能讲话也不能听别人讲话。咱们把大声嚷嚷放在最后关头吧。能够……能够和你一起说说话真是太好了。"说最后这句话的时候她的声音有点颤抖。

"是我把你害惨了,弗兰基。"

"哦!没事的,你本来也不可能把我拒之门外。是我想要参与进来的,博比,你觉得他真的会得逞吗?我是说,杀掉我们。"

"我十分担心他会的,这人太他妈能干了。"

"博比,现在你相信是他杀死了亨利·巴辛顿-弗伦奇吗?"

"假如有这种可能的话——"

"这是有可能的,如果西尔维娅也参与其中的话。"

"弗兰基!"

"我知道。当我想到这一点的时候可着实吓了一跳,不过这能说得通啊。为什么西尔维娅对吗啡的事情那么愚钝?为什么她要那么固执地坚持己见,不让我们把她丈夫送到格兰奇以外的地方去?再有就是枪响的时候,她是在屋子里的——"

"她也有可能亲手杀了他。"

"哦!不,绝不可能。"

"可能的,真有可能。然后再把书房的钥匙交给尼科尔森,让他放在亨利的衣服口袋里。"

"简直太疯狂了,"弗兰基的话音中带着绝望,"这就像是在哈哈镜里看东西一样。所有看上去很好的人其实都很坏——那些善良的普通人。应该能有什么方法让我们辨别出罪犯,比如眉毛或者耳朵之类的。"

"我的天哪!"博比叫道。

"怎么啦?"

"弗兰基,刚才过来的人不是尼科尔森。"

"你是彻底发疯了吗?还能是谁啊?"

"我不知道,但那不是尼科尔森。我一直就觉得有什么地方不对劲,但没能看出来,而你说到耳朵给我提了个醒。那天晚上我隔着窗户观察尼科尔森的时候,尤其注意了一下他的耳朵。他的耳垂和脸颊是贴在一起的,而今晚的这个人并不是!"

"可这能说明什么呢?"弗兰基绝望地问道。

"这是一个非常聪明的演员在假扮尼科尔森。"

"但是为什么呢?而且这又能是谁呢?"

"巴辛顿-弗伦奇。"博比轻声说道,"罗杰·巴辛顿-弗伦奇!一开始咱们就找对了人,接着又像两个白痴似的,被一些错误的线索带入了歧途。"

"巴辛顿-弗伦奇,"弗兰基低语道,"博比,你是对的。肯定是他。我笑话尼科尔森喜欢意外的时候,唯一在场的人就是他。"

"那就彻底完蛋了,"博比说,"我本来还抱着点儿希望,觉得罗杰·巴辛顿－弗伦奇可能会靠某种奇迹探听出咱们的行踪,不过眼下最后的希望也落空了。莫伊拉是个阶下囚,你和我手脚也都被捆着。没人知道我们在哪儿。游戏结束了,弗兰基。"

他话音刚落,头顶上便传来一阵动静。紧接着,伴随着一声可怕的巨响,一个沉重的身躯从天窗落了下来。

天黑得伸手不见五指。

"这到底是——"博比刚要开口。

一堆碎玻璃中传出了一个声音。

"博、博、博、博比。"那声音说。

"活见鬼了!"博比说,"是巴杰!"

第二十九章　巴杰的故事

一分钟也不能耽搁,声响可能已经被楼下的人听见了。

"快,巴杰,你个笨蛋!"博比说,"把我一只靴子脱下来!别争论,也别问问题!想办法使劲把它拽下来。扔在中间,然后爬到床底下去!快点儿!"

楼梯上响起了脚步声。钥匙在转动。

尼科尔森——假冒的尼科尔森——站在门口,手里拿着蜡烛。

他看见博比和弗兰基还像他刚才离开时那样,但是在屋子中央的地板上出现了一堆碎玻璃,碎玻璃的中间有一只靴子。

尼科尔森目瞪口呆,眼睛先盯着靴子,随后又看看博比。博比的左脚上没穿靴子。

"很聪明啊,年轻的朋友。"他干巴巴地说道,"难度极高的杂耍动作。"

他朝博比走过来,检查了一下捆着他的绳子,又多打了两个结,然后好奇地看着他。

"我真想知道你是怎么把靴子扔上天窗的,太难以置信了。朋友,你简直就是胡迪尼① 附体啊。"

---

①哈里·胡迪尼,二十世纪初期美国著名魔术师之一。出生于匈牙利布达佩斯,因擅长表演逃脱术而被视为史上最伟大的逃脱大师。

他看了看他们两个,又抬头看了看破碎的天窗,然后耸了耸肩膀,离开了房间。

"快,巴杰。"

巴杰从床底下爬出来。他随身带着把折叠小刀。在小刀的帮助下,他很快就让另外两人恢复了自由。

"这就好多了,"博比一边伸展开身体,一边说道,"哟!我都僵死了!嗨,弗兰基,咱们的朋友尼科尔森怎么样啊?"

"你说对了,"弗兰基说,"那是罗杰·巴辛顿-弗伦奇。现在我知道他是罗杰假扮的尼科尔森,就能看出来了。不过尽管如此,他演技还是相当不错的。"

"完全一样的声音和夹鼻眼镜。"博比说。

"我在牛津上学的时候认识一个巴、巴、巴辛顿·弗伦奇,"巴杰说,"是个很了、了不起的演员。但也是个坏、坏蛋。他干的坏、坏、坏事就包括在一张支票上伪造他老、老、老爸的签、签名。老、老、老爷子把这事给瞒下来了。"

此时,博比和弗兰基心里是同样的想法。这个他们认为最好不要向他吐露实情的巴杰,却一直都能给他们带来宝贵的信息!

"伪造签字。"弗兰基若有所思地说,"那封以你的名义寄来的信,博比,简直能以假乱真了。我真不明白,他怎么会熟悉你的笔迹呢?"

"如果他跟凯曼夫妇有来往的话,就很可能看见过我那封关于埃文斯的信。"

这时又响起了巴杰哀怨的声音。

"咱们下一步要怎、怎、怎么办?"他问道。

"咱们要在这扇门后面占据一个舒服的位置,"博比说,"我猜咱们的朋友一时半会儿还不会回来，然后等他回来的时候，你和我就从后面扑到他身上，给他个措手不及。你觉得怎么样，巴杰？你敢不敢？"

"哦！绝对没问题。"

"至于你嘛，弗兰基，听见他的脚步声以后，你最好回到椅子上去。他一打开门就能看见你，接着就会毫不疑心地进屋来。"

"好啊，"弗兰基说，"一旦你和巴杰把他放倒，我就过来咬他的脚脖子什么的。"

"这才是真正的女子气概，"博比赞赏道，"现在咱们都坐到地板上，坐近点儿，听听这到底是怎么回事。我想知道究竟是什么奇迹让巴杰从天窗而降的。"

"呃，你也知、知、知道，"巴杰说，"在你离、离、离开以后，我遇到了一点麻、麻、麻烦。"

他停顿了一下。渐渐地，事情的梗概被提炼了出来：这是一个包含着债务、债主以及法庭执达吏的故事。一个典型的巴杰式大灾难。博比离开的时候并未留下地址，只是说他要开着那辆宾利去斯塔弗利。于是巴杰便来到了斯塔弗利。

"我想着也、也、也许你能、能、能给我五、五、五块钱。"他解释道。

博比觉得心里一痛。为了帮助巴杰开汽车修理厂，他来到了伦敦，可又很快开了小差，跟着弗兰基搞侦查去了。而即使是现在，忠实的巴杰也没说一句责备的话。

巴杰并不希望把博比的神秘事业置于险境，不过他的看法是，一辆绿色宾利，在一个像斯塔弗利这么大点的地方，应该不难找到。

事实上，在还没到斯塔弗利的时候他就已经邂逅那辆车了，它停在一家酒吧外面，车里没人。

"所、所、所以我就想，"巴杰继续说道，"我要给你个小惊、惊、惊、惊喜，你不知道吧？车子的后、后、后排有些小毯、毯、毯子，四周也没人。我上、上、上了车，把毯子拉、拉、拉、拉过来盖在身上。打算吓、吓、吓你一跳。"

实际上发生的情况是，一个穿着绿色制服的司机从酒吧里出来了，巴杰从藏身处偷偷一看，大吃一惊地发现这个司机不是博比。他有种感觉，觉得这张面孔似曾相识，但是又对不上号。这个陌生人上了车以后便驾车离去了。

巴杰陷入了很尴尬的境地，他不知道该怎么办。解释和道歉都挺难的，而且无论如何，要对一个以每小时六十英里的速度开着车的人把事情说清楚也不容易。巴杰决定平躺下来，等车子停下再偷偷溜出去。

车子最终到达了目的地——都铎小屋。司机开车进了车库，并把车留在了那里，但出去的时候把车库门关上了。巴杰成了笼中之鸟。车库的一面墙上有扇小窗，大约半小时以后，巴杰通过这扇小窗看见了弗兰基接近这栋房子，学猫头鹰叫，最终获准进屋的过程。

整件事情让巴杰大惑不解，他开始怀疑出了什么状况。不管怎么说，他决定先自己四处转转，看看到底是怎么回事。

借助车库里各处散落的一些工具，他成功撬开了车库门上的锁，开始了他的巡视之旅。一楼的所有窗户都放下了百叶窗，不过他觉得要是爬到房顶上，就能想办法看到楼上一些窗户里的情况。房顶看上去并不难爬，有一根很方便的管子延伸到了车库的房顶，而从车库的房顶到达小屋的房顶是很容易的。就这样慢慢潜行，巴杰来到了天窗之上，然后就是自然引力和巴杰的体重共同作用的结果。

故事讲到结尾的时候,博比深深地吸了一口气。

"尽管如此,"博比虔诚地说道,"你也是个奇迹,一个无比美丽的奇迹!要不是你,巴杰老弟,弗兰基和我再过差不多一个小时就要变成两具小小的尸体啦。"

他给巴杰简要地讲述了一遍他自己和弗兰基的行动与遭遇。接近尾声的时候突然停了下来。

"有人来了。到你的位置上去,弗兰基。那么现在,让我们给这位影帝巴辛顿-弗伦奇一个他这辈子最大的惊喜吧!"

弗兰基坐在那把破椅子上,装出一副萎靡不振的样子。巴杰和博比则站在门后做好了准备。

脚步声向楼上走来,下面的门缝中透进来一缕烛光。钥匙插进锁里转动了一下,门开了。烛光映出椅子上沮丧不堪地耷拉着脑袋的弗兰基。他们的监狱长迈入门中。

紧接着,巴杰和博比便欣喜地扑了上来。

整个过程干脆利落。那人果然大吃一惊,随即便被打倒在地,蜡烛也飞出去老远,最终被弗兰基捡了回来。几秒钟之后,三个朋友便站在那里幸灾乐祸地低头,看向这个被绳子捆得结结实实的人影,那条绳子刚才还牢牢地绑着他们当中的两个人。

"晚上好啊,巴辛顿-弗伦奇先生。"博比说道,就算他语气中的狂喜与得意有一点点粗鲁,可是谁又会责备他呢?"这真是个适合置办葬礼的美好夜晚。"

第三十章　逃脱

地板上的男人抬头凝望着他们。他的夹鼻眼镜已经飞了出去，帽子也一样，不可能再试图伪装什么了。他的眉毛周围还可以看出轻微的化装痕迹，不过除此之外，这就是罗杰·巴辛顿－弗伦奇那张讨人喜欢又略显空洞的脸。

他以那令人惬意的男高音开口说话了，语气就像是一段愉快的独白。

"非常有意思，"他说，"我其实很清楚，没有哪个捆成你们那样的人能把靴子从天窗扔出去。不过因为那只靴子就在碎玻璃中间，我便误认为这之间有什么因果关系，并且觉得尽管看上去不可能，但不可能的事情还是发生了。这也从一个有趣的角度反映了头脑的局限性。"

看到没人说话，他又继续用同样的反思式的口吻说道：

"所以，归根结底，这个回合是你们赢了。太意想不到，也太令人遗憾了。我还以为我把你们全都骗过去了呢。"

"你已经骗过我们了，"弗兰基说，"我猜是你伪造了那封博比寄来的信吧？"

"我在那方面的确有点天赋。"罗杰谦逊地说道。

"那博比的事情呢？"

罗杰躺在地上，面带怡人的微笑，似乎很享受点拨他们的乐趣。

"我知道他要去格兰奇。我只要在小路旁边的灌木丛里找个地方等待就可以了。他从树上笨手笨脚地掉下来，准备撤退的时候，我就在他身后。我等到喧闹声渐渐平息下来，就用沙袋袭击了他的后颈，干净利落地抓住了他。我只需把他弄出去，到我停车的地方，胡乱塞在后座上，然后再开车带他来这里。天还没亮我就已经到家了。"

"那莫伊拉呢？"博比问道，"你是用什么方法把她拐走了吗？"

罗杰轻笑了一声，这个问题似乎让他觉得很开心。

"伪造是一门非常有用的艺术，亲爱的琼斯。"他说。

"你这个猪猡。"博比说道。

弗兰基插话了。她此时依然满心好奇，而他们的俘虏看上去好像还挺配合的。

"你为什么要假扮成尼科尔森医生呢？"她问道。

"是啊，为什么呢？"罗杰似乎也在问自己，"我想有部分原因是想找个乐子，看看我能不能戏弄一下你们。毕竟你们自信满满地认定可怜的老尼科尔森深陷其中脱不了干系。"他哈哈大笑起来，弗兰基的脸涨得通红，"就因为他用那种自命不凡的方式盘问了一下你出车祸方面的细节问题。他那个人就喜欢用这种方法气人，在细节上较真，一丝不苟。"

"那么其实，"弗兰基缓缓说道，"他根本就是清白的？"

"清白得像个刚出生的孩子，"罗杰说，"不过他倒是干了一件对我有利的事。他等于提醒我注意了你的那场车祸。那件事和另一个小插曲让我意识到，你可能并不像看上去的那样天真无邪。然后有一天早上，你打电话的时候我就站在你旁边，听见你的司机叫你'弗兰基'。我的听力可是非常不错哦。于是我就提出要和你一起进城去，而你也答应了，不过当我说改主意了以后，你简直就是如释重负。在那之后——"他停了下来，在他力所能及的范围内耸了耸被捆住的肩膀，"看见你们全都在尼科尔森身上动脑子真是挺有意思的。他是个人畜无害的老蠢驴，不过他看上去跟电影里那些邪恶的科学家反派简直如出一辙。我觉得我还是继续保持这个骗局比较好。不过世事终究难料，正如我眼下的处境所表明的，精心布置的计划也会出岔子。"

"有件事情你必须得告诉我，"弗兰基说，"我的好奇心都快把我逼疯了，埃文斯到底是谁？"

"哦！"巴辛顿－弗伦奇说，"这么说你还不知道？"

他放声大笑起来，笑了又笑。

"这可是太搞笑了，"他说，"这也能表明人到底能愚蠢到什么地步。"

"你是指我们？"弗兰基问道。

"不，"罗杰说，"在这件事上，我指的是我自己。你知道吗？如果你不明白埃文斯是谁，我想我也不会告诉你的，我会把它当成自己的小秘密。"

局面有些奇怪。他们本来已经反败为胜了，可罗杰却又以某种特别的方式夺走了他们的胜利。控制了局势的是这个躺在地板上被捆住的俘虏。

"我可以问问你们现在有什么计划吗？"他询问道。

到现在为止还没人想出什么计划来。博比有点拿不定主意，小声嘟囔着跟警察有关的话。

"最好就这么办,"罗杰兴高采烈地说道,"给他们打电话,把我交给他们。我猜罪名应该是绑架。我也没什么办法抵赖。"他看了看弗兰基,"我会承认那是出于激情的犯罪。"

弗兰基的脸红了。

"那谋杀呢?"她问道。

"亲爱的,你没有任何证据啊。肯定没有。仔细想想看,你就会发现你没有的。"

"巴杰,"博比说,"你最好待在这儿盯住他。我要下楼去打电话报警。"

"你最好小心点,"弗兰基说,"我们还不清楚他们在这栋房子里有多少人。"

"除了我没有别人,"罗杰说,"这完全是我自己干的。"

"我可不打算相信你。"博比粗声道。

他弯下腰来,检查了一下绳结。

"捆得没问题,"他说,"非常结实。咱们最好一起下楼去,可以把门锁上。"

"我亲爱的伙计,你们也太不相信人了吧?"罗杰说,"你们要是乐意,我口袋里还有一把手枪。拿着它可能会让你觉得高兴一点,而以我现在的处境,它对我肯定也没什么用。"

博比没理会对方那种嘲弄的口吻,而是俯下身子取出了那把枪。

"多谢你提醒了我这把枪的事,"他说,"顺便一提,它确实让我觉得更高兴了一点。"

"很好,"罗杰说,"子弹已经上膛了。"

博比拿上了蜡烛,三个人从阁楼里鱼贯而出,留下罗杰一个人躺在地板上。博比锁好门,把钥匙放进自己口袋里,手里拿着枪。

"我在前面走,"他说,"咱们现在必须确保万无一失,别把事情搞砸了。"

"他真是个怪、怪、怪胎,不是吗?"巴杰边说边用头朝身后刚刚离开的房间的方向指了指。

"他还挺输得起。"弗兰基说。

直到此时,她也没能完全摆脱那个非同寻常的年轻人——罗杰·巴辛顿-弗伦奇的魅力。

这段摇摇欲坠的楼梯通到下方的主平台上。四周一片寂静,博比越过楼梯扶手望下去,电话就在下方的大厅里。

"最好先检查一下这些房间,"他说,"我可不想被人从后面偷袭。"

巴杰依次把每扇门都使劲推开。四间卧室中有三间是空的,第四间里有一个纤细的身影躺在床上。

"是莫伊拉。"弗兰基叫道。

另两人也拥进屋来。莫伊拉躺在那里就像个死人一样,只有胸部还有些微微的起伏。

"她睡着了吗?"博比问道。

"我觉得她是被人下药了。"弗兰基说。

她四处环顾了一下。靠近窗户的桌子上摆着个小搪瓷托盘,里面有一个皮下注射器。桌上还有一盏小酒精灯以及一支吗啡皮下注射针头。

"我想她会没事的,"她说,"但咱们得找个医生来。"

"咱们下楼打电话去。"博比说。

他们移步到楼下的大厅。弗兰基还有些担心电话线可能被人切断了,不过她担心的事情并没有发生。他们很快就接通了警察局,却发现要把事情解释清楚非常困难。当地警察局倾向于把这次报警看成一场恶作剧。

不过,他们最终还是相信了,博比边叹气边挂上电话。他已经解释清楚了他们还需要一名医生,警员答应带一个过来。

一辆小轿车在十分钟之后抵达,车上有一个督察,一名警员和一位浑身都散发着"医生"气息的老人。

博比和弗兰基接待了他们,略显敷衍地再次解释了事情经过之后,带路前往阁楼。博比打开门锁,接着便目瞪口呆地站在了门口。地板中间是一堆割断了的绳子。破损的天窗下面是一把放在床上的椅子,而床则被拖到了天窗的正下方。

罗杰·巴辛顿－弗伦奇已经不见踪影。

博比、巴杰和弗兰基都惊呆了。

"说到胡迪尼,"博比说道,"他肯定比胡迪尼还要胡迪尼呢。他到底是怎么把绳子割断的?"

"他肯定是在口袋里放了把小刀。"弗兰基说。

"就算是这样,他又是怎么拿到的呢?他的两只手可是一起绑在背后的呀。"

督察咳嗽了一声,他之前的所有怀疑去而复返。他现在比任何时候都更倾向于把整件事情当成恶作剧了。

弗兰基和博比发现他们在讲述一个冗长的故事,而这个故事越讲听上去越不可能。

医生成了他们的救星。

他一被带到莫伊拉躺着的那个房间,便立即宣称她是被人下了吗啡或者某种鸦片制剂。考虑到她的情况并不太严重,他认为她应该能在四五个小时之内自然苏醒过来。

他建议当即把她送往这附近条件较好的私人疗养院。

对于这个提议，博比和弗兰基都表示赞同，因为他们也看不出还有什么别的可做的。他们把姓名和住址留给了督察，督察似乎完全不相信弗兰基所提供的信息。他们被允许离开都铎小屋，在督察的帮助下，获准入住了村子里的七星旅馆。

此刻，他们依然感到自己被当成了罪犯，因此能回到各自的房间让他们感激不尽。博比和巴杰共用一个双人间，而一个非常小的单间则给了弗兰基。

他们全都上床就寝后没过几分钟，博比的房间门上就响起了敲门声。

来人是弗兰基。

"我又想起来一件事，"她说，"如果那个笨蛋督察坚持认为这些都是咱们编造的，至少我有证据能证明我是被氯仿麻翻的。"

"你有证据？在哪儿？"

"就在煤桶里。"弗兰基断然说道。

第三十一章　弗兰基问了一个问题

在被这些冒险搞得筋疲力尽之后,弗兰基第二天早上起得很晚。她下楼来到那间小咖啡屋时已经十点半了,发现博比正在等她。

"嘿,弗兰基,你总算起来啦。"

"别做出一副精力旺盛的样子。"弗兰基慢悠悠地在椅子上坐下。

"你想要点什么?他们有黑线鳕、鸡蛋、培根,还有冷火腿。"

"我想吃点烤面包,喝点淡茶。"弗兰基的话平复了一下他的情绪,"你怎么了?"

"肯定是那个沙袋,"博比说,"可能把我打开窍了,让我觉得浑身上下充满了活力,满脑子都是好点子,恨不得马上冲出去干点什么呢。"

"好啊,那干吗不赶快出去啊?"弗兰基懒洋洋地说道。

"我已经出去过啦,刚才半个小时我都跟哈蒙德督察在一起。咱们得暂时把这件事当成一个恶作剧,让它过去,弗兰基。"

"哦,可是博比——"

"我说了,是暂时的。我们必须把事情查个水落石出。现在知道了问题的关键,只需着手认真调查。咱们可不是想给罗杰·巴辛顿－弗伦奇扣上个绑架的罪名,而是谋杀的罪名。"

"而且还要抓住他。"弗兰基恢复了精神,说道。

"这才像话嘛。"博比赞同道,"再喝两口茶。"

"莫伊拉怎么样了?"

"情况很糟糕。她醒来后就一直处在一种极度紧张的状态中,显然是害怕极了。她已经去伦敦了,去了一家位于女王门的疗养院。她说在那儿会觉得安全一些。她都被吓坏了。"

"她向来胆子都不大。"弗兰基说。

"嗯,有像罗杰·巴辛顿－弗伦奇这样一个古怪又冷血的杀人犯在这附近游荡,是个人都会害怕的。"

"他又没想谋杀她,我们才是他想追杀的目标呢。"

"他现在怕是自顾不暇呢,大概也顾不上我们,"博比说,"所以呢,弗兰基,咱们得着手调查了。整件事情的开端肯定是约翰·萨维奇的死以及那份遗嘱。这里面有问题。要么遗嘱是伪造的,要么萨维奇是被谋杀的。"

"如果这件事涉及巴辛顿－弗伦奇的话,那遗嘱很可能就是伪造的了。"弗兰基若有所思地说,"伪造文书似乎是他的专长。"

"也有可能是既伪造又谋杀,咱们非得查清楚不可。"

弗兰基点点头。

"我这里还有查完遗嘱之后做的一些笔记。见证人有厨师罗斯·查德利和花匠阿尔伯特·梅雷。他们应该都很容易找到。接下来还有起草遗嘱的律师,埃尔福德与利。按斯普拉格先生的说法,那是一家非常体面的事务所。"

"好的,咱们就从那儿入手。我觉得最好是你去搞定律师,你能从他们手里得到更多的东西。我去找罗斯·查德利和阿尔伯特·梅雷。"

"那巴杰呢?"

"巴杰不到午饭时间从来不起床的,你不必担心他。"

"我们哪天必须得帮他把他那些事摆平,"弗兰基说,"说到底,他救过我的命。"

"用不了多久又会是一团糟,"博比说,"哦!顺便说一句,这个你怎么看?"

他拿出一张脏兮兮的硬纸片给她看,那是一张照片。

"凯曼先生,"弗兰基脱口而出,"你在哪儿找到的?"

"昨天晚上找到的,它滑到电话机后面去了。"

"那么坦普尔顿先生和太太究竟是谁似乎就很清楚了,等一下。"

一个女服务员正好端着烤面包走过来,弗兰基给她看了那张照片。

"你认识这个人吗?"她问。

女服务员注视着那张照片,脑袋稍稍偏向一边。

"嗯,我见过这位先生,不过有点想不起来了。哦!对了,这位先生是都铎小屋的主人,坦普尔顿先生。他们现在已经走啦,好像是去了国外的什么地方。"

"他是个什么样的人?"弗兰基问道。

"我真的说不好。他们并不经常来这里,只是偶尔周末会过来一趟。大家都很少见到他。坦普尔顿太太是位很友善的女士。他们住在都铎小屋的时间也不算很长,差不多六个月吧。一位特别有钱的先生去世之后,把所有的钱都留给了坦普尔顿太太,然后他们就到国外去生活了。不过他们一直没卖掉都铎小屋,也许有时会把它借给别人过周末。不过我觉得拿了那些钱之后,他们就不会再回到这里来住了。"

"他们以前有个叫罗斯·查德利的厨师,对不对?"弗兰基问道。

然而这姑娘似乎对厨师不感兴趣。真正能激发她想象力的是"一个有钱的先生留下了一大笔财产给他们"。对于弗兰基的问题,她只回答说不知道,随后便带着空的烤面包架离开了。

"真是轻而易举啊。"弗兰基说,"凯曼夫妇已经不会再回来了,不过他们为了方便团伙,把这块地方保留了下来。"

他们最终同意按博比提议的那样分头行动。弗兰基在当地采购了一些东西,把自己打扮了一番,然后开着宾利车走了,博比则出发去寻访花匠阿尔伯特·梅雷。

午饭的时候他们碰面了。

"怎么样?"博比问道。

弗兰基摇摇头。

"伪造遗嘱是不可能了,"她的语气中有几分沮丧,"我在埃尔福德先生身上花了很长时间,他是个可爱的老头儿。他已经听说了咱们昨晚的事情,很迫切地想知道一些细节。我猜他们这里也没有太多能让人兴奋的新闻。无论如何,他很快就任我摆布了。接着我谈起了萨维奇的案子,自称遇见过几个他的亲戚,说他们暗示遗嘱有可能是伪造的。听见这话那可爱的老律师当时就火冒三丈,说绝对不可能,这不像伪造信件那么简单。他见到了萨维奇先生本人,萨维奇先生坚持要当场起草遗嘱。埃尔福德先生本想回去,把事情办得更正式一点,你也知道这些律师,一沓沓纸上都是些没用的话——"

"我不知道啊,"博比说,"我从来没立过遗嘱。"

"我立过两份。第二份是今天早上立的,我必须找个借口去见律师。"

"你把钱留给谁了?"

"你。"

"这可有点欠考虑,不是吗?万一罗杰·巴辛顿－弗伦奇成功把你干掉,我可能就会因为这个被绞死了!"

"我倒从来没想过这个,"弗兰基说,"好啦,就像我刚才说的,萨维奇先生精神那么紧张,情绪那么激动,于是埃尔福德先生就当场拟好了遗嘱,仆人和花匠过来做了见证。安全起见,埃尔福德先生把遗嘱带走了。"

"看来不用考虑伪造遗嘱的可能了。"博比表示同意。

"我知道。当你亲眼看到当事人签上了自己名字,就不可能再考虑伪造的问题了。至于另一件事情——谋杀呢,现在再想查出什么就比较困难了。当时被叫去的那个医生后来也死了。咱们昨晚见到的那个是新来的,他才来两个月。"

"这个死亡人数还真是不幸啊。"博比说。

"啊,还有谁死了?"

"阿尔伯特·梅雷。"

"你觉得他们都是被杀害的吗?"

"那样规模可就太大了。或许可以假定阿尔伯特·梅雷不是被谋杀的,他都七十二岁了,可怜的老家伙。"

"可以,"弗兰基说,"我同意你的看法,他可能是自然死亡的。罗斯·查德利那边运气怎么样?"

"还好。她离开坦普尔顿夫妇后去了英格兰北部的一个地方,不过现在已经回来了,还跟这里的一个男人结了婚,他们似乎已经好了十七年了。很不幸的是,她有点傻乎乎的,什么都记不清楚。或许你能再想想办法,从她那里打听点消息。"

"我会去一趟的，"弗兰基说，"我还挺擅长和这种傻乎乎的人打交道的。顺便问一句，巴杰去哪儿了呀？"

"我的天哪！我都把他忘得死死的了。"博比说道。他站起身来，离开了房间，几分钟后又回来了。

"他还在睡呢，"他解释说，"现在准备起来了。一个负责打扫房间的女服务员好像已经叫过他四回了，不过也没什么用。"

"好吧，咱们最好去见见那个傻姑娘。"弗兰基边说边起身，"然后我必须去买一把牙刷、一件睡袍、一块海绵，还有其他文明生活的必需品。昨天晚上我简直太接近原始人的生活状态了，完全没想到要用这些，外衣一脱就倒在床上了。"

"我知道，"博比说，"我也一样。"

"咱们去跟罗斯·查德利谈谈吧。"弗兰基说。

罗斯·查德利，现在的身份是普拉特太太，住在一间到处都是瓷器狗和家具的乡间小屋里。普拉特太太本人是个体壮如牛、膀大腰圆的女人，有一双鱼一样的眼睛，怎么看怎么像是腺样体面容①。

"您看，我又回来啦。"博比轻松随意地说道。

普拉特太太费力地喘着气，好奇地看着他们两个。

"听说您曾经跟坦普尔顿太太住在一起，我们挺感兴趣的。"弗兰基解释了来意。

"是的，小姐。"普拉特太太说。

"她现在是住在国外吧？"弗兰基继续说，她想尽量给人留下她和这家人关系很好的印象。

"我听说是。"普拉特太太附和道。

---

①腺样体即咽扁桃体。腺样体面容是指由于腺样体肥大造成长期张口呼吸导致的颌面骨发育异常，形成特殊的呆滞面容。

"您跟她一起住过一段时间,是不是?"弗兰基问道。

"您说我跟谁,小姐?"

"跟坦普尔顿太太一起住过一段时间。"弗兰基放慢了语速,清清楚楚地说道。

"我可不敢那么说,小姐。我只待了两个月。"

"哦!我还以为您跟她在一起的时间挺长的呢。"

"那是格拉迪丝,小姐。她是客厅女仆,在那儿待了六个月呢。"

"你们有两个人?"

"是啊。她是客厅女仆,我是厨师。"

"萨维奇先生死的时候你也在场,是吗?"

"不好意思,小姐,我没听清。"

"萨维奇先生死的时候您在场吧?"

"坦普尔顿先生没有死,至少我没听说。他去国外了。"

"不是坦普尔顿先生,是萨维奇先生。"博比说。

普拉特太太一脸茫然地看着他。

"就是把钱都留给了坦普尔顿太太的那位先生。"弗兰基说道。

普拉特太太的脸上闪过了一丝像是机智的神情。

"哦!我明白了,小姐,是死因调查听证会的那位先生。"

"就是他,"弗兰基为自己的成功感到欣喜,说道,"他以前经常来这儿住,对吗?"

"我也说不好,小姐。您明白吗,我当时也是刚来的。格拉迪丝应该知道。"

"但是您要去给他的遗嘱做见证啊,不是吗?"

普拉特太太的脸上写满了困惑。

"您去了,看见他在一张纸上签了名字,然后您也得签。"

那抹机智的神情重又浮现。

"对,小姐。是我和阿尔伯特。我以前从来没干过这种事情,我也不喜欢这个。我跟格拉迪丝说了,我不喜欢在纸上签名字,那是事实,而格拉迪丝说肯定没问题,因为埃尔福德先生也在场,他是一名律师,也是一位很好的绅士。"

"到底发生了什么呢?"博比问道。

"您能再说一遍吗,先生?"

"是谁叫您去签字的?"弗兰基问。

"是女主人,先生。她来到厨房里,说让我出去叫上阿尔伯特,然后我们两个一起上楼,去最好的那间卧室(就是她头天晚上刚刚给那位'先生'腾出来的房间)。那位先生当时正坐在床上,他从伦敦回来后就直接上床了。他看上去病得不轻,我之前没见过他。不过他的脸色太难看了。埃尔福德先生也在那儿,他很亲切地说没有什么可害怕的,我只要在这位先生签名的地方签上我的名字就可以。我照做了,还在名字后面写上了'厨师'两个字和地址,阿尔伯特也是一样,接着我就浑身发抖地下楼去找格拉迪丝,跟她说我从来没见过谁的脸看起来那么像死人,而格拉迪丝说他前一天晚上看起来还挺好的呢,肯定是在伦敦碰上了什么事,让他烦心了。一大早,所有人都还没起床的时候,他就动身去了伦敦。然后我又说我不喜欢在任何东西上签我的名字,格拉迪丝说没关系,因为埃尔福德先生也在场。"

"那么萨维奇先生,就是那位绅士,是什么时候死的呢?"

"是在第二天早上,小姐。那天晚上他把自己关在房间里,不让任何人靠近他,等到格拉迪丝早上去叫他的时候,他都已经硬邦邦地死掉了，床边还搁着一封信。信上写着'交给验尸官'。哦！格拉迪丝吓了一大跳。然后就是死因调查听证会。大约两个月之后，坦普尔顿太太告诉我她要到国外去定居了。不过她给我在北方找了一个特别好的去处，工资很高，她还送了我一些精美的礼品什么的。坦普尔顿太太真是个非常好的人。"

普拉特太太此时已经完全沉浸在了自己滔滔不绝的讲述之中。

弗兰基站起身。

"好吧，"她说，"能听您讲这些事情真是太好了。"她从钱包里抽出一张钞票，"您必须允许我送给您一点，嗯，小礼物。我占用您太多时间了。"

"唔，太感谢您了，真的，小姐。祝您和您那位高尚的绅士今天过得愉快。"

弗兰基的脸一下子红了，连忙从屋里出来。博比几分钟之后也跟了出来。他看上去心事重重。

"嗯，"他说，"咱们似乎已经把她知道的所有事情都挖出来了。"

"没错，"弗兰基说，"而且这些事情也都串在一起了。现在看来毫无疑问，萨维奇确实立了那份遗嘱，而我猜他对于癌症的恐惧也是如假包换的。他们没法那样贿赂一个哈利街①的医生。我想他们就是利用了他刚刚立下遗嘱的时机，赶在他还没有改变主意之前迅速把他干掉了。至于要怎样才能证明是他们谋害了他，我就不清楚了。"

"我明白。我们可以怀疑是坦普尔顿太太给他吃了'某种能

---

①伦敦著名街道，是拥有百年历史的"世界名医街"。

让他睡觉的东西',但我们没法证明。巴辛顿-弗伦奇有可能伪造了那封给验尸官的信,但还是没法证明。我估计那封信一离开死因调查听证会的证物桌就被销毁了。"

"所以又回到那个老问题上来了:巴辛顿-弗伦奇和他的同伙到底为什么那么害怕我们的发现?"

"你没发现什么疑点吗?"

"不,我没发现,不过有一件事。坦普尔顿太太干吗要在客厅女仆在屋里的情况下,派人去找花匠来见证这份遗嘱呢?他们干吗不找客厅女仆呢?"

"你这句话就挺古怪的,弗兰基。"博比说。

他的声音听上去有几分不对劲,弗兰基吃惊地看着他。

"为什么?"

"因为我刚才留下,找普拉特太太问了一下格拉迪丝的名字和住址。"

"然后呢?"

"那个客厅女仆的名字就叫埃文斯!"

第三十二章 埃文斯

弗兰基倒吸了一口气。

博比兴奋地提高了嗓门。

"你看见了吧,你也问了和卡斯泰尔斯同样的问题。他们干吗不找客厅女仆呢?他们干吗不找埃文斯呢?"

"哦!博比,咱们终于要揭开谜底啦!"

"同样的问题肯定也困扰了卡斯泰尔斯。他四处打探,和咱们一样,想找到一些可疑的蛛丝马迹。这个问题一样也困扰了他。而且,我相信他到威尔士来也是因为这个。格拉迪丝·埃文斯是个威尔士人的名字,埃文斯很可能是个威尔士姑娘。他一路追随她来到了马奇博尔特。而同时还有个人在跟踪他,也正因为如此,他没能找到她。"

"他们干吗不找埃文斯呢?"弗兰基说,"其中必有缘故。这真是个荒唐的小问题,可它又是那么重要。这栋房子里有两个女佣,干吗要出去找一个花匠?"

"或许是因为查德利和阿尔伯特·梅雷两个人都比较傻,而埃文斯是个非常聪明的姑娘。"

"不可能只是因为这个。埃尔福德先生也在场呢,他可是相当精明的。哦!博比,这就是关键——我知道,这就是关键。

我们只要能查明原因就好了。埃文斯。为什么是查德利和梅雷而不是埃文斯呢?"

她突然停下,用双手捂住了眼睛。

"初现端倪了,"她说,"但还只是灵光一闪,马上就会有眉目的。"

她一动不动地站在那里,一两分钟之后,她拿开手,看着她的同伴,眼睛里闪烁着奇异的光芒。

"博比,"她说,"如果你住在一栋有两个仆人的房子里,你会给谁小费呢?"

"当然是给客厅女仆啊,"博比有些意外,"没有人会给厨师小费的。首先你就从来没见过她呀。"

"对,而且她也从来没见过你。如果你能抽空去趟厨房,也许她至少还能瞥见你一眼。但客厅女仆会伺候你吃饭,打电话招呼你,给你端咖啡。"

"弗兰基,你想暗示什么呢?"

"他们不能让埃文斯去见证那份遗嘱,因为埃文斯会认出来立嘱人不是萨维奇先生!"

"天哪,弗兰基,你这是什么意思?不是他还能是谁?"

"当然是巴辛顿-弗伦奇啦!你还不明白吗?是他冒充了萨维奇。我敢打赌,是巴辛顿-弗伦奇去见了那位医生,大惊小怪地说了一通关于癌症的事情。然后又派人去请来一位律师,一个并不认识萨维奇先生的陌生人,而这个人却可以发誓说他亲眼看见萨维奇先生签署了那份遗嘱。同时还有两个见证人,一个以前从来没见过萨维奇,另一个老头子很可能已经老眼昏花了,而且很可能也没见过他。现在你明白了吗?"

"可是那段时间里,真正的萨维奇又在哪儿呢?"

"哦！他到那儿的时候一切正常，我怀疑他们随后就给他下了药，也许把他藏在阁楼里了，让他在那儿待上十二个小时。与此同时，巴辛顿－弗伦奇则完成了冒名顶替的把戏。接着萨维奇又被放回到床上，他们给他用了三氯乙醛，等到早上的时候，埃文斯就发现他已经死了。"

"我的上帝啊，我相信你都猜对了，弗兰基。可是咱们能证明这点吗？"

"能证明。不，我也不知道。如果我们给罗斯·查德利，我的意思是普拉特，看一张萨维奇的照片呢？她能说出来'这不是签署遗嘱的那个人'吗？"

"我深表怀疑，"博比说，"她那么傻。"

"我估计他们选她就是出于这种目的。不过还有另一个方法，找个专家应该就可以鉴定出那个签名是伪造的了。"

"他们之前就没找。"

"因为当时没有人提出这个问题，而且看上去也没有可能伪造遗嘱。不过现在不一样了。"

"咱们必须做一件事情，"博比说，"找到埃文斯。她或许能告诉咱们很多事情。别忘了，她跟坦普尔顿夫妇一起生活了六个月呢。"

弗兰基咕哝了一句。

"那样会让问题更难解决的。"

"试试邮局怎么样？"博比提议道。

他们刚好路过邮局。从外表上来看，与其说它是个邮局还不如说是个杂货店。

弗兰基冲进去，展开了行动。店里除了邮政局女局长之外并无他人，她好奇地看着他们。

弗兰基先买了一本两先令的邮票册,又评论了一下天气,随后说道:

"不过我想你们这儿的天气总归比我们要好。我住在威尔士的马奇博尔特。我们那个雨下得啊,你简直没法相信。"

好奇的年轻邮局长说他们这里也经常下雨,上一个银行假日雨下得可大了。

弗兰基说:

"马奇博尔特有个人就是从这儿过去的。不知道你认不认识她,叫埃文斯。格拉迪丝·埃文斯。"

邮局长毫不起疑。

"当然认识啦,"她说,"她以前在这里做过女仆,就在都铎小屋。不过她不是当地人,她是从威尔士来的,已经回那边去了,还结了婚,现在她姓罗伯茨了。"

"没错,"弗兰基说,"不知道你能不能给我她的地址?我向她借过一件雨衣,结果忘记还给她了。如果我有了她的地址,就可以把雨衣寄过去。"

"这样啊,"对方回答道,"应该没问题,我时不时还会收到她寄来的明信片呢。她和她丈夫现在一起在别人家当仆从。等一下啊。"

她走到一个角落里翻找起来,不一会儿就回来了,手里拿着一张纸。

"给你。"她说着把那张纸从柜台上推过来。

博比和弗兰基一起读着那张纸,那上面的内容是他们万万没有想到的。

罗伯茨太太,

牧师寓所，
马奇博尔特，
威尔士。

第三十三章　东方咖啡馆的轰动事件

博比和弗兰基都不知道他们是如何在不让自己出丑的情况下走出邮局的。

一走出来，两个人就不约而同地看了看对方，随后捧腹大笑起来。

"就在牧师寓所——自始至终！"博比喘着粗气说道。

"我还仔仔细细地翻阅了四百八十个埃文斯呢。"弗兰基哀叹道。

"现在我明白巴辛顿－弗伦奇意识到咱们完全不知道埃文斯是谁的时候，为什么会觉得那么好笑了！"

"从他们的角度来看，这当然是很危险的。你和埃文斯实际上就生活在同一个屋檐下。"

"来吧，"博比说，"下一站是马奇博尔特。"

"就像彩虹的尽头一样，"弗兰基说，"回到了咱们可爱的家。"

"真见鬼，"博比说，"咱们必须得帮巴杰做点什么。你身上有钱吗，弗兰基？"

弗兰基打开包，拿出一小沓钞票。

"把这些给他，告诉他去跟债主把事情谈妥，我父亲会出钱买下汽车修理厂,让他当经理的。"

"好。"博比说,"眼下当务之急是赶快出发。"

"干吗急成这个样子?"

"我也不知道,但我总有种要出什么事的预感。"

"太可怕了,那咱们还是赶紧走吧。"

"我去安排巴杰的事,你去把车发动好。"

"我算是彻底不用买那把牙刷了。"弗兰基说。

五分钟之后,他们飞速驶离了奇平萨默顿。博比连抱怨车速不够快的机会都没有。

然而,弗兰基突然开了口:

"听我说,博比,这样还是不够快。"

博比瞥了一眼时速表,指针停在八十上,他干巴巴地回了一句:

"我看不出来还能怎么办。"

"可以坐飞机去,"弗兰基说,"我们现在离梅德肖特机场只有七英里左右。"

"我的姑奶奶哟!"博比说。

"这样咱们就可以在两个小时之内到家啦。"

"好,"博比说,"咱们这就去搭飞机。"

整个过程开始变得如梦似幻。为什么要这么急着赶到马奇博尔特呢?博比不知道。他怀疑弗兰基也不知道。这只是一种预感。

到了梅德肖特,弗兰基要求找唐纳德·金先生。一个不修边幅的年轻男子没精打采地走了出来,看见她的时候吃了一惊。

"嘿,弗兰基。"他说,"我可有日子没见到你了,你要干吗呀?"

"我要一架飞机,"弗兰基说,"你就是干这个的,不是吗?"

"哦!是啊。你想上哪儿去?"

"我想快点回家。"弗兰基说。

唐纳德·金先生扬了扬眉毛。

"就这样?"他问。

"也不尽然,"弗兰基说,"不过主要是为了这个。"

"哦!好吧,我马上就给你安排好。"

"我会给你开一张支票。"弗兰基说。

五分钟以后他们便出发了。

"弗兰基,"博比说,"咱们为什么要这么做呢?"

"我也不知道,"弗兰基说,"不过我感觉必须这么做,你不觉得吗?"

"说来奇怪,我也有这种感觉。不过我也不知道为什么。归根结底,咱们的罗伯茨太太总不至于骑着扫帚跑了呀。"

"还是有可能的。别忘了,咱们并不知道巴辛顿-弗伦奇在干什么。"

"那倒是真的。"博比若有所思地说。

他们到达目的地的时候天色将晚。飞机在停机区着陆并把他们放下,五分钟后博比和弗兰基便开着马钦顿伯爵的克莱斯勒驶进了马奇博尔特。

他们把车停在了牧师寓所的大门外,因为牧师寓所的车道并不足以让这辆豪华汽车掉头。

接着他们便跳下车,沿着车道飞奔起来。

"我很快就会明白,"博比心想,"我们这是在干什么,以及为什么。"

一个苗条的身影站在门口的台阶上,弗兰基和博比同时认出了她。

"莫伊拉！"弗兰基叫道。

莫伊拉转过身来，她的身子微微一晃。

"哦！真高兴见到你们，我正不知道该怎么办呢。"

"究竟是什么风把你吹到这儿来了呀？"

"我猜跟你们是同样的原因吧。"

"你也发现埃文斯是谁了？"博比问道。

莫伊拉点点头。

"是啊，说来话长——"

"进屋吧。"博比说道。

但莫伊拉却往后退了退。

"不，不了。"她忙不迭地说道，"还是出去找个地方谈吧。有些事情我必须在进这屋子之前告诉你们。镇上没有咖啡馆之类的地方吗？有什么能去的地方吗？"

"那好吧，"博比说着，有些不情愿地离开了门边，"可为什么——"

莫伊拉跺了跺脚。

"等我告诉你们之后就明白了。哦！来吧，不能再耽误时间了。"

在她的催促之下，他们只好让步了。

沿着主街走到大概一半的地方，有一家东方咖啡馆。这家店的名字很响亮，内部装潢却有点配不上。三个人鱼贯而入。现在是六点半，一个生意冷清的时段。

他们在角落里找了张小桌子坐下，博比点了三杯咖啡。

"现在说？"他问道。

"等她先把咖啡端上来吧。"莫伊拉说。

女服务员回来了，没精打采地把三杯不冷不热的咖啡摆在了他们面前。

"好啦。"博比说。

"我都不知道该从何说起，"莫伊拉说，"那是在去伦敦的火车上。简直是惊人的巧合，我沿着车厢的走廊走去，然后就——"

她话到一半突然停了下来。她的座位正对着门，身体前倾，眼睛盯着前方。

"他肯定是在跟踪我。"她说。

"谁？"弗兰基和博比同时叫出声来。

"巴辛顿－弗伦奇。"莫伊拉压低了声音说道。

"你看见他了？"

"他在外面，我看见他跟一个红头发的女人在一起。"

"凯曼太太。"弗兰基叫道。

她和博比跳了起来，朝门口跑去。莫伊拉发出了一声抗议，但谁都没留意到。他们在街上左右张望了半天，却没有看到巴辛顿－弗伦奇的踪影。

莫伊拉这时也来到了他们身边。

"他跑了吗？"她问话的声音都在颤抖，"哦！千万要小心。他很危险，非常非常危险。"

"只要咱们几个在一起，他就什么也干不成。"博比说。

"打起精神来，莫伊拉。"弗兰基说，"别软弱得像个小兔子似的。"

"嗯，咱们现在也无能为力了。"博比说着，带头回到了桌边，"接着跟我们说刚才的事情吧，莫伊拉。"

他端起他的那杯咖啡。弗兰基突然失去了平衡，靠到他身上，咖啡洒了一桌子。

"对不起。"弗兰基说道。

她把胳膊使劲伸到为顾客准备好的邻桌。桌子上有两个带玻璃塞子的调料瓶，里面分别装着油和醋。

弗兰基的古怪行为引起了博比的注意。她拿起了醋瓶子，把里面的醋全都倒在了用来盛放剩余咖啡残渣的碗里，接着开始往这个瓶子里倒她杯子里的咖啡。

"你疯了吗，弗兰基？"博比问道，"你到底在干什么呀？"

"取点这杯咖啡的样品，让乔治·阿巴思诺特化验分析一下。"弗兰基说。

她转向莫伊拉。

"游戏结束了，莫伊拉！刚才站在门口那会儿，我一下子就全明白了！当我撞上博比的胳膊，把他的咖啡弄洒的时候，看见了你的表情。你趁着把我们支开去门口找巴辛顿－弗伦奇的工夫，往杯子里加了东西。游戏结束了，尼科尔森太太，或许该叫你坦普尔顿太太，还是你更喜欢别的名字？"

"坦普尔顿？"博比惊呼道。

"看看她的脸，"弗兰基喊道，"她要是否认的话就让她去牧师寓所，看看罗伯茨太太能不能认出她来。"

博比定定地看着她，看到了那张脸，那张令人难忘、写满哀愁的脸此时正因狂怒而扭曲变形。一连串污言秽语和恶毒的诅咒从那张美丽的嘴巴里倾泻而出。

她笨手笨脚地在手提袋里摸索着。

博比依然有些茫然，不过他还是及时做出了反应。

他的手一挥，枪口被抬高了。

子弹从弗兰基的头顶呼啸而过，深深地嵌进了东方咖啡馆的墙壁之中。

有一个女服务员的动作飞快,这还是有史以来的头一遭。

伴随着一声尖叫,她冲到大街上高声喊道:"救命啊!杀人啦!警察快来呀!"

第三十四章　南美来信

又过了几周时间。

弗兰基刚刚收到了一封信,信封上贴着南美洲一个不太出名的共和国的邮票。

仔细通读了一遍之后,她把信递给博比。

信是这么写的:

亲爱的弗兰基,我真心向你表示祝贺!你和那位年轻的海军朋友让我精心设计的蓝图化为了泡影。本来我已经把所有事情都安排得井井有条了。

你真的想知道这件事的来龙去脉吗?反正我的情人已经彻底把我出卖了,恐怕是出于怨恨吧,女人们总是心存怨念!所以我这番极具破坏性的坦白也不会再对我构成什么进一步的伤害。而且,我也再次开始了新生活。罗杰·巴辛顿-弗伦奇已经死了。

我想我一直都是他们口中的那种"恶棍"吧。即使是在牛津上学的时候我也有过一次小小的过失。想来十分愚蠢,因为那注定是会被发现的。我老爸并没有让我失望。不过他却把我送到海外殖民地去了。

没过多久，我遇见了莫伊拉和她的那伙人。她可真是个厉害角色，十五岁就已经有案底在身了。我碰上她的时候，情况对她来说正变得有点棘手。当时美国的警察正在追踪她。

她和我彼此倾心。我们决定结婚，不过要先完成几个计划。

首先，她嫁给了尼科尔森。她这么做就是为了让自己进入另一个世界，警方就此失去了她的踪迹。尼科尔森当时正要到英国来，开一家治疗精神疾病患者的机构。他正在找一处合适的房子，想要低价入手。莫伊拉便说服他买下了格兰奇。

她那时还在和她的团伙一起做毒品生意。毫不知情的尼科尔森对她来说是非常有用的。

我一直有两个梦想。我想要成为梅罗威的主人，还想要一大笔钱。巴辛顿-弗伦奇家族中有个人曾经在查理二世统治时期扮演过很重要的角色。从那以后家族便逐渐没落成了现在这副平庸的样子。我觉得我有能力东山再起，不过我必须得有钱。

莫伊拉后来远涉重洋，去了几次加拿大，说是去"看看她的亲人"。尼科尔森非常喜欢她，她说什么他就信什么。男人们大都如此吧。因为毒品生意错综复杂，她出行之时用的都是不同的化名。她在旅途中遇见萨维奇的时候，化名就是坦普尔顿太太。她对萨维奇和他的巨额财产了如指掌，对他也算得上是不遗余力。他被她吸引了，但还没着迷到失去常识的地步。

然而我们还是炮制出了一个计划。这部分你已经很清楚了。被你称为凯曼的那个人扮演了一个无情丈夫的角色。萨维奇不止一次被劝诱到都铎小屋来小住。等他第三次来的时候我们便依计行事了。我没必要再从头到尾讲述了,这些你都知道。整个计划实施得非常成功。莫伊拉把钱的事情弄清楚之后就对外宣称出国去了,而实际上她是回了斯塔弗利,回到了格兰奇。

与此同时,我也在完善计划。必须要把亨利和小汤米解决掉。在汤米的身上我运气很糟糕。两次那么完美的意外事故都宣告失败。至于亨利,我就不打算再制造什么事故了。他患有严重的风湿痛,是在一次猎场意外中落下的毛病。我把吗啡介绍给他,让他用。他实心实意地接受了。亨利是个头脑简单的人。很快他就成了个瘾君子。按照我们的计划,他应该去格兰奇接受治疗,接着在那里要么"自杀身亡",要么拿到过量的吗啡。莫伊拉会把事情办妥的。我不能以任何方式跟这件事发生关联。

然后那个蠢货卡斯泰尔斯就从半道上杀出来了。看样子似乎是萨维奇在船上的时候给他写过一封信,信里提到了坦普尔顿太太,甚至还随信寄了一张她的照片。在那之后没多久,卡斯泰尔斯就去狩猎旅行了。等他从荒郊野岭回来的时候,听到了萨维奇的死讯以及有关他遗嘱的新闻,很显然他起了疑心。这个故事在他听来不像是真的。他很确信萨维奇并没有忧虑过自己的死亡,也不相信他会对癌症有什么特别的恐惧,而那份遗嘱的措辞在他看来则根本不像是萨维奇的风格。萨维奇是个务实的商人,尽管他可能很乐意跟一个漂亮女人有染,卡斯泰尔斯却不相信他会把一大笔钱留给那个女人,而将其余的全部捐给慈善组织。

慈善组织这步棋是我的主意。听上去既体面又不至于令人生疑。

于是卡斯泰尔斯来到了这里,下定决心要调查这件事。他开始四处打探。

而我们立刻就走了霉运。有几个朋友把他带到这里来吃了顿午饭,他看见了钢琴上莫伊拉的照片,认出了这就是萨维奇寄给他的那张照片上的女人。他便去了奇平萨默顿,又开始在那里到处打探。

莫伊拉和我开始紧张起来,有时候我觉得大可不必这么慌张。不过卡斯泰尔斯是个很精明的家伙。

我尾随着他去了奇平萨默顿。他没能找到厨娘罗斯·查德利的踪迹。她已经去了北方,但他追查到了埃文斯,查明了她的夫姓,接着他便动身前往马奇博尔特。

事态越来越严重。假如埃文斯认出坦普尔顿太太和尼科尔森太太就是同一个人的话,事情就会变得非常棘手。而且,她在那栋房子里待过一段时间,我们也不太确定她知道多少。

我们必须制止卡斯泰尔斯。他变成了我们的眼中钉、肉中刺。结果天助我也,起雾的时候我就跟在他身后。我蹑手蹑脚地靠近他,然后猛地一推便大功告成了。

但我依然有些进退两难。我并不知道他随身带着什么能够指向我们的线索。而你那位年轻的海军朋友很合时宜地为我谋了方便。有那么一小段时间,我被单独留下来守着那具尸体。这已经足够我达到目的了。他身上有一张莫伊拉的照片,是他从摄影师那里搞到的,大概是想用它来确认身份。我把那张照片、所有信件和能够证明身份的东西都拿走了，然后又放进去了一张团伙成员的照片。

一切顺利。冒牌的妹妹和妹夫出场，确认了死者的身份。一切似乎都进行得十分令人满意。而这个时候你的朋友博比又来捣乱了。卡斯泰尔斯似乎在临死前苏醒了一下，还说了话。他提到了埃文斯，而埃文斯就在牧师寓所当仆人。

到了这一步，我得承认我们有些不知所措了。我们有一点点慌乱。莫伊拉坚持说必须把他干掉。我们已经尝试了一个失败的计划，这次莫伊拉说交给她来处理。她开着车来到了马奇博尔特，很巧妙地抓住了一次机会，趁他睡着的时候往他的啤酒里加了些吗啡。但那小兔崽子没死，这可就纯属倒霉了。

就像我跟你说过的，正是尼科尔森的刨根问底让我开始怀疑起你究竟是不是真的表里如一。不过你也可以想象到莫伊拉有天晚上要偷偷溜出来见我，结果却跟博比打了个照面的那种震惊！她一眼就认出了他，那天她在他睡着的时候好好端详过他。也难怪她当时吓得都快晕死了。接着，她意识到他怀疑的人并不是她，于是缓过神来之后便重整旗鼓，开始添油加醋。

她去了那家小旅馆，给他讲了一些荒诞不经的故事。他乖乖地照单全收了。她谎称艾伦·卡斯泰尔斯是她的老情人，又夸大其词地渲染了她对尼科尔森的恐惧，同时还尽力打消你对我的怀疑。我对你也采取同样的方法，把她贬低成了一个软弱无能的人。莫伊拉可有杀人的胆量啊，而且杀多少都面不改色，连眼睛都不眨一下的！

形势很严峻。我们已经拿到了钱。关于亨利的计划也进展顺利。我并不那么急着收拾汤米。我还有点时间,可以等得起。等到时机成熟,尼科尔森也很容易除掉。但你和博比是个威胁。你们已经怀疑到了格兰奇。

你可能很感兴趣,想知道亨利其实并不是自杀的吧。是我杀了他!我和你在花园里说话的时候就觉得不能再浪费时间了,于是我直接进了屋,亲自办了这件事。

从头顶飞过的飞机是天赐良机。我走进书房,坐在正在写东西的亨利身边,一边说着:"听我说,老兄——"一边朝他开了枪!飞机的巨大轰鸣淹没了枪声。然后我写了一封感人至深的绝笔信,擦掉了手枪上留下的指纹,让亨利的手握住它,接着再让它掉在地板上。我把书房的钥匙放进亨利的口袋后便离开了,用能开书房门的餐厅钥匙从外面锁上了门。

我就不再赘述我放在烟囱里那个特别棒的小爆竹了,它被设定在四分钟之后爆炸。

一切都是那么美妙。你和我在花园里一起听到了那声"枪响"。一桩完美的自杀案!唯一被怀疑的人是可怜的老尼科尔森。那头蠢驴非要回来找什么手杖!

当然,博比那种骑士精神对莫伊拉来说也有点难办,所以她就动身跑到小屋去了。我们猜尼科尔森对妻子离开的解释肯定会引起你们的怀疑。

莫伊拉真正显示出她胆魄的地方就是在小屋。楼上传出的吵闹声让她意识到我被你们打倒了,于是她迅速给自己注射了大量吗啡,并躺在了床上。等你们下楼去打电话的时候,她又爬起来到阁楼上,割断了捆住我的绳子,把我放走。随后吗啡就起效了,等医生赶到的时候她就陷入了名副其实的昏睡之中。

可尽管如此,她还是觉得有点紧张不安。她担心你们会知道埃文斯是谁,搞清楚萨维奇的遗嘱和自杀是怎么一回事。她还担心卡斯泰尔斯可能会在去马奇博尔特之前给埃文斯写过信。于是她假装说要去伦敦的一家疗养院,其实却是急匆匆地赶到了马奇博尔特。结果刚好在门口台阶上遇见了你们!于是她就想把你们两个一起干掉。她采取的方法鲁莽至极,不过我相信她本来是能够侥幸得手的。我想那个女服务员不会记住这个跟你们一起进来的女人长什么样子。莫伊拉可以返回伦敦,藏在一家疗养院里。你和博比死了以后,整件事情也会逐渐风平浪静。

可是你把她识破了,而她也慌了手脚。后来在审讯的时候她又把我拉下了水。

或许我对她也开始有点厌烦了吧……

但我并没有想到她知道这一点。

你看,她已经得到钱了。那是我的钱!我一旦娶了她,可能就会对她心生厌倦。我喜欢变变花样。

所以我现在又开始新生活啦……

这一切都是拜你和那位极其令人讨厌的臭小子博比·琼斯所赐。

不过毫无疑问,我会取得成功的!

还是应该说终将失败,而非成功?

我可还没洗心革面呢。

不过如果你一开始并未成功,那就要一而再,再而三地努力尝试。

再见了,亲爱的,或许应该说后会有期①。谁也说不准,对吗?

你饱含深情的敌人,厚颜无耻的恶棍

罗杰·巴辛顿-弗伦奇

---
①原文为法语。

第三十五章　来自牧师寓所的消息

博比把信递还回去，弗兰基叹了口气接了过来。

"他真是个特别与众不同的人。"她说。

"你一直都挺喜欢他的。"博比冷冰冰地说道。

"他挺有魅力的呀，"弗兰基说，"莫伊拉也是。"她紧跟着补上了一句。

博比的脸腾的一下红了。

"自始至终，整件事情的线索就在牧师寓所里，这真是太奇怪了。"他说，"你知道卡斯泰尔斯确实给埃文斯，也就是罗伯茨太太写过一封信，对不对，弗兰基？"

弗兰基点了点头。

"信里说他要来见见她，同时还想了解一些坦普尔顿太太的情况，他有理由相信这个坦普尔顿太太是个被警方通缉的危险的国际罪犯。

"而当他被人推下悬崖之后，埃文斯却没能推断出他是被人谋害了。"博比愤愤地说道。

"因为掉下悬崖的那个人名叫普里查德，"弗兰基说，"那个身份确认是非常聪明的一步棋。如果是一个叫普里查德的人被推下了悬崖，那他又怎么可能是那个叫卡斯泰尔斯的人呢？这就是一般人心里的想法。"

"滑稽的是,她还认出凯曼来了。"博比接着说,"在罗伯茨让他进屋的时候,她至少瞥见了他一眼,还问他那是谁。他说那是凯曼先生,而她说,'怪了,他可真是像极了我以前工作的那家先生啊。'"

"真是服了。"弗兰基说。

"即便巴辛顿-弗伦奇有那么一两次露出了马脚,"她继续说道,"我却还像个傻子似的没能识破。"

"他露过马脚?"

"对啊,当西尔维娅说报纸上那张照片特别像卡斯泰尔斯的时候,他说其实也没那么像。这说明他是见过死者的,而后来他却跟我说他从来没看见过死者的脸。"

"你到底是怎么识破莫伊拉的呢?"

"我想这要归功于大家对坦普尔顿太太的描述吧,"弗兰基出神地说道,"每个人都说她是个'特别好的夫人'。这种说法放在凯曼太太身上似乎不太合适。没有哪个仆人会把她说成一位'特别好的夫人'。接着咱们就到了牧师寓所,莫伊拉也在那儿,我就突然想到,万一莫伊拉就是坦普尔顿太太呢?"

"你真是太聪明了。"

"我很为西尔维娅感到难过,"弗兰基说,"莫伊拉把罗杰拖下水,事情变得沸沸扬扬,冒出来一大堆关于她的宣传报道。不过尼科尔森医生一直对她忠心耿耿,不离不弃。如果他们俩最终结了婚,我一点都不吃惊。"

"到头来,大家的结局似乎都很圆满。"博比说,"巴杰在汽车修理厂干得非常好,这得感谢你父亲。当然,还要谢谢他让我得到了这份绝妙的工作。"

"是一份很棒的工作吗？"

"你是指拿着丰厚的薪水去肯尼亚经营管理一个咖啡种植园吗？我觉得算是吧。这正好是那种我梦寐以求的工作。"

他停顿了一下。

"有很多人都会去肯尼亚旅游啊。"他故意说道。

"还有很多人在那儿生活呢。"弗兰基一副很认真的样子。

"哦！弗兰基，你会去吗？"他的脸红了，镇静下来之后又结结巴巴地说道，"你愿……愿……愿意去吗？"

"我愿意啊，"弗兰基说，"我的意思是，我会去。"

"我一直都很喜欢你，"博比压抑着自己的声音说道，"我以前脾气很差劲。我是说，我也知道那样不好。"

"我猜这就是你那天在高尔夫球场上那么粗鲁的原因吧？"

"是啊，我当时心里觉得很不痛快。"

"嗯，"弗兰基说，"那莫伊拉呢？"

博比看上去有些不自在。

"她长得确实有点好看。"他承认道。

"比我长得好看。"弗兰基很大度地说道。

"不是的——就是有点让我'忘不掉'。后来咱们一起在那间阁楼里的时候，你是那么坚决勇敢。唔，莫伊拉的样子就被我渐渐淡忘了。我对发生在她身上的事情几乎毫无兴趣。我感兴趣的是你，只有你。你真是光彩照人！简直太有勇气了。"

"我心里其实没有多少勇气，"弗兰基说，"我当时全身都在发抖，但我想让你刮目相看。"

"我钦佩你啊，亲爱的。我真的很钦佩你。我一直都钦佩你，将来也会的。你确定你不会讨厌远赴肯尼亚吗？"

"我会喜欢那里的，我烦透英格兰了。"

"弗兰基。"

"博比。"

"请进。"牧师边说边推开门,正要引导多加会①的先行人员进屋。

他又猛地关上了门,连忙道歉。

"是我的——呃——我的一个儿子。他——呃——订婚了。"

多加会的一个成员有几分顽皮地说,看起来的确是这样。

"是个好孩子,"牧师说,"曾经一度有点玩世不恭,不过近来已经有很大改观了。他就要去肯尼亚管理一个咖啡种植园了。"

多加会里的一个成员低声对另一个成员说道:

"你看见了吗?他吻的可是弗朗西斯·德温特小姐。"

不到一个小时,这个消息就传遍了马奇博尔特。

---

①基督教中为贫民缝制施舍衣物的妇女慈善组织。

Why Didn't They Ask Evans?
Copyright © 1934 Agatha Christie Limited
All rights reserved.
Letter for Chinese Reader, New Star Edition by Mathew Prichard © 2013 Mathew Prichard.
www.agathachristie.com
AGATHA CHRISTIE, *Agatha Christie*, and the AC Monogram Logo are registered trade marks of Agatha Christie Limited in the UK and elsewhere. All rights reserved.
Published by agreement with ACL.
Simplified Chinese edition copyright: 2023 New Star Press., Ltd.

图书在版编目（CIP）数据

悬崖上的谋杀／（英）阿加莎·克里斯蒂著；周力译．——北京：新星出版社，2019.5（2023.11重印）
ISBN 978-7-5133-3547-8

Ⅰ.①悬… Ⅱ.①阿… ②周… Ⅲ.①侦探小说－英国－现代 Ⅳ.①I561.45

中国版本图书馆 CIP 数据核字（2019）第 063078 号

午夜文库
谢刚 主持

悬崖上的谋杀
[英] 阿加莎·克里斯蒂 著；周力 译

统筹编辑：王　欢
责任编辑：王　萌
责任校对：刘　义
责任印制：李珊珊
封面插图：宣　和
装帧设计：周伟伟

出版发行：新星出版社
出 版 人：马汝军
社　　址：北京市西城区车公庄大街丙3号楼　100044
网　　址：www.newstarpress.com
电　　话：010-88310888
传　　真：010-65270449
法律顾问：北京市岳成律师事务所

读者服务：010-88310800　　service@newstarpress.com
邮购地址：北京市西城区车公庄大街丙3号楼　100044

印　　刷：北京美图印务有限公司
开　　本：910mm×1230mm　1/32
印　　张：9.125
字　　数：134千字
版　　次：2019年5月第一版　2023年11月第三次印刷
书　　号：ISBN 978-7-5133-3547-8
定　　价：42.00元

版权专有，侵权必究；如有质量问题，请与印刷厂联系调换。